本书为湖南省哲学社会科学基金项目(17YBA092)研究成果

School of Foreign Languages
Hunan University

刘正光 主编

湖南大学外国语学院
新 人 文 话 语 丛 书

《楚辞》英译研究

基于文化人类学整体论的视角

张 娴 著

中国社会科学出版社

图书在版编目（CIP）数据

《楚辞》英译研究：基于文化人类学整体论的视角／张娴著 . —北京：中国社会科学出版社，2018.7

（湖南大学外国语学院 . 新人文话语丛书）

ISBN 978-7-5203-1510-4

Ⅰ . ①楚… Ⅱ . ①张… Ⅲ . ①《楚辞》-英语-文学翻译-研究 Ⅳ . ①I207.223

中国版本图书馆 CIP 数据核字（2017）第 288642 号

出 版 人	赵剑英	
责任编辑	曲弘梅	
责任校对	王佳玉	
责任印制	戴　宽	

出　　版	中国社会科学出版社	
社　　址	北京鼓楼西大街甲 158 号	
邮　　编	100720	
网　　址	http：//www.csspw.cn	
发 行 部	010-84083685	
门 市 部	010-84029450	
经　　销	新华书店及其他书店	

印刷装订	北京君升印刷有限公司	
版　　次	2018 年 7 月第 1 版	
印　　次	2018 年 7 月第 1 次印刷	

开　　本	710×1000　1/16	
印　　张	16.5	
插　　页	2	
字　　数	231 千字	
定　　价	69.00 元	

丛书总序

"新人文话语"是湖南大学外国语言文学学科推出的系列开放性丛书。本丛书 2007 年推出第一批,由湖南人民出版社出版,共五部,即《隐喻的认知研究:理论与实践》(刘正光著)、《二语习得与外语教学》(肖云南著)、《翻译:跨文化解释》(朱健平著)、《华莱士·史蒂文斯诗学研究》(黄晓燕著)、《亨利·詹姆斯小说理论与实践研究》(王敏琴著)。推出这个丛书的最初想法是,鼓励老师们潜心学术研究,助力学院学科发展。

转眼到了 2017 年,过去的十年见证了本学科的快速发展。2007年的时候,本学科的教授不到十名,具有博士学位的教师也不多。十年后的今天,本学科在 2012 年国务院学科评估排名中并列第十七位,2017 年在"软科中国最好学科"排名中位列第十二,排在前 10% 的第一位。

湖南大学外国语学院有着悠久的办学历史,其最早可追溯到岳麓书院创建的译学会(1897)。1912 年至 1917 年,岳麓书院演进到时务学堂以及湖南高等师范学校后,正式设立英语预科和本科部。1926年创建湖南大学外国语言文学系,2000 年组建外国语学院。陈逵、黎锦熙、杨树达、金克木、林汝昌、周炎辉、徐烈炯、宁春岩等许多知名学者先后执教于此。

经过几代人的不懈努力,本学科凝练成了理论语言学、应用语言学、文学与文化、翻译学四个稳定且颇具特色的研究方向。

理论语言学以当代认知科学理论为背景,以语言与认知的关系研究为重点,以认知与语言交叉研究为基本范式,寻找认知发展、语言认知机制与语言本体之间的内在联系。

应用语言学以语言测试、二语习得与外语教学为研究重点，强调研究成果在学生能力培养中的实际应用。

文学与文化以小说与诗歌创作理论和生态诗学为重点，紧跟全球化语境下文学理论与文化批评理论的研究前沿，探索文学、文化、政治、历史话语之间的互动关系。

翻译学以哲学、文学理论、文化理论、认知科学、语言学等为理论基础，探索本土文化对异域文化的接受历程和中国文化在西方世界的旅行轨迹，阐释翻译与认知的内在关系以及翻译理论、翻译实践与翻译教学的互动关系。

学科进步的重要标志是人才培养质量和高水平的科学研究。本学科聚集了一大批学术能力很强、潜心研究的中青年学者。"70 后"贺川生教授在 Synthese（当年哲学类排名第一）、Syntax、Lingua 等一批国际一流期刊上发表的系列论文引起了国内外学术界的高度关注；"80 后"王莹莹教授在 Language 和 Journal of Semantics 等重要期刊上发表了一系列语义学论文；全国"百优"田臻（"80 后"）在英汉语构式对比研究方面取得了令人瞩目的研究成果。

近年来，本学科中青年学者学术研究成果丰富，为此，学院决定继续定期推出第二批和第三批研究成果，做到成熟一批，推出一批。

第二批推出六部著作，分别是《汉语儿童早期范畴分类能力的发展研究》（曾涛著）、《违实条件句：哲学阐释及语义解读》（余小强著）、《认知视阈下日语复句的习得研究》（苏鹰著）、《京都学派——青木正儿的中国文学研究》（曹莉著）、《〈楚辞〉英译研究——基于文化人类学整体论的视角》（张娴著）、《语言边界》（艾朝阳著）。这些著作中，除第六部外，其余的作者均为"70 后"，体现出学科持续发展的坚实基础和潜力。

第三批著作也在酝酿之中。作者的主要群体也许将是"80 后"了，他们承载着本学科的未来和希望。相信也还会有第四批、第五批……

湖南大学外国语言文学学科的快速、健康发展，得到了各兄弟院校和各界朋友的大力支持。为此，我们衷心感谢，同时也恳请继续呵护我们成长。

是为序。

刘正光

于湖南大学外国语学院双梧斋

2017 年 12 月 12 日

前　　言

本书是在笔者的博士学位论文《文化人类学整体论视角下的楚辞英译研究》基础上修改而成。选取此课题是出于笔者自幼起对屈原这位伟大文化巨人的敬仰之情。两千多年前，屈原流放至我的家乡溆浦，并在此驻留多年，创作了《涉江》《九歌》等作品，家乡的风俗、方言、气候、风景、地理、物产等无不成为《楚辞》的重要取材资源。如今，遍布溆水两岸的纪念屈原之名胜古迹、每年一度激烈而隆重的龙舟竞渡、外形独特的溆浦端午粽子、农历五月初五和十五大小端午的庆祝，都成了溆浦文化的重要组成部分，也反映了从古至今家乡人民对端午节的重视以及对屈原的尊敬和热爱。基于对屈原精神的这份朦胧情怀和探索动力，在导师蒋洪新教授的赞同和鼓励下，我开始迈进《楚辞》这一异彩纷呈、绚丽多姿的文化宝库。

《楚辞》文化浩瀚如林，深邃似海，蕴藏了中国先秦时期人类的宗教、思想、经济、社会和民俗等百科知识，更饱含丰富、复杂的屈骚思想与精神。因此，《楚辞》翻译研究之复杂与艰难，是远非一串概念能够讲得明、理得清的。基于这一现状，笔者希望能借助文化人类学整体论这一宽广的跨学科视角，来发现和阐释楚辞中复杂的翻译现象，反映典籍翻译的普遍性问题，并在《楚辞》翻译实践层面基础上进行初步的论证和理论思考。

文化人类学整体论是一个重要的学科范畴，其理论要旨在于强调事物的整体意识以及作为文化主体的人的意识，主要包括三方面的核心理念：其一，一种文化的整体特征并不等同于该文化整体中部分特质的简单相加，各种文化现象是一个内部有联系的整体。其二，注重民族文化的传承，关注历史文化是如何传递给下一代或异域群体的。其三，重视具有主体性的人以及人的主体性，人与其承载的各种文化之间的互动关系。

借助文化人类学整体论这一跨学科的思维武器和视角，本书以《楚辞》中的文化英译为取向，重点探索以下几个问题：《楚辞》英译的历史状况和发展态势如何？各译本在整体上呈现怎样的文化整体面貌和译者主体文化？原作的多学科、多层次的文化整体价值是否得以开采和传达？作品的后续生命是否得到延续？《楚辞》英译研究对中国典籍翻译有怎样的启迪作用？

全书共分五章。第一章为导论。该部分概述了《楚辞》的主要价值及影响，对国内外《楚辞》英译及英译研究进行述评，说明了研究的缘起与意义、内容与思路、方法与创新点。

第二章为理论解读。文化人类学是文化诗学的一种特殊构成，它的整体观、普同观、跨文化比较观等范畴与翻译具有相互阐发的特征。它的首要原理整体论及其衍生的一些理念，如：主位和客位，整体和部分，历史与现实，以及整合、深描、主体性等与《楚辞》翻译具有普同性，能促使译者在翻译过程中坚持观察视野的整体性，避免对翻译本体的片面认识，对《楚辞》英译研究具有一定解释力。在此基础上，本章对原作的文化整体特征进行分析，并进一步对《楚辞》英译的整体性实现途径进行了初步构想。

第三章为《楚辞》译本的整体翻译面貌研究。本章分别对亚瑟·韦利的《九歌：中国古代巫文化研究》、戴维·霍克斯的《楚辞：南方的歌》、林文庆的《离骚》、孙大雨的《英译屈原诗选》等不同时代和文化背景下生成的四个经典译本的整体文化面貌特征、译者的主体文化和翻译视角进行考察，从而产生对译者的文化身份和诠释视角的思考以及对《楚辞》英译整体模式如何构建的思考。

第四章考察《楚辞》中的表层技术系统、中层社会系统和深层意识系统的文化价值是否被译者准确解读和诠释，并反思和评价其中的翻译策略。在此基础上，本章进一步指出在翻译中应重视对原作丰富而宝贵的多科价值的开采。

　　第五章探讨本研究对我国典籍翻译理论建设的启迪。在文化整体论视角下对典籍英译的实质、翻译的视角、翻译策略、译者的主体文化等方面进行思考，提出"互喻型"译者文化是译者的主体文化，以及文化人类学的"向后站"三维整体诠释视角与涵化策略对典籍翻译所起的积极作用。

　　结语部分对本研究的主要内容及研究所反映的典籍翻译理论和方法的若干问题进行了回顾和思考，并指出研究所存在的不足之处与需要进一步拓展的方向。

　　《楚辞》作为古代人类文化的一个特定场域，是中国传统文化不可分割的重要部分。本书尚属于基础的阐发，抛砖引玉，期待更多的能人志士对《楚辞》及中国典籍作品进行更深入、多方位的研究，促进中国优秀文化资源在世界范围内获得更好的传承和发展。

作　者

2018 年 1 月于长沙

目　录

第一章

导　论

　　《楚辞》是先秦文化的渊薮，产生于 2000 多年前的战国时期，直到 19 世纪中叶，英语世界才开始通过《楚辞》的译介对其进行文化探源。《楚辞》流传历史悠远，所承载的文化内容之深奥，至今尚难以被大多数国人准确地理解和把握，而其英译研究更是一项艰难复杂的工程，它不但涉及楚辞学的研究，还涉及对《楚辞》英译史、翻译主体和客体以及各种翻译规范、标准等各方面内容的研究，具有很大的挑战性。

　　在当今我国以文化和谐平等相处为出发点进行文化输出的战略背景下，集聚了华夏儿女千百年来智慧的典籍作品的外译也成为向世界推介和弘扬中国文化的主要途径之一。《楚辞》作为中国诗歌乃至中国文化汪洋大海的源头活水之一①，反映了中华远古人类文化的多种文本系统的综合体，是"中国文化史上的特殊现象"（周建忠，2007），因此，《楚辞》翻译和研究也必须与时俱进，以期能在更广阔的跨学科理论视角下进行考察，并对楚辞文化与翻译的互动过程中所发生的翻译规范、翻译行为、翻译目的、翻译方式等要素之间的动态关系有一个更好的生态维护。

第一节　《楚辞》英译研究的背景与意义

　　楚辞又称"楚词"，是始于战国时期以屈原为首的诗人所创造的

---

　　①　《四书全库总目·集部总序》说："集部之目，《楚辞》最古，别集次之，总集次之。"屈原、宋玉：《楚辞》（国学基本丛书），吴广平注译，岳麓书社 2004 年版，第 1 页。

一种骚赋诗体。汉代是楚辞创作的繁盛时期，刘向把屈原的诗篇以及宋玉、景差等人的承袭屈赋的作品共 16 卷，总 66 首诗编辑成集，后王逸增入己作《九思》，成 17 卷，总称为《楚辞》①，其中归到屈原名下的是《离骚》、《九歌》（11 首）、《天问》、《九章》（9 首）、《远游》、《卜居》、《渔夫》和《招魂》，共 26 首，乃《楚辞》的代表作。这一"逸响伟辞，卓绝一世"的经典诗篇文学艺术特色异彩纷呈②，作品结构宏伟，风格奇特，辞藻绚丽，气魄庄严，班固评价"其文弘丽雅，为辞赋宗"③。但是，《楚辞》不只是一个独立、封闭的诗歌文本，而是一个同社会、历史、宗教、道德伦理等文化范畴相联系的文本系统，其中包含了当时楚国人文和自然等多种学科的文化价值，为研究我国人类早期各类文化问题的资源宝库，字字珠玑皆能激发千年的回响，是一部具有濡化和涵化价值的百科全书式的经典文本。

一 《楚辞》在国内外的影响

《楚辞》作为全人类共同的文化遗产，对中国乃至世界文化产生了深远影响。而作者屈原更被誉为中华千载文人之首。1953 年，世界和平理事会将屈原列为世界四大文化名人之一，④ 他的形象、地位和巨大影响力与他的作品一起超越了时代与国界，播撒到世界的各个

---

① 《楚辞》总集收录了屈原作品 26 首，贾谊、刘安、淮南小山、王褒、司马迁、班固、张衡、王逸、刘勰、王维等人都纷纷追随、模仿和褒扬这种骚体诗文，在体裁和内容上与屈赋相当接近，多有宣泄个人哀怨，感叹时命不济，追求精神自由，但一些作品如唐勒和景差的诗歌都未能流传下来。

② "在韵言则有屈原起于楚，被谗放逐，乃作《离骚》。逸响伟辞，卓绝一世。……其言甚长，其思甚幻，其文甚丽，其旨甚明。"引自鲁迅《鲁迅文集》第九卷，人民文学出版社 2005 年版，第 38 页。

③ 朱熹：《楚辞补注》，上海古籍出版社 1979 年版，第 50 页。

④ 1953 年，屈原以诗人身份同波兰的天文学家哥白尼、法国的文学家拉伯雷、古巴的作家和民族运动领袖何塞·马蒂，成为世界和平理事会决定当年纪念的世界四大文化名人。

角落，成为"中学西传"的重要组成部分。

纵观国内楚辞学史，今存最早的注本是东汉王逸在刘向所辑的《楚辞》十六卷基础上所成的《楚辞章句》，是楚辞发源期的代表，也代表汉代楚辞学研究的最高成就，分别被亚瑟·韦利（Arthur Waley）、戴维·霍克斯（David Hawkes）、许渊冲等翻译家在英译中选用为底本。从汉代至唐代，楚辞学研究无不具有经学特色，以名物训诂与注疏为主要特征，刘勰的《文心雕龙·辨骚》用儒家的经学标准来衡量楚辞作品，"四家举以方经，而孟坚谓不合传"①，骞公的《楚辞》在注音、正字、考证方面做出了很大的贡献。

宋元时期追求对楚辞义理的探讨，以洪兴祖补注和南宋理学家朱熹的《楚辞集注》为代表，力求释义简明扼要，重视对原文诗义诗旨加以阐发，关注屈原的人格和思想。朱熹的《楚辞集注》作为理学思想的载体，对屈原的"忠君爱国"之大节进行积极褒扬，但认为他在生活中缺乏"克己"和"中庸"的思想。②朱熹强调义理阐发，但并不轻视文字训诂，因而《楚辞集注》一书成为具有整体学术风格的著作。

明清时期，出现王国维、王夫之、蒋骥等楚辞学专家学者，著述颇多。王国维的《屈子文学之精神》从南北文化差异来解释楚辞的独特性。王夫之《楚辞通释》多发表屈赋微旨，在楚辞研究中起很大的作用，而蒋骥训骚的最大特色是着力于考证，重视从楚文化的特色出发，广纳新知。

20世纪初，胡适、梁启超、郭沫若、游国恩等学者从不同的角度介入楚辞学研究。胡适将其定性为文学名著，要求将它从汉儒旧学中解放出来进行文学研究。郭沫若运用阶级分析、历史唯物主义的观点和方法进行楚辞学研究。游国恩用综合和发展的眼光全面而系统地

---

① 黄霖：《文心雕龙·汇评》，上海古籍出版社 2005 年版，第 24 页。

② "故论原者，论其大节，则其他可以一切置之而不问。论其细行，而必其合乎圣贤之矩度，则吾固已言其不能皆合于中庸矣，尚何说哉！"朱熹：《楚辞集注·楚辞后语》卷二，上海古籍出版社 1979 年版，第 242—243 页。

考察作品的社会历史背景。梁启超主张东方西方一体化，把《楚辞》放在世界范围内运用西方的科学实证和系统方法来进行纯文学研究，同时注重以多学科交叉的文化视域为研究背景，从而开启了《楚辞》研究的新思路。

在以上的楚辞学研究中，传统的章句训释及文学功能研究思路仍是立足之本。到了20世纪80年代后期，各种选本、注本、读本、译本层出不穷，在此基础上，很多学者对作品从不同角度和领域向新、深、细方向作了大量研究，在文献学、文艺学、美学、文学、语言学、心理学、神话学、考古学、天文学、哲学等诸学科方面都成果斐然。

1953年6月13日，闻宥在《光明日报》介绍了《楚辞》在海外的研究情况。1986年，马茂元比较全面地收集了楚辞资料的海外编，1990年，周建忠提出建立楚辞传播学，将《楚辞》英译及其研究作为海外楚辞学与楚辞传播学的重要组成部分，这一学科分支促使学界开始关注楚辞"走出去"的问题。

海外楚辞研究萌芽于日本太平二年（730），在《古事记》（『こじき古事記』）等古老的日本史书中就出现了日神（かみむすび）、天之御中主神（あめのみなかぬし）等与《楚辞》中相似的神祇，《古事记》中还出现了与屈原《渔父》相证的辞句①。日本学界重视对《楚辞》资料的文献考证和综合分析，研究成果颇丰。② 如赤冢忠的《殷代的祭河及其起源》（『殷王朝における「河」の祭祀』）、林巳奈夫的《中国古代的神巫》（『中国古代の神がみ』）等。韩国

---

① 《古事记》中渔夫海幸彦和山幸彦坐在海边哭泣的时候，盐椎神走来问："虚空津日高，为何在这里哭？"此文在语境、语式和语义上比较类同于《渔夫》中的"子非三闾大夫与？何故至于斯？"见［日］安万侣《古事记》，周启明译，人民文学出版社1963年版，第52—53页。

② 1951年至1980年间，日本发表的楚辞研究论著达到150种之多。参见马茂元主编，尹锡康、周发祥编《楚辞研究集成：楚辞资料海外编》，湖北人民出版社1986年版，第457—469页。

楚辞学研究起步于 20 世纪 60 年代，出现了徐敬浩、丁来东、张深铉、金时俊、洪淳昶、朴永焕等学者群体，研究范围主要在巫文化、楚辞的艺术性与艺术手法、楚辞学史及整理资料等方面。

楚辞在 19 世纪中叶才传到欧美。1852 年，德国学者奥古斯·费兹曼（August Pfizmaier）在维也纳皇家科学院的报告上发表了《离骚和九歌：公元前三世纪中国诗二首》（*Das Li-sau und die neun Gesänge*），标志着楚辞开始进入欧洲学术视野。1931 年，德国汉学家孔好古（August Conrady）利用屈原的作品进行了大量的神话方面的研究。此后有圣·德尼侯爵（Hervey Saint-Denys）的法译本（1870），桑克谛（Nino De Sanctis）的意大利文译本等纷纷问世（1900）。1959 年，匈牙利学者托凯（Fraid Tokei）的《中国哀歌的诞生·屈原及其时代》（1959，1986）用马克思主义美学思想研究屈原。随后，苏联时代的学者如费德林、林曼、谢列勃里雅可夫等都热衷于用马克思主义美学原理分析屈原作品。费德林的俄译本《屈原诗集》认为屈原是"人类的共同财富"，谢列勃里雅可夫在《屈原和楚辞》中称"屈原代表了知识分子阶层的思想和愿望"，[①] 同时他还从古代人和大自然的关系来解释《离骚》中芳草等比兴手法，在当时具有一定的启发性。

1879 年，英国学者爱德华·哈珀·帕克（Edward Harper Parker）的《离骚》英译（*The Sadness of Separation*）标志着《楚辞》开始进入了英语世界。1895 年，理雅各（James Legge）的《离骚及其作者》（*The Li Sao Poem and its Author*）标志着《楚辞》在英语世界专门性研究的开始。此外，韦利通过英译《九歌》（*The Nine Songs*，1955）进行了巫文化研究。随后，霍克斯的《楚辞：南方的歌》（*Ch'u Tz'u: the Songs of the South, an Ancient Chinese Anthology*，1959）从人类学角度介入《楚辞》研究。欧美译家对《楚辞》作品译介的还有翟理斯（Herbert Allen Giles）、鲍润生（Francis Xavier Biallas）、叶乃度（Eduard Erkes）、艾约

---

① 引自黄振云《二十世纪楚辞学研究述评》，http：// www. 360doc. com /content/11/0629/ 01/5974204 _ 130251292. shtml。

瑟（Joseph Edkins）等赫赫有名的汉学家，他们主要从比较文学、人类学和心理学等角度来翻译和研究《楚辞》作品，对《楚辞》在西方的译介起了奠基作用。

《楚辞》研究的逐步繁荣发展与作品本身的学术价值是相一致的。源远流长的楚辞文化思想源头可以追溯到三皇五帝的初民时期，华夏先帝的施道行善、光大博爱的伦理制度，推行音乐和诗歌的教育制度，"得人者兴，失人者亡"的政治制度，孔子的"五常"和"三达德"① 的儒家道德哲学，老子"清净无为"的思想哲学，墨家的"博爱"原则等铸就了屈原这样一位不朽的诗人、学者和政治家，也成就了这蕴含丰富而深刻学术思想的千秋诗篇。这些影响深远的思想意识价值连同作品的文学艺术价值与丰厚的多学科文化价值统一于诗篇之中，使得楚辞文化内涵和艺术魅力穿越古今，产生巨大的发展与传承价值，成为中外文化交流和传播不可缺少的一个重要热点。

二 《楚辞》英译研究的缘起与目的

20 世纪后期文学研究的文化转向给翻译研究带来了新思路、新视角，使翻译研究与其他各学科之间建立起一种多元视角的动态交叉关系。巴斯奈特（Bassnett Susan）旗帜鲜明地提出"翻译中不同功能的等值只是翻译的手段而已，而文化转化才是翻译的目的"（Bassnett，1980：36）；"译文要生存，就必须跨越文化边界进入译语文学"（Bassnett，1997：8）。此后，弗勒维尔（Andre Lefevere）、韦努蒂（Lawrence Venuti）等人更超越了对原文和译文进行对比的层面，进一步探索了翻译和文化的认同关系。

他山之石，可以攻玉，不可否认，翻译学科正以开放的姿态调整结构。除了根据文本来分析、探索文学翻译中具体的语言与文化的关系

---

① "五常"指仁、义、礼、智、信，孔子提出"仁、义、礼"，孟子延伸为"仁、义、礼、智"，董仲舒扩充为"仁、义、礼、智、信"。"五常"贯穿于中华伦理的发展中，成为中国价值体系中的最核心因素。"三达德"即指"智""仁""勇"三大品行。

外，翻译研究者们逐渐开辟了从文化、文学、哲学、种族学、伦理学等跨学科领域建构翻译理论的新途径。"跨学科综合研究、文化回归、多元互补是当代翻译研究的趋势和走向。"（廖七一，1998：5）美国翻译理论家根茨勒（Gertzler Edwin）认为："翻译研究只有采取全球化的视野和跨学科的方法，才能对翻译和翻译在一个特定的社会中所起的作用有更加全面的了解。"［《外国语》，2005（4）：44］2006 年，杜阿特（Joao Ferreira Duarte）、洛萨（Alexandra Assis Rosa）和苏罗拉（Teresa Seruya）等人在合编的论文集《学科交叉地带的翻译研究》（*Translation Studies at the Interface of Disciplines*）中探讨了翻译研究跨学科性的原因，认为翻译活动本身涉及不同学科领域的知识，受多元系统理论影响，翻译借鉴和吸取人文学科和自然学科的成果，不断丰富翻译研究的深度和范围。英国的乌次扎克（Piotr Kuhiwczak）和里陶（Karin Littau）在《翻译研究指南》（*A Companion to Translation Studies*，2007）中对当代翻译理论的跨学科性及理论融合进行了厘清及展望。费乐仁、岳峰在对史学、宗教学、哲学、文化研究等学科的文化文本，尤其是典籍文本翻译研究的共振和提升方面做了积极的探索和论证（费乐仁、岳峰，2010：27）。此后，翻译研究以其天然的跨文化性、跨学科性，已不同程度地受惠于其他学科，比较文学、社会、意识形态等因素都进入了翻译研究，使翻译研究和文化研究、人文学术研究相互促进，特别是各种文论如结构主义、女性主义、新历史主义、后现代主义、神话原型、阐释学等为翻译中主体和客体的关系，作者、译者和读者的关系，翻译的还原和创新等展开了新的讨论和思考空间。翻译研究的各种发展态势促使本研究更多思考翻译的跨学科问题，对拓展研究的理论空间具有很大的启迪作用。

就《楚辞》文本来说，作品蕴含了 2000 多年前中国的哲学思想、道德伦理、科学技术等远古人文和自然文化，值得通过翻译向西方世界进行推广和分享。当今中国社会从普通百姓日常的生活习俗，各种民间巫术、神话，到整个民族的审美风尚都可以到追溯到楚辞文化，比如过端午节及挂艾叶、赛龙舟的传统，已经不局限于屈原其人和《楚辞》其书，而是成为一个民俗系统和文化现象。中国古代对天文、水利、建筑、手工业等科学技术的认识和成果，也与《楚辞》具有渊远的联系。更重要的是，《楚辞》参与了中华文化和民族精神的塑造，其精神核心就是屈原对君主忠心耿耿，对故土热爱留恋的情怀。他追求独立自主和理想主义人格，这种追求个人理想与社会责任合一的思想境界千百年来影响着中华民族的精神和道德伦理，具有普世价值。

随着新时期文化的不断发展，楚辞文化活力也不断提升，楚辞学新的研究成果也层见叠出，已涉及哲学、经学、神话学、原型批评、心理学、民族学、文化人类学等多种交叉学科。新文化人类学家甚至把《楚辞》置于广阔的环太平洋文化、中国上古四大集群文化的大背景下，考释其微观文化之间神秘的意义、结构与关联，探究各类文化符号的深层结构里蕴藏的整体文化密码。因此，对《楚辞》的翻译和翻译研究也应同时跟进，接通楚辞学的研究成果和翻译研究的理论和实践，采取更广泛的翻译研究视域和多样性的研究方法，才有望全面地发掘楚辞的各种价值，使读者能通过《楚辞》译本真正领略到这一无与伦比的中华远古文化艺术之魅力。

19世纪末20世纪初，中国古典文学西译成了汉学家的基本取向之一，《楚辞》以其独特的魅力与其在中国文学史上的重要地位，自然也被选译辑录在中国古典文学作品外译之中。但目前的《楚辞》英译及传播情况与其本身的价值还是有很大差距的。英语世界大都是选译或节译《楚辞》作品来探源中国文化，涉及的点面非常有限，比如对巫文化、对作者或作品成书年代的考究等方面，而国内译者或突出作品的文学审美，或简单追求作品的义理。而且，二者在英译中都存在一些对文本中表层文化含义的错译现象，对其沉睡的深层内涵的弱化或丢失现象，尤其是对原作的社会功能、多科文化资源、原作者的写作意旨等未能进行整体呈现，导致难以在西方读者面前完整地呈现这一诗章的文化艺术整体价值及魅力，因此，对楚辞文化融入世界文化之林的路径有待于进一步探索。

本书主要研究目的如下：

首先，《楚辞》要"走出去"，其翻译的理论研究同样非常重要。长期以来，国内、外学界涉足《楚辞》英译理论的研究者很少，尤其疏于在跨文化、跨学科方面的翻译研究。虽然近年《楚辞》英译研究成果不断出现，但涉及的点、面比较有限，主要聚焦于具体翻译方法的研究、具体译本或译文的对比研究等方面。基于这一现状，从人类及其文化整体高度去审视《楚辞》英译的复杂性，运用交叉学科研究《楚辞》英译，在一定程度上提升我们对传统文学作品的诠释视野，也是翻译研究范式的拓展和创新，以期能为中华典籍作品融入世界文化中去提供一个广、深的研究视角和学术理论参考。

其次，通过研究可以对国内外《楚辞》英译和英译研究的成果作一客观了解和评价，在继承和发扬前期成果所赋予价值的同时，进一步分析其中所存在的诸多不足之处及其在翻译方面的表现。比如，帕克在翻译《离骚》时侧重于使用欢快、轻飘的词汇和节奏，能否表达出原作的深刻、严肃的主题？霍克斯对屈原作者身份的质疑和对《楚辞》政治譬喻说的否定，是否造成大多数西方读者很难真正理解原作本质的思想和感情？等等，需要进行宏观和微观相结合的思考，达到在翻译中能够凸显《楚辞》文化功能的目的。

最后，促进对民族文化如何有效地传播的思考和探索。西方世界对中国文化的了解和研究主要是从经典作品译介开始的，西方汉学家们感兴趣的是具有浓郁异域特色的本土文化内容，而这些文化在翻译过程中难免存在着被弱化、变形甚至丢失的现象。国内译者往往更重视作品的文学价值，对诗中包含的古代自然文化、科技文化等多学科、多层次文化价值在翻译中未能充分挖掘、保全和传达，对译作是否能获得西方读者的广泛接受，如何与西方文化相融合等方面也难有充分的前瞻，有待于通过对《楚辞》进行翻译研究来揭示其英译存在的问题，更好地促进民族文化的有效传播。

此外，从文化角度探讨文学作品的翻译，可以达到文学研究、文化研究和翻译研究相结合的目的。文学翻译是一项很复杂的行为，译者的文化立场、翻译目的、对源语的理解程度等不同，对同一对象、同一内容的异质文化就会产生不同的认知和诠释方式，而对《楚辞》独特的文学艺术和深厚的文化资源理解和诠释更是译者所面临的直接挑战。因此，结合具体的《楚辞》翻译实践，选取中西不同时代的经典译本，考察它们所表现的文化面貌整体特征以及诗文所反映的远古人类文化系统各层次的英译情况，寻求《楚辞》所蕴含的民族的、集体的文化价值和作者个人文化价值取向如何被近、现代，被中、西方译者解读并用英文进行重新阐释，不但能了解现有的《楚辞》英译的具体历史状况和发展态势，还能从文化层面上观照整个翻译事件和行为，以求《楚辞》英译研究能对中国典籍翻译具有一定的启迪作用。

第二节 《楚辞》英译及英译研究述评

《楚辞》作为中华民族文化的精髓，决定了它必然成为中国典籍外译不可或缺的一部分。本章通过对国内外《楚辞》英译和英译研究进行梳理、分析和归纳，试图勾勒出《楚辞》英译及英译研究的整体状况，寻求其英译特征及其研究过程中已经取得的成果、不足之处以及尚待进一步思考和探索的问题。

一 《楚辞》英译述评

《楚辞》虽然在国内流传了 2000 多年，但是直到 19 世纪中叶西方传教士的东进中期才有英译文出现。笔者共统计到《楚辞》英译 32 种，其中全译本 7 种，选译和节译 25 种①。国外对《楚辞》的译介绝大部分是选译和节译屈原的作品，而独立成书、相对完整的译本仅有亚瑟·韦利的《九歌：中国古代巫文化研究》（*The Nine Songs: A Study of Shamanism in Ancient China*，1955，下文简称《九歌》），霍克斯《楚辞：南方的歌》（*Ch'u Tz'u: the Songs of the South, an*

---

① 详见本书附录。其中的 7 种全译本也仅仅是相对完整的译本，迄今尚未有一部包含《楚辞》全部诗文 16 卷，总 66 首诗歌的译本。

Ancient Chinese Anthology，1959，下文简称《楚辞》）。国内相对比较完整成书的译本有杨宪益、戴乃迭英译本《离骚及屈原的其他诗作》（*Li Sao and other Poems of Chu Yuan*，1953），许渊冲译本《楚辞》（*Elegies of the South*，1994）、孙大雨译本《英译屈原诗歌选》（*Selected Poems of Chu Yuan*，1996）、卓振英译本《楚辞》（*The Verse of Chu*，2006）。此外，还有海外华裔林文庆的《离骚，一首遭遇痛苦的悲歌》（*The Li Sao, An Elergy on Encountering Sorrows*，1929，以下简称《离骚》）。

（一）《楚辞》在英、美世界的译介与传播

《楚辞》英译始于 1879 年英国驻华公使帕克发表于《中国评论》（*China Reviews*）第 309 页到第 314 页上的《离骚》。该译文没有附加任何有关作者和诗歌历史背景的介绍，也缺少相应注解或评注。现选用一节来表现帕克的翻译特征。

> 帝高阳之苗裔兮，*Born of the stock of our ancient Princes*，
> 朕皇考曰伯庸。*My father, Peh Yung by name.*
> 摄提贞于孟陬兮，*The Spring-star twinkled with cheery omen*，
> 惟庚寅吾以降。*On the lucky day I came.*
>
> （《离骚》，L1-4）

译文在风格上具有维多利亚时代的格律诗韵特征，由于表达过于归化，帕克采用的通俗英语词语很难对应《离骚》文化思想意境的深厚高远。翟理斯甚至认为："帕克是个草率的译者，译文中有一些严重的错误"，[①] 比如：他将"Li Sao"译成"The Sadness of Separation"，就是

---

① "…and Parker, always too hasty a translator, followed up with some serious mistakes. " From Lim Boon Keng, *The Li Sao An Elegy on Encountering Sorrows by Chu Yuan*, Shanghai：The Commercial Press, Limited, 1974：xxi.

理解上的错误。霍克斯评论其"过于意译，带有很多解释成分"，[①] 难以表现出楚辞亦歌亦诗的文学艺术特色。而孙大雨认为帕克"使用轻飘、波动和欢快的调子，与《离骚》那种严肃、思想深沉、苦难重重的主题和情调截然相反"（孙大雨，2007：306）。帕克的译文虽然不能完全准确地表达作品的艺术和文化深度，很难使大多数西方读者真正理解原作的深层思想，但是，它在英语世界的开创性作用是不容忽视的。

1884 年，翟理斯在上海出版了《中国文学精华》（*Gems of Chinese Literature*）一书，其中选译了《卜居》《渔夫》《山鬼》等篇。1923 年，又增译了《礼魂》《国殇》《东皇太一》等 5 首，其中《国殇》和《礼魂》是与韦利合译。1915 年，翟理斯在其《儒家学派及其反对派》（*Confucianism and its Rivals*）中选译了《天问》和《卜居》。霍克斯评价翟译"像他翻译的其他中国诗歌一样，非常优雅可读，但有些随意，欧化的语言句式比较多"。[②] 采用欧化的风格容易被当时英语世界的诗歌读者所接受和欣赏。比如：

> 宁与骐骥亢轭乎？
> 将随驽马之迹乎？
> 宁与黄鹄比翼乎？
> 将与鸡鹜争食乎？
>
> *Should I yoke myself a fellow in the shafts with Bucephalus,*
> *Or shamble along by the side of Rozinante?*
> *Should I vie with the wild goose in soaring to heaven,*
> *Or scramble on a dunghill with hens?*

（《卜居》，L26–29）

---

① "It is really more a paraphrase than a translation", David Hawkes, *Ch'u Tz'u: the Songs of the South, an Ancient Chinese Anthology*, Boston: Beacon Press, 1962: 216.

② "These are elegant and extremely readable, but free in a rather arbitrary way and sometimes tiresomely Europeanized", David Hawkes, *Ch'u Tz'u: the Songs of the South, an Ancient Chinese Anthology*, Boston: Beacon Press, 1962: 215.

翟译明显采用了符合当时"主流诗学"观念的归化翻译，如文中分别用"Bucephalus"和"Rozinante"对应汉文化动物"骐骥"和"驽马"。[①] "Bucephalus"是马其顿国王菲利普的一匹战马，性情刚烈、勇敢，驮着王子亚历山大参加过许多次激烈的战斗，并不止一次救过主人性命。这一动物形象与中国传说中"骐骥"具有相似的表示"神骏""英才"的正面特征。"Rozinante"是塞万提斯小说人物堂·吉诃德所骑的一匹毛病百出的皮包骨马，这一"欧化"的动物意象与"驽马"都有"庸才"这一象征意义，使西方读者能够产生相似的联想，同时也增强了译文的文学性，然而，却导致西方读者对"骐骥"和"驽马"等中国动物品种及其承载的文化内涵缺乏新奇的认知，不利于民族文化的传播。

1895 年，英国汉学家理雅各选译了《离骚》《国殇》和《礼魂》等篇目作为儒家经典发表在《皇家亚洲学会杂志》（*Journal of the Royal Aisatic Society*）中，与帕克和翟理斯译文不同是，理雅各对译文的相关条目做了非常翔实的注解，因此，霍克斯认为"译文比帕克的自然准确的多，但其本意不在于诗歌翻译本身，所以也就没有竭力去吸引英语读者的兴趣"（David Hawkes，1962：216）。同时发表的还有他的《离骚及其作者》（*The Li Sao Poem and its Author*）。这也是英国汉学家第一次借助《楚辞》作品的翻译向西方介绍诗人屈原及其思想，在一定程度上起到宣扬作者，沟通东西方思想、伦理、文学和文化的桥梁作用。

1919 年，韦利分别在他的《一百七十首中国古诗选译》（*A Hundred and Seventy Chinese Poems*）和《中国诗增译》（*More Translations from the Chinese*）中选译了《国殇》和《大招》。1955 年，韦利为了探索东方巫文化的目的，英译了《九歌》，在这之前的西方译者《楚

---

① "骐骥"在中国文化中指千里马，比喻人才。"骐骥盛壮之时，一日而驰千里，及其衰老，驽马先之。"见余邵鱼《东周列国志》第 106 章。http://www.wjsw.com/html/33/33093/2662718.shtml。

辞》英译基本上是单篇屈原诗歌选译或节译，缺乏整体翻译与介绍，韦利《九歌》译本是欧洲汉学史上第一部以整个单元翻译楚辞作品的译本，具有较高的学术研究价值。

1924 年到 1939 年，德国学者叶乃度因为研究中国古代的死神，先后英译了《大招》《招隐士》《大司命》和《小司命》。译者基本上采用逐字直译的方法并附有简单评注。凭借对《招魂》的翻译与研究，叶乃度获得莱比锡大学的博士学位。1941 年，他在《亚洲专刊》（Asia Major）上发表了论文《屈原的天问》，借助翻译来探讨《天问》的文化主题。但是，霍克斯评价"Erkes 的译文虽然读来让人痛苦，但是对中国文学的初学者来说还是有用处的"。①

1928 年，德国学者鲍润生在英国《皇家亚洲学会华北分会学刊》（Journal of the North China Branch of the Royal Asiatic Society）上刊登了《屈原生平和诗作》（K'ü Yüan, His Life and Poems）一文，并英译了《东皇太一》《山鬼》《惜诵》《卜居》《渔夫》以及《天问》的前十二行。② 1939 年，他创办了国际汉学杂志《华裔学志》，英译并发表了与《九章》相关的研究性论文。霍克斯评价鲍润生的英译是"机械式直译，没有任何文学价值"。③ 但是，鲍润生对作者屈原的深入研究，为屈原这一伟人走向西方做出了贡献。

1959 年，霍克斯的《楚辞》在牛津大学出版，是迄今西方最完善的《楚辞》英译本。该译本以王逸《楚辞章句》的内容为底本，囊括了屈原的《离骚》等多首诗歌、宋玉的《九辩》、景差的《大招》、淮南小山的《招隐士》、东方朔的《七谏》，共 54 首。霍译注

---

① "Erkes's translations make painful reading, but they would be useful to a student beginning to study Chinese literature in the original." From David Hawkes, Ch'u Tz'u: The Songs of the South, an Ancient Chinese Anthology, Boston: Beacon Press, 1962: 216.

② 《天问》是屈原的代表作之一。全诗 373 句，1560 字。该作品对天、地、自然、社会、历史、人生提出 173 个问题，鲍润生节选了前 12 句进行了英译。

③ "These are workmanlike literal translations with no pretensions to literary merit." From David Hawkes, Ch'u Tz'u: The Songs of the South, an Ancient Chinese Anthology, Boston: Beacon Press, 1962: 216.

重考证，大量参照古今《楚辞》学者的注疏研究，译法介于直译和意译之间。而且译者颇为重视《楚辞》的音乐性，但是，译者在翻译中还是力求以义为先，不因韵损义，因此，霍译本既适合西方大众读者了解楚辞诗歌和文化，又适合进行学术研究。许渊冲评价霍译："从微观的角度来看，比前人更准确，但从宏观的角度看来，却只能使人知之，不能使人好之、乐之。"（许渊冲，1994：13）尽管如此，霍译本在西方汉学界产生了较大影响，被公认为《楚辞》西译的权威版本，1985 年由企鹅出版公司进行了再版。

对《楚辞》在西方的传播做出贡献的英国译者还有克兰默·宾（Launcelot Cranmer Byng）、艾约瑟、林仰山（Frederic Sequier Drake）、唐安石（John Turner）、白之（Cyril Birch）等。[①] 依靠不止一代英国汉学家的努力，以屈原作品为代表的《楚辞》，终于在英国读者面前呈现出相对完整的面貌。

在美国，尚没有《楚辞》的全译本诞生，主要是在翻译文学选集中选译《楚辞》诗篇来构建和阐释中国诗歌。1947 年，诗人白英（Robert Payne）、俞铭传（Yu Mi-Chuan）等在《小白驹：自古至今中国诗选》（*The White Pony*, *Anthology of Chinese Poetry from the Earliest Times to the Present Day*）中选译了《离骚》《九歌》等诗篇，霍克斯评价译文："其注脚时有误导作用，但是译文清新可读，是除韦利译文外唯一没有阻碍读者理解的英语翻译。"[②]

1984 年，伯顿·沃森（Burton Watson）在他的《十三世纪哥伦比亚中国古诗集》（*The Columbia Book of Chinese Poetry-From Early Times to the Thirteenth Century*）中选译了《离骚》《湘君》《云中君》《山鬼》《国殇》和《九歌》的部分诗篇。除此之外，美籍译者还有

---

① 具体篇目和出版情况参见附录。

② "The footnotes are sometimes misleading, but the translations are fresh and readable, — the only extensive English translation of Ch'u Tz'u apart from Waley's which do not positively deter the reader." From David Hawkes, Ch'u Tz'u: *The Songs of the South*, *an Ancient Chinese Anthology*, Boston: Beacon Press, 1962: 217.

拉·约翰逊（Jerah Johnson）、田笠（Stephen Field）、杨联升（Lie-sheng Yang）、海陶纬（James Hightower）、陈世骧（Shih-hsiang Chen）、宇文所安（Stephen Owen）等，这些译文基本上是用散文体译诗，采用对创新和传统翻译手法兼收并蓄的态度，为传播《楚辞》文化构建了重要的平台。

（二）海外华裔与国内译者《楚辞》英译综述

海外华裔译者为译介儒家思想、传播传统文化做出了不容忽视的贡献。林文庆是首位向西方介绍屈原作品的华裔译者。1929 年，林译《离骚》由上海商务印书馆出版。译本由三部分组成，开篇由新加坡政府官员克利福德（Hugh Clifford）作介绍词，时任厦门道尹陈培锟题签，翟理斯、印度著名诗人泰戈尔（Rabindranath Tagore）和香港孔教学院院长陈焕章（Chen Huanzhang）三人为其作序。然后分别为译者前言，并附有用 44 个小标题对这首 376 行诗歌的概括分析、刘勰的《辨骚》中英文对照、译者为作者屈原所写的颂歌、作品的历史背景介绍、对屈原的介绍、《离骚》在中国文学中的地位介绍、《离骚》的风格和赋体特征等内容；第二部分是无韵体《离骚》英译和中文对照；第三部分为丰富的注释、评注、词汇解释及参考目录。霍克斯认为林译"提供了丰富有用的注解，是学习者的好食粮"。但他认为"理雅各的单调平铺的散文体译文比这（林译）无韵诗要合适些"①，而翟理斯从林译的文化价值上出发，惊叹林译"使英国显得瞠乎其后，停滞不前了"②。

1975 年，旅美作家柳无忌、罗郁正等编译了《葵晔集：三千年

---

① "It has very copious and on the whole useful notes. But the translation is less accurate than Legge's and about equally avoid of literary merit. Indeed, Legge's flat prose would have been greatly preferable to such essays in blank verse…" David Hawkes, *Ch'u Tz'u: the Songs of the South, an Ancient Chinese Anthology*, Boston: Beacon Press, 1962: 216.

② "And this elaborate study of an ancient and difficult poem, ……seem to me to go far to leave the British Empire precisely where it was". From Lim Boon Keng, *The Li Sao An Elegy on Encountering Sorrows by Chu Yuan*. Shanghai: The Commercial Press, Limited, 1974: xxii.

中国诗选》（*Sunflower Splendor*：*Three Thousand Years of Chinese Poetry*）。该书于 1975 年、1983 年、1990 年、1998 年分别由 NewYork：Doubleday 与 Indiana University Press 多次出版，在美国出版界引起了轰动。该书以自由无韵体选译了《离骚》《湘君》《大司命》《哀郢》《橘颂》共 5 首《楚辞》作品，虽然译文"只有意美而没有音美、形美"（许渊冲，1994：13），但是，译者利用身处异域的优势为中国文化对外输出做出了一定的贡献。

国内译者对《楚辞》的英译远远比不上对其蔚为大观的今译，但也有不少译者在积极地探索《楚辞》翻译的路径，为弘扬华夏优秀文化做出了不可磨灭的积极贡献。早在 1944 年，林语堂在《中国与印度之智慧》（*The Wisdom of China and India*）中英译了《大招》。1953 年，北京外文出版社推出了杨宪益、戴乃迭夫妇合译的《离骚及屈原的其他诗作》，包括了除《天问》和《九辩》外的几乎所有《楚辞》诗篇。杨译参照了郭沫若的《楚辞》现代文翻译，采用了严格的英雄双韵体（aabbcc…）与双行押韵体（abab 或 abcb），霍克斯评价"这是匠心独运的一座丰碑，但像蒲伯译的荷马史诗一样，并不是忠于原文"。[①] 2004 年，外文出版社出版了杨氏夫妇合译的汉英对照的《楚辞选》译本，选译了 24 首屈原的诗歌，但是，译本对涉及的中国历史文化基本上采用简译或归化处理的方法，其中没有包含任何前言、注解和评论。

1994 年，湖南出版社出版了许渊冲英译《楚辞》，包括屈原的全部诗作和宋玉作品《九辩》等，共 28 首。该译本以王逸的《楚辞章句》为底本，在前言中对屈原的生平和作品进行了简略介绍，对国内外的《楚辞》英译本的部分版本做了简单的评述。译本有古文、白

---

① "The fact that many of the poems are in rhymed couplets apparently suggested to the authors that a pastiche of Pope's Heroic style would be the most suitable medium of translation. The result is a monument of ingenuity，but to my mind bears about a much relation to the original as a chocolate Easter egg to an omelette." From David Hawkes, Ch'u Tz'u：*The Songs of the South*，*an Ancient Chinese Anthology*，Boston：Beacon Press，1962：217.

话文和英译文的对照，译文试图再现原诗的"三美"特色，① 采用了abab，abcb 四步抑扬格诗体形式，并在句尾加"oh"来对应"兮"字，意在使西方读者能够原汁原味地吸取中华文明的文学艺术。

1996 年，上海外语教育出版社出版了孙大雨中英文对照的《英译屈原诗选》，译本选译了屈原的《离骚》《九歌》（11 首）、《九章》（6 首）、《远游》《卜居》《渔夫》等，共 21 首诗歌。译者主要使用朱熹的《楚辞集注》和清代蒋骥的《山带阁注楚辞》为底本，另参考王逸、洪兴祖的注译。该译本由柳无忌作序，吴钧陶作跋，译文采用六音步抑扬格双行押韵体，在文辞和思想上也非常贴近原作，信而有征，富含学术性，是一部具有深厚文学、史学和译学功力的译本。

2006 年，卓振英英译本《楚辞》作为湖南人民出版社的《大中华文库》系列丛书之一出版。该书根据陈器之、李奕的《楚辞》今译，选译了屈原诗作 26 首和宋玉 2 首诗歌。此译本用分诗章的形式进行异化为主的英译，除了总序和译者所作的翻译介绍外，没有序言、注解、评注等内容。译者遵照了典籍英译的总体审度，对作者和时代背景、原作的内容及版本，原作的风格艺术、现有英译的各种版本、对文本的文化定位的社会文化因素，以及针对骚体诗的审美艺术所采用的相关的方法都进行了一番田野式的深入细致研究和文化解读，做到对作品的总意象及预期翻译文本的文化定位等心中有数。

此外，国内对《楚辞》作品进行选译的还有王知还、杨成虎等学者，各位译者都为弘扬和传播《楚辞》文化做出了积极的贡献。

（三）国内外《楚辞》英译简评

现有的各类《楚辞》英译为《楚辞》的对外传播和英译研究提

---

① "三美论"是翻译家许渊冲先生倡导的诗歌翻译理论。许渊冲认为中诗外译的三美标准：诗歌翻译，尤其是格律体诗词的翻译，要尽量传达原诗的意美、音美、形美；音美是指诗歌要有节奏，押韵，顺口，好听，传达的方法可以借助英美诗人喜用的格律，选译和原文相似的韵脚，还可以借助双声、叠韵、重复、对仗等方法来表达音美；在三美中，三美的重要性不是鼎足三分的，意美是第一位的，音美是第二位的，形美是第三位的。许渊冲：《毛主席诗词译文研究》，《外国语》1979 年第 3 期。

供了前提条件和宝贵资源，但是，与《诗经》《论语》等其齐名的国学经典作品相比，《楚辞》在欧美世界的译介、传播和接受都相对较为落后。①

就译本而言，在笔者迄今统计到的 32 种《楚辞》英译中，大部分都为节译或选译，目前尚未有包含楚辞诗歌总集全部 16 卷 66 首辞赋在内的完全意义上的全译本问世。译者的兴趣点多在于屈原的诗作，尤其以《离骚》和《天问》英译居多。由于视角各异，各译本之间缺少互动和关联，产生的译本所呈现的翻译面貌也各具特色，各不相同。

在作品的选择与翻译目的方面，英语国家的译者大多选译屈原诗篇，其目的大致如下：一是选译屈诗来呈现中国远古的诗歌艺术；②二是通过翻译屈原诗歌来研究屈原其人和他的风格、贡献等；③三是通过译诗以他者的眼光来对中国远古的社会、宗教、政治文化进行探源，这也是《楚辞》在英语世界获得翻译的主要原因。如翟理斯和理雅各在华期间，始终致力于对中国儒家文化的研究。翟理斯在 1915 年选译了《东皇太一》《云中君》《国殇》《天问》来研究儒家学派及其反对派；理雅各更多的兴趣在诗篇的文献参考、背景介绍和注疏集释上，在《哲学入门》中选译了《离骚》（1906），对屈原的思想进行了探索和介绍；韦利的《九歌》是专门探索中国远古巫文

---

① 《诗经》英译始于 1736 年布鲁克林（R. Brooks）与凯悟（E. Cave）英译的《天作》《皇矣》等 8 首（包延新、孟伟，2003：45）。《论语》英译始于 1691 年根据《中国哲学家孔子》拉丁文转译的《论语》英译本（王勇，2006：178）。二者在英语世界的首次译介比《楚辞》的首次译介——帕克 1879 年的《离骚》英译早 100 多年。

② 此类诗歌往往是选译，全文没有注解。如：帕克的《离骚》（*The Sadness of Separation*）；翟理斯《中国文学精华》（*Gems of Chinese Literature*）中选译的《卜居》《渔夫》《山鬼》等篇。

③ 苏联学者费德林等人对屈原的研究比较集中。英语国家有：艾约瑟翻译的《天问》（《北京东方学会会志》Ⅱ，4〈208—211〉），海陶玮的《屈原研究》（1954），理雅各的《离骚及其作者》（1895：839—864），杰拉·约翰逊的《离骚：屈原解除痛苦的诗》（1959），等等。

化的学术范本，每个篇目的译文之后都详细介绍诗中所反映的巫术活动情况，并以此为基础引用人类学方法进行社会宗教层面的深入研究。受这些汉学家的翻译影响，20世纪60年代，西方学界采用多种方法来透视《楚辞》中呈现的中国的历史、社会、艺术现象，对作者的身份、作品中的悲歌意蕴、宗教文化、社会政治等诸多层面的文化信息进行探源。但是，目前有些译本的文化翻译的浅显和局限无助于西方对中国文学和文化的充分了解，导致某些欧洲评论家，如汉学家丹尼斯和莱克甚至认为："与《伊利亚特》《失乐园》的辉煌和卓越相比，不单《离骚》是平庸之作，整个中华民族的天赋也极为低下。"（转引自孙大雨，2007：304）这种文化歧视原因之一是与翻译视角的局限性有关，期待在《楚辞》诗学意义上的阐释获得完善和创新来改变西方对《楚辞》的错误认识，这也是引发本研究的动机之一。

就翻译目的而言，国内译者主要是把《楚辞》作为文学作品或国学文献进行英译，更多地关注作品的考据、词章、语言等方面内容，在翻译中基本上都对骚体诗节奏韵律做了一定程度上的观照，部分译者如孙大雨、许渊冲、林文庆都使用了注解和历史背景分析。其中孙译《屈原诗选英译》使用长达306页的篇幅对屈原和他的诗歌创作思想以及历史地位等进行详细的论述，又用了106页的篇幅对其中的重要的文化价值进行丰厚注解，试图全方面反映作品生成的历史语境与作者的思想深度。

在翻译方法上，各位译者所采用的策略也各不相同。西方译者遵循"主流诗学"的观念，多为归化翻译，重顺畅，在一定程度上有利于《楚辞》融入目的语的社会语境。但是，在当今多样化的"主流诗学"和人类文明互渗趋强的环境下，读者对异域文化的猎奇兴趣和接受能力大为提升，"归化"翻译方法显得有点格格不入了，以弘扬民族文化为主位立场的"异化"翻译也应运而生。但是，异化翻译是否会影响译本在西方的接受和影响，使其能够在西方获得融合和涵化，是《楚辞》英译及英译研究需要探索的重要目标之一。

楚辞学一直在不断地发展，现有的《楚辞》英译对作品所蕴含的远古文化价值，尤其是对我国古代科学技术和深层社会意识在诠释中出现不少误解、偏颇或过于表浅，尤其是英美的译者在诠释过程中，除了在语言、诗意方面的不能达到融会贯通外，部分译文文化信息流失严重，导致译文在文化深度方面落后于原文，未能完整传达出文本所包含的厚重而严肃的思想和意义。同时，由于译者在思维、行为和观察分析事物的视角方面的差异，造成不少译文对楚辞文化的内涵理解过于片面，对原作的真实思想诠释具有局限性，比如西方译者偏重于文化探源而忽略了诗歌生成的动机和思想根源，这些局限的改善有待于译者从更大的视角范围来观察翻译的各要素，获得楚辞文化的完整内涵，甚至可以考虑采用与楚辞学专家学者合作的方式来进行翻译活动，对准确完整地反映原作的真实面貌和作者真实思想具有帮助，有利于英语世界对《楚辞》有更完整的认识。

二 《楚辞》英译研究述评

迄今为止，国内外对《楚辞》英译的专门性研究不容乐观，尤其是国外学界涉足者甚少，只有翟理斯、霍克斯等译家在译作的序言中有些只言片语的散论。国内已经有一些对《楚辞》英译理论和实践研究很有价值的成果，但尚未见到相对系统、全面的研究性专著问世。因此，国内译界有责任对其进行翻译理论和实践层面的广泛深入的探索，推动《楚辞》更顺利地走向世界。

（一）《楚辞》英译研究综述

目前《楚辞》英译研究比较薄弱，涉及的点、面比较有限，研究类型大致聚焦于翻译方法、译者研究、译本研究、对外传播和翻译视角研究等几种情况：

1. 翻译方法研究

翻译方法研究在《楚辞》英译研究中占主导地位，主要表现形式为以《楚辞》中某些具体诗篇为例，展开有关翻译方法的研究。而且大都是一些译者在翻译前言中所介绍的具体翻译方法和感悟之言，以及一些翻译研究者的真知灼见，包括语言内容和形式翻译的比较，意象和功能的再现，翻译中的歧义和误传等方面。

汉学家霍克斯长期浸淫于《楚辞》研究，对其他译者和自己的翻译做过不少散评。他从语言和风格方面评论翟理斯的译文《卜居》、《渔夫》等篇："象他翻译的其他中国诗歌一样，这些翻译非常优雅可读，但有些随意，欧化的语言句式"，而帕克的《离骚》英译"与其说是翻译，不如说是释义"；对于杨宪益、戴乃迭的译本，霍克斯认为"不忠于原文，就象用复活节巧克力蛋替代煎蛋卷一样"；霍克斯认为韦利的《九歌》英译由于做了相关的人类文化学探索，因而具有非凡价值，能启示后人在《楚辞》翻译中，必须首先对作品的历史背景和诗篇的功能做出透彻的研究，所以，霍克斯在《楚辞》翻译中，对每首诗歌所产生的历史、篇章结构、主题和风格都作了详细的分析，为了精确地传达意义，他不惜牺牲韵律，采用"多样化"的翻译原则，并使用逐字逐句与自由翻译之间的中间道路，较好地实现了中西文化的翻译对接，有助于英国读者深入地了解《楚辞》的文化内容与文学特点。但是，霍译对诗中原作者的满腔浪漫情怀、政治抱负方面没有进行诗学的呈现，致使译文未能达到应有的深度。

翟理斯对一些译者的《楚辞》作品英译也进行过研究。他认为帕克的英译《离骚》"开始欢快的韵调非常使人难忘，但是遗憾的是不能一直持续下去，而且译文中有很多比较大的错误"，而林文庆的《离骚》的无韵体英译对中国评论家来说，可能会认为具有意义的缺损，但"并不会有太大的损害这位校长译者的翻译效果"。①

《离骚》译者林文庆在译本前言中提出自己的翻译观："只有格律体的翻译才能再现原诗的精神，失去节奏会使译文缺失原作中的优

---

① "The lilt of his first verse impressed me very favorably. …But the lilt did not last, … followed up with some serious mistakes"; "not much will be found to vitiate the president's results." From Lim Boon Keng, *The Li Sao, An Elegy on Encountering Sorrows by Chu Yuan*, Shanghai：The Commercial Press, Limited, 1974：xxi-xxii.

美和悲壮的效果。"① 但孙大雨对此持有异议，认为林译"除了文字
上的错误以外，是十分令人失望的，其情形与中国现代诗人和学者郭
沫若对屈原的最伟大的颂歌做的唯一的白话文翻译不相上下"。（孙
大雨，2007：306）

许渊冲非常注重语言和形式等艺术特色的翻译。他在译本前言中
再次表明他的"三美"翻译原则："英译《楚辞》一定要再现原诗的
意美、音美、形美，才能使这座高峰屹立于世界文化之林"（许渊
冲，1994：13）。但是译本出现一些因韵损义的地方，比如：

> 入溆浦余僔徊兮，*By poolside I pace to and fro，oh*！
> 迷不知吾所如。*Perplexed，I know not where to go.*
>
> （《涉江》，L27-28）

此句充分考虑了骚体的独特性，采用了四音步抑扬格，表现了音
美形美。但是，诗中"溆浦"这一地名被译成"*poolside*"（池畔）②，
来达到与下句中"*Perplexed*"押头韵和尾韵的审美目的，而
"*poolside*"这样一个普通名词，无论从音、义和文化方面来说都缺省

---

① "…only a metrical translation could reflect the spirit of the poem. The original contains ri-
mes，the absence of which in the translation may detract from its elegance and melodious effect."
From Lim Boon Keng，*The Li Sao*，*An Elegy on Encountering Sorrows by Chu Yuan*，Shanghai：The
Commercial Press，Limited，1974：xxix.

② "溆浦"一词，《辞海》有两种解释，一种是水名，指溆水，浦，水边；另一种是
县名，在湖南省西部、沅江中游，西汉置义陵县，东汉废，唐改置溆浦县。古来也有两种
说法，王逸注："溆浦，水名"；《文选》五臣注云："溆亦浦类"；汪瑗补之："溆浦皆水中
可居者，洲渚之别名耳。"朱熹持地名说，但未注明在何处；王夫之认为是指沅西与黔粤相
接山高林深之处；戴震则认为是在辰溪县南部的溆浦县；今人多指是在湖南溆浦境内溆水
沿岸的地方。1978 年，湖南省博物馆在溆浦马田坪乡发掘出一座战国古墓，经考证系秦一
将领墓，说明溆浦在战国后期至秦代，是秦人活动和管制"黔中"的一处重要基地，因此，
楚、秦时即有溆浦。笔者认为，根据随后句中的"深林杳以冥冥兮，乃猿狖之所居。山峻
高以蔽日兮，下幽晦以多雨"语境，"溆浦"在诗文中乃西汉所指的义陵县，现溆浦一带为
丘陵地区，而非水之滨。

"溆浦"这一具有悠久历史的地理信息，更与后句中"深林杳以冥冥兮，乃猿狖之所居。山峻高以蔽日兮，下幽晦以多雨"的对丘陵山区的荒凉情景描写相矛盾。但是，许渊冲的"三美""三似""三化""三之"等翻译思想在《楚辞》中皆有表现，对把精美绚丽的民族文化推向世界方面作了非常宝贵的探索。

孙大雨坚持作者本位的翻译观，强调对作者原意的准确把握以及对原文正确的理解和深度阐释。译者使用了较长篇幅来介绍屈原在中国和世界历史上的地位，他的崇拜者、模仿者和评论者。对于读者，尤其是西方读者来说，这些背景知识非常必要，是理解作品的钥匙。孙大雨认为翟斯理等西方译者对屈原内心和外部世界缺乏了解，研究粗浅，因而贬低了屈原。此外，译者在前言中对屈原的诗体学采用与《诗经》对比的方式进行了全面的分析、解释并对其诗歌作品进行了音步分析；对每一译诗都进行了创作背景、格调、诗歌思想和主题的分析，认为汉学家们连对自己母语诗歌的遣词用语和格律的流动变化的真正内涵都无法做出合格的评论，更无法对中国古典诗歌做出中肯的评论。孙译对原文思想和格律的准确要求，使得其译本充满一种既具思想，又具声音的和谐、独特的魅力和价值。

卓振英在《楚辞》翻译中追求"借形传神，以诗译诗"。他认为在英译时要根据原诗形式，借鉴英诗的各种诗体，使韵式、形体达到近似。他还认为，只有通过考辨，才能做到有所鉴别、有所发现并总结了典籍英译考辨的主要方法："训诂、移情推理、考据、文化历史观照、文本内证及外证、互文关照以及诗人与文本的互证等方法。"（卓振英，2008：22）卓译通过严谨考据《楚辞》原作，澄清、纠正了50个重要的疑难问题，为《楚辞》英译提供坚实可靠的基础。

与此同时，国内一些翻译研究者也对《楚辞》英译方法作了一些初步的探索。龚光明以《楚辞》的翻译为突破口探讨翻译中灵感的诱发作用，主张《楚辞》英译要具有绘形与绘神的主体意识。他认为，首先，翻译主体必须在楚文化的宏观背景下领悟诗人对生活表象的深刻认识和分析，把握诗人对世界、对人类生存状态的终极关怀，然后，才能完成翻译中"绘"（再现）和"画"（表现）的综合，恰如其分地将原文本"世界"的情感和认识转化为逼真的视觉形象，达到仿真艺术效果（2004：104）。龚光明从翻译的视觉思维、音乐思维的角度来分析《楚辞》的思维方式是一种文学艺术和翻译艺术的美学综合，值得探索。

魏家海的《伯顿·沃森英译的描写研究》从描写的角度对伯顿·沃森英译的《楚辞》原诗和译诗的神话意象组合、香草和配饰意象组合、时间意象组合的特点进行对比分析，认为译者使用的直译法能再现原诗美学形式和功能，但在一定程度上造成了对原诗的误译或者削弱了原诗的审美艺术价值。

李贻荫的《霍克斯英译楚辞浅析》从霍克斯的多样性翻译方法和译本取得成功的原因两方面对霍译《楚辞》进行研究（1992：40—42）。

施思用"归化"和"异化"两大翻译策略对《楚辞》中的部分文化意象进行分析，指出"归化"指导下的译文减少了翻译的难度和理解障碍，避免文化冲突，"异化"能生动地再现楚民族文化的特点，丰富和发展译入语文化（88—90）。

蒋林、余叶盛从译者主体性角度对韦利译作《九歌》三种译法进行研究，分析了译本的翻译过程，探讨其翻译策略和方法，认为译者充分考虑目标读者的期待视野，采用归化为主，异化为辅的翻译策略，兼以音译加注等翻译方法，以自由体译诗，真正体现了译者的创造性（2011：65—67）。

严晓江的《许渊冲楚辞英译的三美论》认为许译传情达意，音韵和谐、形式工整、简洁流畅，使人感心、感耳、感目，其中渗透的"三美论"体现了西方文化的求真精神以及中国文化的求美传统，认为"三美论"是有中国特色的文学翻译理论（92—93）。

曾杭丽的硕士论文《翻译美学视角下的楚辞英译研究》（2011）对卓振英译文"形似"和"神似"的特点进行解读，对其各种实现方法进行探索，认为翻译中译无定法，要灵活运用不同策略：通过还原、调序、延伸、换字法实现文章押韵；通过缩略、标点法等再现原文节奏；通过音节缩略、信息转移或用下义词、句型转换等实现形式的形似；通过直译、移情传达原文意境；通过反问句、语气词、感叹句和修辞来再现原文感情。

以上翻译方法的研究多为译者对自己翻译的感悟之言或彼此间的点评，也有研究者对部分《楚辞》作品的翻译方法研究，基本上局限于"直译"与"意译"，"归化"与"异化"，"形似"与"神似"等具体的翻译策略方面，有待于从跨文化角度进一步拓展研究视野。

2. 译者研究

100 多年来，从事《楚辞》英译的不乏赫赫有名的翻译家，而单纯从翻译学角度对《楚辞》的译者进行的基础性研究相对较少。

2007 年，张慧敏在硕士学位论文《韦利及其楚辞研究》中对韦利的研究历程与《楚辞》的研究因缘进行了梳理，分析了《九歌》的英译特色，重点探究韦利进行巫文化研究的文化观点和研究方法，这一研究对论证韦利在欧洲汉学史上及对中国文学研究的影响具有一定作用。

随后，洪涛在《英国汉学家与楚辞·九歌的歧解和流传》一文中对《九歌》在国外的流传进行了研究，该文描述了韦利与霍克斯两位汉学家在《九歌》翻译和研究方面的传承关系，分析了二者在诗句诠释中存在的相同难题及处理中采取不同判断和产生的分歧，指出汉学家在《楚辞》翻译中面临的诸多困境和诠释空间（57—67）。

刘华丽在《孙大雨楚辞英译浅析》一文中解析了译者的翻译目的与其强烈的身世之感和时局的影响之间的关系，认为孙译的"丰厚翻译"策略展现了中国丰厚的文化底蕴。

此外，郭建勋、冯俊的《离骚英译史视阈下的宇文所安译文初探》将译文置于《离骚》英译史大背景下，与霍克斯、伯顿译文进行对比，认为宇译文是民族性与世界性的辩证统一。

要全面深入地进行《楚辞》翻译研究，对于译者进行的基础性研究，尤其是对译者的翻译策略、价值取向、翻译思想以及译者的文化身份等方面的研究尚需要进行大量探索和补充。

3. 译本研究

在《楚辞》翻译研究史上，尚未有一本完整的《楚辞》译本研究专著，大都是通过对比译本来对译者和翻译方法进行考察的散论。

杨成虎的《离骚三种英译本比较论》首次从纯学术的角度对杨宪益夫妇、孙大雨、许渊冲等中国译者的三种译本进行对比研究。涉及《离骚》篇名的英译，诗体的不同特色，译诗的措辞等问题，以及对《楚辞》中语言难点的处理四个方面，具有较大的学术价值。但是，缺乏对《离骚》英译的总体面貌做出宏观描述，对各译本产生的历史文化语境、各译本之间的渊源关系缺乏研究。他还通过译本的比较，指出了中国典籍翻译所取得的成绩和存在的问题，认为对典籍缺乏研究的翻译在一定程度上影响了译本的质量，并提出佛经汉译的经验对中国典籍外译具有参考价值。

洪涛的《楚辞英译的问题》（2003）在从《山鬼》11个英译本入手，对译文中角色和叙述者的设定、植物名称的翻译，以及译文的形式与节奏感方面论析译者对《山鬼》篇的理解。

郭晖在《典籍英译风格再现——小议楚辞两种译本》（2004）一文中通过对《离骚》《九歌》《天问》的译本的比较和分析，对如何再现原作的风格的具体方法进行了探索，认为把握和融入原作者的"本心"，把握其"词气"，才能全力再现原作风姿，要么选择与译者性情相近的作者的作品，使译作和原作相映。

祁华的硕士学位论文《楚辞英译的比较研究》（2011）从译者主体性角度对许渊冲和伯顿·沃森英译《楚辞》的翻译策略和翻译风格进行比较研究，指出在翻译策略上直译与意译、异化与归化要有机统一，要站在目标读者的文化背景下进行优化翻译。

余义勇的《从阐释学视角比较离骚四种英译本的风格》（2011）以哲学阐释学的"偏见"和"视域融合"为理论基础，通过对霍克斯、杨宪益、许渊冲和卓振英的四个译本的文化负载词、专有名词、修辞格以及诗歌形式等的翻译对比研究，揭示四个译本的不同翻译风格及其深层原因，论证哲学阐释学与翻译风格之间的关系。

张若兰等人则通过对许译、杨译和卓译三种《楚辞·少司命》的翻译语言和形式艺术的比较来表明译者主体性，认为译者在翻译中具有更大的个性发展和介入空间（145—148）。

以上各种译本的对比研究大都局限于部分译者的单篇译文的比较，涉及语言形式的不同特色、翻译风格、翻译的方法和译者主体性的研究，有待于对各译本的整体面貌及所反映的社会功能进行进一步探索。

4. 对外传播研究

《楚辞》传播学是楚辞学的一部分，关注《楚辞》传播工作，把楚辞文化推向世界也是评判翻译结果成功与否的标准之一。对于《楚辞》文化对外传播的现状与趋势、方式和存在的问题等，一些学者对此做出了可贵的探索。

蒋洪新在《大江东去与湘水余波——湖湘文化与西方文化比较断想》一书中专设章节以分析批评的眼光对《楚辞》的英译与对外传播进行了介绍，并对杨宪益、许渊冲、孙大雨等译者的部分译诗进行诗学上的研究，认为对屈原和《楚辞》的对外传播和翻译还值得做更深入的探讨，并且从文化诗学的角度指出楚辞文化传播应有的深度和方向："无论怎样的研究和翻译，我们研读屈原，更重要的是知屈原之人，论战国之事，披楚辞之文，入诗人之情"（2006：129），对作品翻译要达到的标准和目标具有指导作用，也对本书在选题和研究视角方面以良多启迪。

2008 年，杨成虎的《楚辞传播学与英语语境问题研究》一书，提出楚辞传播学面临的新任务是要在英语语境中开展楚辞传播工作，首先要从《楚辞》英译开始，要对其翻译和翻译批评提出新的要求，把它在英语文化语境中如何平等交流和对话作为我们这个时代中国学者和译者的一大任务，作者还评价了杨宪益、许渊冲、孙大雨和卓振英的英译对楚辞传播学的贡献和不足之处。

何文静在《楚辞在欧美世界的译介和传播》一文中，细致地梳理了《楚辞》在欧美世界的译介历程，考察了西方学者编写的文学史纲和作品选集，认为这是西方读者认识屈原和楚辞的重要途径。接着，从文献考据、文本解析和文化探源三个角度深入分析欧美世界的《楚辞》研究，指出西方学者这些论著不是以译介为目的，而是以此对中国历史、社会、文化和艺术现象的透视，认为西方对《楚辞》的传播和学术研究具有一定的传统。

事实上，在英语语境中，我们的《楚辞》传播工作还任重道远，① 在当今全球化的新形势下，《楚辞》要走出中国，走向世界，就要将其在英语文化语境中如何平等交流和对话，如何展示自己的文化魅力作为我们这个时代的楚辞学者和译者的一大目标，那么，国内学界在《楚辞》向国外推介还有很多方面值得进一步去开拓。

5. 翻译视角研究

近年来，国内出现了对《楚辞》英译视角方面的研究，虽然尚未形成多样性，但是对拓展研究的视域起积极作用。

杨成虎在《天问的研究与英文翻译》一文中提出从阐释、文本和文化三方面探讨《天问》英译中的有关问题，认为原文具有多科性和多意性，它不但是文学文献，也是哲学、社会学、历史学、民俗学、神话学文献（158—169）。

卓振英在翻译《楚辞》的实践过程中提出遵循典籍翻译的总体审度的理念，关注《楚辞》英译决策和总体审度的关系：

为了制定正确的翻译策略，翻译出成功的译作，必须对作者思想、生平，原作内容、风格、形体、类型、版本和时代背景、现有的英译各种版本、相关的翻译方法论以及决定预期的翻译文本文化定位的社会文化因素等等进行一番深入细致研究，通过文化历史观照、文本内证及外证、互文观照以及作品与文本的互证

---

① "在英语文化圈中，《楚辞》的影响范围并不如荷马《伊里亚德》和《奥德赛》或但丁的《神曲》，在英国，贾普曼英译的荷马史诗已经进入了经典，而我们的《楚辞》还没有。"杨成虎、周洁：《楚辞传播学与英语语境问题研究》，线装书局 2008 年版，第 4 页。

对文本进行语义诠释，通过解码、解构、解析、整合对文本进行"文化解读"，以便对作品的总意象及预期翻译文本的文化定位等等做到心中有数。（2008：31）

总体审度下的《楚辞》英译能够尽量在贴近原文内蕴与满足读者阅读需求之间寻找平衡，有利于《楚辞》等中国典籍文学在外译时保真、保全原文史料，同时满足读者阅读需求。

严红红的硕士学位论文《意识形态对楚辞天问翻译的操控》（2011）分析了意识形态对《天问》选择的操控，即不同译者选择译本的政治及文化原因，认为译者在特定的社会文化背景中和特定的主流意识形态中形成了各自的意识形态，由此导致译者的翻译动机、对原文本的态度和阐释各不相同。通过意识形态与翻译的结合来研究《天问》英译，为《楚辞》英译研究提供新的尝试方向。

译者翻译的视角直接影响译文对原文阐释的广度、深度和准确度。对译者翻译视角的研究，为今后在《楚辞》英译中如何审视原作，制定合理的翻译策略具有启迪和指导作用。

（二）《楚辞》英译研究简评

综上所述，《楚辞》英译研究已经取得不少成果，已经走出单纯的翻译方法研究，由点到面逐渐开始铺开，而且对译者、译本，对外传播等层面的研究成果也开始不断萌现，但是，仍存在以下不足之处：

首先，《楚辞》英译研究的视角仍具有局限性。现有的研究主要聚焦于具体作品细节的翻译方法研究，特别是词语、韵律等文学特征以及部分具体文化的理解方面，而对译本、译者的研究比较有限，尤其是针对作品的翻译理论研究、翻译过程、翻译目的、读者接受和对外传播等方面的专门性研究甚少，这一现状不利于全面、深入地进行《楚辞》翻译研究，而且，能够为文化的对外交流和传播所提供的理论资源有限，需要各路学者分工合作，联合探索，深入地拓展研究，才能更好地促进《楚辞》文化外译工作。

其次，各路研究之间缺乏关联性。以上研究成果多为零星的散论且相对独立，多为对微观层面的考辨，缺少运用多学科客观理论来系统论证《楚辞》翻译的整体状况。国外只有霍克斯、韦利、翟理斯等译者在译本中就翻译方法做出互相点评。国内最近几年《楚辞》英译研究成果如雨后春笋般出现，但大都是对某个译本、某首诗歌、某个文学或文化现象的探讨，为有关《楚辞》具体诗篇在文学翻译中的点和面的研究，如对文化细节的语言和形式的忠实性研究，对其中神话意象的翻译研究等，因此，各研究之间的横向和纵向相互关联性不够，乃至研究不能层层深入。而且，迄今尚未产生对中西《楚辞》英译情况的研究的综合性专著，因此，不能使人看到古今中外历史上《楚辞》英译研究的整体面貌、各译本之间的相互关联性、对外传播方面总体策略和方向等。

（三）小结

鉴于《楚辞》文化的影响力及现有的国内《楚辞》学的研究，结合目前《楚辞》英译和英译研究的条件、现状以及存在问题，以下基础性问题值得进一步思考和探索：

一是对《楚辞》英译研究发展趋势的思考。随着研究热点的增多，对《楚辞》某首诗歌、某些文化意象的翻译探讨之游兵散勇、单打独斗式研究将有逐渐形成合力之势。如，在译者卓振英的带领下，浙江师范大学《楚辞》英译研究粗具规模，在对外传播、翻译视角、译者主体性等方面研究成果频现。尤为宝贵的是，卓振英在《楚辞》的英译和研究中提出了翻译的总体审度，扩展了翻译的视野。"总体审度的理念可以作为典籍英译批评的尺度之一，用以检验译作成败优劣。"（汪榕培、王宏，2009：8）那么，在实践中，将《楚辞》翻译纳入整体的高度也是必然趋势。

从文本内容整体性看，《楚辞》文本艰深，内涵深厚，通篇采用比喻、象征、托物起兴等表达手法，抒发作者深沉真挚的浪漫感情和忧国爱民的思想。作品的风格、韵律、意境、意象等不同程度反映了这样的主体思想感情。正如梁启超所说："吾以为凡为中国人者，须获有欣赏《楚辞》之能力，乃不虚生此国。"（2010：1）在翻译中只有使读者理解到原作与作者，人与物之间的多层联系，才能从各种层面真正地欣赏到《楚辞》的深层内涵而不会流于作品表层的顾影观花。

从翻译的时代条件来看，虽然原作相对来说是静止的，但是译本是具有时代性的。当今我国确定了以全球文化和谐平等相处为出发点进行文化输出的战略国策，促使《楚辞》等一大批代表中国文化的经典作品在西方世界的经典化，这也是时代赋予《楚辞》学界的一大任务。那么，对关注译者跨文化身份、译本的传播和接受度、翻译的视角和策略等因素的整体探索也是提升翻译的品质的必然要求。

二是对拓展《楚辞》翻译研究的跨学科路径思考。今天，翻译理论研究的范畴向各相关人文和自然学科延伸的趋势也日益明显。从楚辞学在国内外的发展状况来看，国内的研究已经不再是单纯译典籍、证典籍的传统阐释和引证的方法，而是迈进以历史文化和文学研究为主要特征的现代楚辞诗学时代。西方对楚辞研究具有重大突破始于韦利、霍克斯等汉学家对《楚辞》的译介，二者引进人类学的方法对原作进行社会宗教与文化层面的翻译和深入研究。20世纪60年代前后，西方学界开始从不同角度、采用多种方法来研究《楚辞》，从而对中国远古的历史、社会、文化和艺术进行透视。如，匈牙利学者托凯1959年出版的《中国悲歌的起源——屈原及其时代》，运用西方现代文艺美学理论，深入阐释楚辞的悲歌意蕴；法国的菲利普（Postel Philippe）在《流放之歌：现代哀歌的生发——屈原离骚和奥维德哀怨集比较》一文中，"从中西比较诗学的角度结合古代中国诗歌和拉丁诗歌两种传统诗歌，探索了流放诗的主题和哀歌生发的源头的异同及其诗学促生机制"。（转引自何文静，2010〈5〉：48）因此，本研究思考文学翻译作为一种充满诗性品质的跨文化的中介行为，能否采用更合理的翻译视角，将这部风格奇特、词采华丽、文意深奥的赋体诗歌的文学艺术和文化内涵融为一体？能否在最大程度上开发和拓展《楚辞》的文学和文化的复合价值，从而构建《楚辞》翻译的文化诗学目标等问题。

同时，《楚辞》英译研究的现状也表明运用跨学科的理论知识对其进行翻译研究的要求也十分明显。面对原作宏大的多学科视景和复杂深邃的文化内涵，纯然单一的翻译和研究是行不通的，有必要在研究方法上从更广泛的跨学科理论中获得支撑，才能站在不同视角对这一作品的翻译有一客观的评判和广深的探索。部分学者已经开始在这一方面进行了可贵的思考。如：龚光明从美学角度分析了《楚辞》翻译的思维艺术；余义勇以哲学阐释学中的"偏见"和"视域融合"理论基础做译本风格比较研究；徐静从认知语言学角度分析《楚辞》中文化概念的整合问题；严红红从意识形态的角度研究《天问》的译者主体文化问题；冯斗、许玫从视界融合历史性角度研究《离骚》不同译本对艺术作品内涵理解多元化的合理性。以上研究为《楚辞》英译和英译研究的视角拓展起了积极探索，因此，《楚辞》英译有必要倾向于借用跨学科的视角，对翻译中如何保存原文多重维度的文化内涵进行宏观和微观整体审度。

第三节　研究内容、创新点和方法

根据对《楚辞》英译史和英译研究现状的分析，对《楚辞》的译本和具体文化主题进行从宏观到微观的基础性考察和探索是研究的主要目标。

一　研究内容和创新点

首先，对《楚辞》阐释的历史文化语境的考察。文学翻译不考虑原作产生的整体历史文化背景因素，是不可能做到准确理解和对等翻译的。《楚辞》产生的年代久远，诗人屈原所处时期的社会文明、政治意识、人类文化等现实世界影响着作者的思想境界和诗歌创作。因此，对《楚辞》的阐释必须建立在对诗人及其周围历史文化氛围的思考与感知、对命运和生活语境的困惑与追问这些话语做出解读的基础上，才能建构《楚辞》文化的整体意义。

其次，对研究理论及其对《楚辞》英译研究的相互阐发性的思辨和描述。文化人类学的核心理论整体论由于观照文本的文化各层面相互联系，文化与其主体人的关系，以及文化的传承和整合等内容，对《楚辞》所反映的战国时期人类的生活方式及思想意识在翻译中的完整传达具有很大的解释力和指导作用，因此，有必要对文化人类学的整体论与翻译的相互阐发性进行充分论证和描述，其中涉及一些核心概念范畴的考察和运用，如深描、民族志双视角阐释方式、涵化、整合、互喻文化、向后站等，力求能够从更大的系统和范围为《楚辞》英译提供理论指导。

研究的重中之重是对《楚辞》经典译本以及原作所蕴含的各类文化主题英译的研究。《楚辞》英译有 130 多年历史，其总体英译情况如何？具体到某个译本来说，原作所反映的文学价值、文化价值和翻译价值是否分别得到较好的阐释和体现？《楚辞》英译反映了典籍翻译的一些什么样的普遍性问题？针对这些问题，本研究根据不同历史时期中西四位译者的英译本的整体翻译面貌进行探索，试图发现译者作为翻译行为的主体，如何接近民族心理，理解作者意图，并将这些意图创造性再现于另一文化的语言表现，阐发译者在翻译过程中所包含的翻译目的和视角、价值取向、翻译策略以及对理解《楚辞》文化历史语境的根本认识，廓清《楚辞》翻译的历史背景、问题展现各译本的整体面貌特征，同时也寻求不同历史文化背景下的翻译行为所选择的翻译策略原因及其局限之处。根据文化人类学家怀特（Leslie White）的划分，文化可以分为三个亚系统，即"技术系统、社会系统和思想意识系统"。① 本书联系具体实例，从翻译实践层面

---

① 莱斯特·阿尔文·怀特将文化划分为三个亚系统，即技术系统、社会系统和思想意识系统。技术系统是由工具、器皿、服饰等表层物质系统构成；社会系统则包括科学、经济、政治、官规、称呼等子项，是属于文化的中层制度系统；思想意识系统包括思想、民俗、宗教、神话、情感、信念、哲学等深层意识系统，其中思想意识处于最高层面，社会居中，技术是基础。Leslie White, Energy and the Evolution of Culture, *The Science of Culture*, New York: Grove Press, 1949, pp. 363-393。

考察这三个不同层次的文化系统中文化因子是否得到准确的理解，合理的开采和适当的传承，探索楚辞文化话语意义整体构建的策略，寻求楚辞文化对外传播的有效途径。

此外，通过对《楚辞》英译进行宏观和微观层面的整体分析和归纳，研究进一步思考我国典籍英译理论建设这一复杂的问题。主要探讨如何在尊重原文的基础上，运用民族志主位和客位双视角、"向后站"三维阐释以及文化涵化等多维视角和策略来进行跨文化阐释与整合。

本书主要特色和创新之处表现在以下几方面：

首先，首次对《楚辞》英译进行了从宏观到微观相对较为综合、系统的研究。虽然有关屈原和《楚辞》的研究在国内学术界已经派别林立，相当深入了，但在对外翻译和翻译艺术的理论和实践研究方面仍涉足不多，前人对《楚辞》英译的研究成果多为零星的散论，聚焦于对《楚辞》英译一个或者几个译本、一首或几首诗歌、一个或几个文学或文化现象的微观考辨或商榷，缺乏较为综合全面的论证，尚未产生较为系统完整的英译研究专著，因此，对于这一经典作品进行较为综合的翻译研究，具有一定的探索和开拓意义。

其次，探索了《楚辞》翻译研究与文化人类学相关理念之间的相互阐发特征。研究将"深描""整合""主体性"等核心概念运用到作品的翻译中去，直接对《楚辞》英译的整体面貌和翻译中存在的问题进行分析，不但在一定程度上平衡我国传统的文学翻译侧重具体文学价值的现状，更重要的是能促使译者在翻译过程中坚持观察视野的整体性，避免对翻译本体的片面认识，为今后对《楚辞》等典籍作品翻译、翻译研究和对外传播提供新的学术视角和理论资源。

此外，对《楚辞》英译的文化话语意义整体构建及其在对外传播中的实现途径和策略进行了有积极意义的探索。探索"民族志双视角""向后站""涵化"等文化阐释视角和策略来进行跨文化解读和诠释《楚辞》中许多远古的文化现象，不但能够帮助解决古代文化的意义争端，发掘源语的真实文化价值，而且促进国学推陈出新、温故纳新，从而提升《楚辞》及中华典籍的翻译品质。

二 研究方法

为了避免研究的片面性，本书主要采用描述法、历史研究法与文献分析法、宏观和微观相结合方法、对比分析法和归纳法等立体观照来开展《楚辞》翻译研究，既有理论的探索，又有实证考述与剖析。

描述法主要用来对《楚辞》英译的各个层面进行客观的描述，重点观照翻译现象、研究的理论以及研究对象生成的社会历史语境和文化事实的描述，去发现文化现象背后的翻译问题。

历史研究法与文献分析法是指通过对历史史料的收集、鉴别和整理来了解人类过去生活的真相，形成对历史事实一定的看法。本研究通过原作和译本所附录的参考文献，对《楚辞》学史、翻译的历史文化语境等因素进行研究，力求对原作的整体内容有一个相对完整和正确的认识。

宏观和微观相结合的方法主要是指理论和实践的结合。一方面结合文化人类学的整体论，从宏观上关注中西《楚辞》英译在共时和历时方面的发展变化过程以及所研究译本的文学、文化和翻译的整体面貌特征，试图上升到理论层面进行探讨。另一方面，结合大量实例对《楚辞》中人类文化不同系统的文化子项的翻译实践做微观的分析研究，同时，试图结合翻译理论对翻译方法进行探讨。

对比分析是对多个翻译现象进行比较来寻找语言和文化之间的共同之处和差异点。通过比较《楚辞》不同译本来解释不同译者在翻译过程中表现出来的选择倾向和存在的不足之处，来分析《楚辞》翻译的译者身份影响，以及分析在文化整体面貌构建上是否能求同存异的问题。对具体语言文化史料在不同翻译中的对比也是本书研究的重点内容之一，旨在对比不同翻译策略在揭示文化信息方面所产生的不同效果来进一步寻求理论上的启迪。

归纳法主要运用在以中西《楚辞》的多种译本比较和对原文中蕴含的文化主题的翻译实践进行对比分析为出发点，通过对翻译现象的归纳来进一步获得理论上的解释和启迪，以求研究结果具有科学性。

第二章

《楚辞》英译研究的理论基础

20 世纪后期，人文社会学科各分支出现很多交叉互动学科，使得人们从事各项研究的理论视域越来越开阔，文化人类学就是一门能使其他人文社会学科从中受益的基础学科之一，它的主要功能之一就是使人们客观认识人类自身及成就，促进不同文化间的相互理解和共享。英国杰出的人类学家、功能学派创始人马林诺夫斯基（B.K.Malinowski）甚至认为文化人类学是整个人文社会学科的基础。文化人类学以其融汇中西、贯通古今的宏阔视野也成为诠释文学艺术作品的解释性学科。爱尔兰人类学家安东尼·泰特罗（Antony Tatlow）曾强调文本的人类学化："我们只专注于文本，但要正确地做到这一点，我们必须将之历史化，文化化，人类学化。"（1996：36）美国人类学家克利福德·格尔茨（Clifford Geertz）认为"自己的工作也是阐释学的工作"，"研究文化不是寻求其规律的实验性科学，而是探寻其底蕴的阐释之学"（1999：10—15）。自然，这门学科与阐释学具有相通之处，能为我们提供认识文学研究与文学翻译研究的理论和方法。

文化人类学以人类文化的共同性和相异性作为主要研究对象，是文化诗学的一种特殊构成。它的整体论、普同论、跨文化比较论等范畴与翻译具有相互阐发的特征，尤其是它的核心理论——文化整体论，能从整体上把握人类及人类文化结构的相互联系，对《楚辞》等富含人类文化知识的典籍文学作品的翻译具有一定的解释力和指导作用。

第一节 文化人类学整体论的理论内核

"整体"（Holism）这一概念首先是法国社会学家、人类学家埃米尔·涂尔干（E. Durkheim）在《社会学方法的准则》（*Sociological Methods Criteria*，1895）一书中提出的，他认为无论是个人意识还是社会意识，都绝非实体的东西，只不过是一种特殊现象的或多或少系统化了的总体。整体观一直是文化人类学最富魅力的思维利器，其职能为"站在人类文明整体的高度，去辅助具体的学科实现他们的价值"（罗康隆，2005：9）。整体论强调对民族知识的了解和叙事对象的共性，重视从文化本体结构到文化主体结构的构建，它的理论要旨包括以下三点：

一 文化内部因素之间的关联性

文化人类学整体论强调文化诸要素之间的关联性，这一点从文化人类学对文化的界定可以体现出来。进化论学派人类学家爱德华·泰勒（E. B. Tylor）定义："文化或文明，就其广泛的民族学意义来说，是包括全部的知识、信仰、艺术、道德、法律、习俗以及作为社会成员的人所掌握和接受的任何其他的才能和习惯的复合体。"（2005：1）马林诺夫斯基亦认为文化"是一个由工具、消费物、在制度上对各种社会集团的认定、观念、技术、信仰、习惯等构成的统一的整体"（1994：105），二者都认为文化是由社会诸要素构成的有机整体，由此也表明了在文化研究中的整体性视角观照。结构功能学派主将拉德克利夫·布朗（A. R. Brown）明确指出："要想认识某种社会现象，就必须将它与其他社会现象，与整个社会联系起来加以考察，如此方能真正认识它的意义与功能。"（2002：59）结构主义人类学家列维·斯特劳斯（C. G. L. Strauss）在探讨神话的结构原则时倡导对一个神话的组合决不能单独地予以阐释，因为任何神话都存在于许多阐释层面的一种相互关系中，应当在它与其他被一起提取出来构成一个转型组合的神话关系中予以阐释，正如皮亚杰所说："一切有关社会的研究形式和结果，不管它们多么不同，都是要导向结构主义，因为社会性的整体或子整体，都是一开始就非作为整体来看不可。"（J. Piaget, 1970: 68）

解释人类学家博厄斯（F. Boas）甚至强调，"文化是整合的，部分只有在整体中才能得到合理的解释，整体重于局部，研究局部的目的是为了要了解整体，了解整个文化"（1999: 26）。格尔茨强调，文本本身就是一个文化描写的系统，一个民族的文化就是多种文本的综合体，而这些文本自身又是另外一些文本的综合：

> 我们称之为资料的东西，实际上是我们自己对于其他人对他们以及他们的同胞正在做的事的解释之解释——之所以被弄得含混不清，是因为大部分我们借以理解某一特定事件、仪式、习俗观念或任何其他事情的东西，在研究对象本身受到直接研究之前，就已经作为背景知识被巧妙地融进去了。（克利福德·格尔茨，韩莉译，1999: 11）

由此可见，文化人类学试图认识人类社会的各方面，包括政治经济制度、社会生活模式、宗教艺术风格及语言技术，等等。这种对人类文化进行多方面研究的性质就是文化人类学整体观。这种视野能够扩展理解的范围，使人们在探讨单一文化因素及行为时，能将其置于整体框架中，关注它与其他文化元素以外的各种外界条件之间的共性与个性，从多角度、多方位、多层次对人类的经验加以共时性深层研究，从而能保持对研究对象的全面认识和整体研究方向。

二　民族文化的传承

文化整体论强调文化的传承性。进化论人类学派注重文化的发展观，塞维斯（M. R. Service）和萨赫林斯（M. Sahlins）等代表人物都强调文化是多元进化和发展的，所有文化不是通过生物遗传得来并传给下一代的，而是通过学习获得"社会遗传"并进行传承的。他们认为历史和现实是一种传承关系，现代是历史的流传并根植于历史传统之中，同时也重新塑造或创新历史，如果传承断裂，也就意味着整体性的断裂。他们认同文本的历史性和历史的文本性。"任何文本一产生都是历史的"（朱安博，2008：42）。同时，历史又具有文本性，海登·怀特认为"历史是一个文本"（1991：500），海德格尔也阐明："艺术是历史，作为历史，全是在作品中真理的创造性保存。"（1991：72）"人类一代代地把深刻的内心活动的结果，各种历史事件、信仰、观念、悲哀、欢乐，都收入语言的宝库中，语言是一条最生动、最丰富、最牢固的纽带，它把世世代代的人连成一个伟大的整体"（李宝嘉、彭泽润，2003：70），历史文化是通过语言得到传承和发展的。

文化的传承的形式多种多样，它不但包括在特定文化中个体和集体继承延续传统的濡化（Enculturation）过程，也包括两个或多个不同文化体系间的作用和影响而产生的文化涵化（Acculturation），即文化借取，有外力借取与自愿借取之分。文学文本是人类历史和发展过程的重要载体，文学文本的传承不是一味的复制，也不是排斥异己，而是需要在文化整体性的基础上注重文本的历史性与时代互动、与异文化互动，同时，还需要用开放和包容的态度对源文化与目的语文化进行整合和维护，使本土文化能够在异文化环境中获得更好的适应和流传，以此推动民族文化进一步发展。

三 人与文化的内在联系

文化人类学整体论重视作为文化主体的人和文化的关系。克鲁伯（A. L. Kroeber）在《人类学》（*Anthropology*）一书中开宗明义地指出："人类学是人的科学"（1923：1），人是自然属性和社会属性的统一体，是文化的生物，也是社会文化的创建者，将自然和人割裂开来同人类学的整体观是背道而驰的。

"文学是人学"①，人是文化的剧中人、剧作者和文化的传播者，在文化中始终处于主体地位，是文化人类学研究的主要对象。作为主体的人，除了研究者外，还有不同被研究的对象以及他族群体。文化整体论把人类和人类所创造的文化看成是一个由许多相互联系的要素所组成的整体，认为人类不仅是自然系统，而且是一个包括人的活动的社会文化系统，要考察人类及其创造的文化就要注意人这一主体的特性，从而更好地揭示文化系统整体特性和功能。

人与人之间通过符号的体系得以相互沟通，绵延传续，并发展出对人生的知识及对生命的态度。正如霍克斯在译本前言中所说："我们能在中国的古诗中发现一切诗歌之双重源泉迹象，以及人作为社会成员的情感表达和作为独特灵魂个体的情感表达"（D. Hawkes，1962：15），因此，重视人的主体性，尤其是关注文化的创造者和表现者这些群体的思想和行为意识是文化传承的基本要求之一。

第二节　文化整体论与翻译研究的相互阐发性

文化人类学整体论注重文化内在各要素之间关系以及整体与层次、整体与结构的相互关联性，强调文化的传承与创新，重视人与文化的关系等基本理念，尤其是它衍生的一些概念范畴如深描、整合、主体性等与翻译研究具有很强的相互阐发性，能促使译者在翻译过程中坚持观察视野的整体性，避免对翻译本体和及主体的片面认识，对翻译研究具有良多的启迪。

一　深描：诠释内容的整体观照

深描（Thick Description）是格尔茨在《文化的解释》（*The inter-pretation of cultures*，1973）一书中提出的："文化不是一种引致社会

---

① 转引自钱谷融《论"文学是人学"》一文的自我批判提纲，《文艺研究》1980年第3期。

事件、行为、制度或过程的力量（power）；它是一种风俗的情景，在其中社会事件、行为、制度或过程得到可被人理解的——也就是说，深的描述。"（克利福德·格尔茨，1999：17—18）这一方法要求阐释者发挥自身的主观能动性，通过提供背景资料等解释之解释的方法，确切解读文本的深层内核。

深描理论的理解与翻译的阐释具有很大共性。翻译的整体观首先要求译者在观察翻译内容时，坚持诠释视野的关联性，避免对翻译的各部分要素产生片面的认识。在文学典籍作品的意义探索和诠释中，浅描是没有价值的，而是要以一种深度描写来重构文化的本来面目，除了表现出文本表层的语义外，对文本内部文化要素之间的多层、多义的意义关系也要进行多维阐释来展示作品的真实、完整的意义。

美国翻译理论家奈梅·阿皮亚（K. A. Appiah）根据格尔茨的深描理论提出了"深度翻译"（Thick Translation）一说，是指在翻译文本中，添加各种按语、注释、评注和长篇序言等，将翻译文本置于丰富的历史文化背景和语言环境中，促使原文中被文字遮蔽的深层意义与作者的意图相融合，加深读者的理解。阿皮亚还认为意义翻译的隐蔽性是由语言结构的差异和意识形态的不同两方面造成的，文学翻译传达的是文学文本的隐喻意义，而要达到这个目的，最有效的办法是对文本的历史语境的深度翻译，使读者如同深处源语文本所产生的时代和社会文化背景之中（K. A. Appiah，2000：417—429）。此后，英国翻译理论家西奥·赫曼斯（T. Hermans）通过对英国作家约翰·琼斯的《亚里士多德和希腊悲剧》的诗学深度解读，说明跨文化和历史术语的难度和复杂，在翻译中必然要伴随跨文化的阐释，认为在翻译原文意义时，可以在翻译文本前加前言，文中或文后添加大量的注解来提供读者文化和历史语境。赫曼斯还引用了我国翻译家严复的"信、达、雅"的14种不同翻译来说明术语意义在翻译中的复杂性，认为要做到对等的翻译是不可能的，但是，译文应该尽其所能追求对等，全面而可靠地代表原文。

深度翻译是对阐释内容整体观照。"好的翻译是把原作的优点完全移注到另一种语言中去，使得目的语读者能够清晰地领悟、强烈地感受，正像使用原作语言的人们所领悟、所感受的一样"（泰特勒，2002：167），深度翻译就是这样一种翻译，对具有深厚文学和文化特色的原作翻译来说，用超越异族文化之上的视野来对地方性知识进行深描，达到对文化现象的深刻理解和整体的认知，从而寻找出真正的意义之链。

深度翻译也是对文化持有者的阐释进行阐释，在翻译行为中，作者是第一层次阐释者，译者是在作者阐释之上进行的第二层次阐释，是一种创造性深度阐释，因此，深度翻译也是译者走出原文，介入文本时创造的另一种声音，是译者再诠释的一种手段，也是读者理解原文的一种辅助手段，既能减少跨文化误读和误译，又能降低翻译难度。同时，深度翻译对历史氛围的重构，厚化了语境，捍卫了文化真实性，能使读者产生对他族文化的理解和敬意。一种好的解释总会把我们带入它解释的事物本质深处，而深描由于对阐释内容的整体观照，就是在典籍翻译中达到这种好的阐释的有效途径之一。

二　整合：诠释方式的整体观照

文化整合（Cultural Integration）是文化人类学的重要概念之一，是指不同体系的文化因素和文化内容相互调和、融化和吸收并发生内容和形式上的变化而趋于一体化的过程。这一概念包含以下三点要义：一是不同文化因素之间进行了相互取舍和有机结合；二是文化在整合过程中，它的内容和形式上会发生一定的变异并产生了新质；三是整合强调的是文化的一致性与和谐性，即趋于一体化的过程。

翻译不是只拘泥于语符间的简单对等转换，它是一个多方面、多层次的文化整合的过程，它的基本性就是整合与变异："典籍翻译是一个多层次的整合过程，这一过程必然影响目的语的语言文化并导致一种结果，那就是翻译作品与原文相比发生了变化，其所属语言文化的性质也必然发生缓慢的变化，即变异。"（李玉良 2007：370）也就是说，翻译是在求同存异原则下的一种诠释方式的整体观照。

　　既然翻译也是一个整合过程，那么它就不是单纯对一个独立文本的操作过程，而是与多种文本产生相互影响的过程，原文本与目的语文本就是它的主要整合对象。首先，作为整合执行者的译者要观照文本之间的互文性。译者通过对前人相关文本的借鉴和分析，来获得综合的启示和阐发。例如，韦利为了探索《九歌》中的巫文化，对《汉书》《国语》《左传》《四书》《管子》《后汉书》《山海经》等中国古代的经、史、子、集文献都作了相关的研究，并且对国外相关文本进行考察分析，如对德国学者伊利亚德（M. Eliade）的《萨满教》（Le Chamanisme），日本学者狩野直喜（Kano Naoki）的《中国学文薮》（Shinagaku Ronso），布鲁诺·申德勒（B. Schindler）的《中国古代之祭祀》（Das Priesterum im alten China），费兹曼的《离骚与九歌》（Das Li-sao und die Neun Gesange）等文中有关萨满教描述的情况进行深入细致的研究来解释楚辞中的巫文化起源和发展现象。

　　除了对相关文本进行互文性分析，译者往往也会在前人翻译文本的基础上获得启发而进行综合性整合和创新。"翻译的文本生成过程是一个创造过程，但又是一个当下译者智慧与前译者智慧的创造性整合过程"（李玉良，2007：372）。比如，霍克斯的《楚辞》翻译在很多方面受到理雅各、翟理斯、韦利的思路的影响，他承袭理雅各对作者屈原的研究，沿用翟理斯的方法，以王逸的《楚辞章句》为底本；而在巫文化研究方面又与韦利一脉相承，关注的是社会宗教文化的研究视角，他在《九歌》的翻译中基本上有韦利英译的影子，但比韦利译本无论在广度、深度上都有所拓展，是一种新的创造。既然翻译是两种文化的交融，不同文本间存在文化内涵和知识结构上的互文指涉，译者在翻译中就需要具有双重甚至多重视域，把握文本的间的互文性，拓宽作品的容量。

　　二是观照异质文化的汇通。翻译是一种异质对话活动，在跨文化传递过程中要达到源文化同异质文化融合、共生，在对话中就必须求同存异，进行文化整合。翻译对源语文化的整合行为不管是积极的创造还是消极的背叛，往往会造成变异，源文化融入了异文化的血肉而发生了质的迁移，诞生了新的艺术生命体。原文在翻译中总是按照某种需要加以改造来适应读者的接受要求或适应目的语文化的价值体系。

实践表明，中西文化具有相互借鉴和通融之功能。中国 20 世纪意识流小说的兴起可以说基本上得益于对西方意识流小说的翻译，英美 20 世纪以来的现代诗歌也在很多方面整合了中国古诗的艺术和理念。例如，庞德（E. Pound）有意识地把汉语蒙太奇式的语言用于英译文本，为西方移植了东方的种子，其诗学理论也对现代英美诗歌的发展产生了重要的影响。阿连壁（C. F. R. Allen）、克莱默·宾等译家以西方传统来重构中国古诗歌，将中国古诗套入传统格律体英诗中；翟理斯采取西方诗学标准，在翻译行为上采取归化的策略，通过更换韵律、变换章法来将中诗转化为英诗等，但是，翻译的最终目的是文化的传播与共享，而文化的整合是在原作的内容和思想基础上进行的，无论在形式和内容上发生多大的变化，作者、译者、读者都不可能答应和认可一个面目全非的译文。

三是诗学的交相辉映。文化诗学能够表达这样一个宽泛的意义：对于任何一个文本的理解都需要同文本产生和解读时期的文化相联系，有目的地把文学理解为构成某一特定文化的符号系统的部分。在这一点上，新历史主义文化诗学、巴赫金的文化诗学以及中国语境中的文化诗学的基本取向是一致的，对文本的文化解读都是在文本整体思想结构基础上进行的。西方新历史主义文化诗学是从文化的视角、历史的视角、跨学科的空间来研究文学文本，其核心是"复调"，认为在关注文学的时候，还需要重视各文化领域之间的相互联系和相互依赖的关系，将人类学、历史学、政治学、经济学、艺术学、文学等学科的理论融会贯通，而语言、艺术等是编织于"系统"中的"部分"存在，脱离整个文化语境来研究文学问题是不可能理解文学的。

西方新历史主义文化诗学主张建立文学与其相关的时代文化、社会历史与其他学科之间相联系的系统，这与中国语境中的文化诗学有相通互见之处。童庆炳指出文化诗学是文学与文化的交叉研究，"文化诗学的构思把文学理解为文学是语言、审美和文化三个维度的结合，诗情画意和文化含蓄是融为一体的"（童庆炳，2001：24），即认为要整体上观照上述三个维度，从文本的语言切入，揭示文本的诗情画意，挖掘出内在深藏的文化精神。

由于各种原因，西方译者在翻译中有淡化和摒弃中国文化诗学的现象，比如阿连璧的《诗经》英译就有否定原作中的一些政教、道德、哲学等内涵；韦利、霍克斯对《楚辞》文化中的"诗言志""立象尽意""发愤抒情""美刺"等诗学观念在翻译中表现力度非常有限，而本土译者偏重于原文的情志诗学传统，在忠实表达的范围内尽可能传达《楚辞》文本原有的思想内涵，但是仍然存在顾此失彼的遗憾之处。

总之，通过翻译来发展本土文化和丰富目的语民族文化，需要整合源语与译出语文化，促使二者相互借鉴与吸收，使读者感悟东西文化的关联和互补关系并在诗学方面产生交融，碰撞出相映的火花，最终真正地渗透翻译文本，进入目的语文化语境之中。

三 人：阐释主体的整体观照

文化人类学整体论关注具有主体性的人以及人的主体性。对于谁是翻译的主体，译界众说纷纭。许钧总结了四种意见：（一）译者是翻译主体；（二）原作者和译者是翻译主体；（三）译者与读者是翻译主体；（四）原作者、译者、读者均是翻译的主体（2003：11）。杨武能认为："文学翻译的主体同样是人，即作家、翻译家和读者，原作和译本是他们之间进行思想和感情交流的工具和载体。"（1998：227）查明建考虑到翻译活动的复杂性和各因素之间相关性，提出译者、原作者、读者都是翻译的主体（2003：19—24）。段峰认为："翻译活动就是调节、协商这三种主体性（作者、译者和读者）关系的活动。"（2008：42）这些观点都认为作者、译者和读者共同构成翻译的主体。

文化人类学研究的对象是作为文化创造者、继承者和载体的人类及其在各种发展环境中的文化，这些文化是以人为主题，反映的是人在特定环境下的行为和思想意识，这些行为和意识在一定程度上能对文化起影响和制约作用。因此，作品中那些能在翻译活动中促使其本身本质力量外化的个体或群体的人也具有主体性，具有能动地影响客体，使客体为主体服务的特性。

具体来说，人的主体性体现在多方面，包括人的主动性、能动性和创造性。翻译的主体译者、读者、作者及作品所反映的个体或群体的人在翻译行为中的主体性，是翻译的重要考虑因素，需要纳入整体的视野中加以观照。

首先是译者主体的能动性。关于译者在翻译中的地位，译界众说纷纭，有"仆人""隐形人""叛逆者""仲裁者"等各种说法，莫衷一是。根据文化整体观主、客位相结合的原则，译者在翻译的前期准备与翻译过程中具有多重身份和功能。首先，译者在翻译中要像人类学家一样，以"局外人"的立场，对源语文化符码进行系统分析和整理，如：校勘补遗、辑轶、辨伪、注释、集释、三会（校、评、注）、作者年谱、作品系年、资料汇编、各类资料索引等来寻求阐释的真正意义之链。对这类资料的全面收集、编排和理解吸收直接影响译本的质量。另外，译者又须以"局内人"身份进入源语文化环境。对于典籍翻译来说，由于世易时移，直接系统观察和亲历访谈对译者来说难以做到，但译者的特定形式的文学创造活动绝不是一种封闭的活动，必须通过系统观察，将自己置于作者的处境，进入原作者的情感领域来获取与原作者相似的情绪体验，体会作者的创作意图和精神，重构作者的意图和态度，从而推断出构造作者文本意义的指导思想和准则。此外，译者还要关怀读者对源语文化的接受和理解能力，在翻译选择中趋同求异，使读者不会因为文化差异而造成文化迷惘。由此看来，兼顾主位和客位相结合的翻译活动是译者多重功能的体现，也是译者创作出符合原作精神和读者接受能力的经典译作所需要的必要姿态。

其次是作者的主体性。罗兰·巴特（R. Barthes）的"作者死亡论"和米歇尔·福柯（M. Foucault）的"作者功能论"等解构主义思想从权利角度出发，往往有意消解作者主体性，如果把这些观点引入人类文化学的整体观，未免过于偏激和狭隘。文化整体观在强调主位和客位研究相结合的基础上，让"土著人讲话"，本土人对世界看法的地方性知识应获得充分的尊重和表达（克利福德·格尔茨，2004：240），也就是说，翻译的主位特征认为作者是翻译多重关系中的重要角色，作者思想感情和意图的全值呈现将决定翻译策略的选择。

　　《楚辞》作为一部浪漫的政治抒情诗歌集，而不乏流于表面的香草美人、人神爱恋之类的浪漫抒情，而作者的根本思想反映了中国知识分子忧国忧民的爱国情感，是对世人具有激励和教化作用的。正如孙大雨所言："我们伟大的作者屈原严肃思考的主题是政治上的德行，人民的福利和人类的团结，而非纯娱乐性的、壁画式的艺术创作。"（2007：304）因此，建立在原作者思想基础之上的翻译才能是译作的根本所在，才能使读者对作者的创造和意旨有根本的认识，对原文的本意产生情感上的共鸣，这样的文本才具有阅读价值。

　　同样，作品中的所承载人类文化的人的个体或群体也是文化翻译的主体。读者潜意识里感兴趣的必定是原作所反映的人的社会生活、行为方式和思想意识，是作品所处背景的人物内在和外在表现，向往在阅读中能与作品中显现的或潜在的人物进行对话和沟通。世界各种经典读本，如《诗经》《论语》，抑或《荷马史诗》《圣经》等，在反映各自的人物事件时，都不可避免地反映人所处于的社会结构、生产方式、民间风俗、价值和信仰体系等人类文化学的研究领域。例如，《圣经》中的宗教意象系统，通向的是现实中的人之心理与精神，阅读《圣经》，促使读者与上帝之间就各种问题进行对话，从而接受来自神的启示。因此，对作品中人的认识、理解和解释，制约着译本的深度和品质，是翻译始终需要依赖和贯穿的方面。

　　除此之外，读者作为一个对作品具有要求也受其影响甚至制约的群体，也参与了翻译的主体活动。读者对客体的依赖性在于他们消费功能预设性。正如马克思所认为的生产直接是消费，消费直接是生产，读者需求功能是译本生产的前提。在文化传播过程中，读者作为文化信息的接受者，也是与传播诸多要素相互联系的出发点和归属点。"理解作品内在的或不露痕迹的艺术意图的根本，不在于创造者对作品的态度，而在于观赏者对作品的态度"（简·汤普斯基，1989：364），这一观点显然突出了读者在传播活动中的主体地位。在翻译活动整个过程中，读者主体对文化信息成功的获取是判断翻译质量的重要标准之一，读者受动性影响译者对原文本和翻译策略的选择。在文本生成之前，译者要充分考虑读者的期待视野和消费功能，选择符合读者需要的原文文本，定位读者的需求心理和阅读心理，读者的先设决定翻译工作的指向，读者也能在理解和欣赏异文化的过程中受到作者、译者、原文的引导和影响，如，译者的翻译策略，译本的文本形式影响读者的阅读，作者的影响使读者在一定程度上认同源语文化的价值观念，自然而然向源语文化这一方向发展。如果没有预设读者存在，译者对译文的实现价值将会大打折扣。

而且，译本的读者实际也参与了译本和原著的创造。读者在文本中也能读出自己的意义，选择一些声音而抛弃另一些声音，同时加入自己的声音。读者的文化背景、意识形态和情趣爱好也都不同程度地影响译者的翻译方法，迎合读者的意识形态、审美情趣或期待视野的译文更容易被接受和传播。

文化整体论厘清了翻译活动的主体译者、读者、作者及作品中人物之间的关系，也为它们之间接通了对话，鲜明地突出了翻译的主体和主体性。

第三节 文化人类学整体论对《楚辞》英译的阐释力

《楚辞》不只是一个内部封闭、孤立的诗歌文本，而是反映了中华民族文化的多种文本系统的综合体，诗中的一草一木、一山一水、一人一物都构成一道道映照千古的艺术风景线，折射了战国后期楚国人的生态民俗、社会政治、经济发展、天文地理、伦理道德及精神风貌，也闪烁着作者的政治思想和道德光芒。千百年来，这一百科全书式经典文本丰富和拓展了人类诗歌史和精神史的视野，正如杨义评价：

> ……独具一格地展开一场原始与文明的大对话，创造了一系列沟通天上人间，充满诗学激情和生命骚动的文化艺术形式，在哲学诗学、青铜工艺、丝织刺绣、漆器木雕、帛画以及舞蹈音乐诸多领域，都留下了不少足以显示人类创造能力的艺术精品，其中一些甚至可以称为千古绝品。（杨义，1998：6）

但是，《楚辞》要彰显其文化魅力，呈现其完整的面貌，具有很大的复杂性。根据上节所述文化人类学的整体性与翻译相通的特性，将《楚辞》文化置于这一跨学科的整体视角下，为文本的完整解读、文本顺利传承以及对沟通翻译主体间的对话构建了更广阔的平台。

一 《楚辞》作品的整体意旨

《楚辞》文化内容所涉及的各层次、各方面都能构成有机整体，本书仅关注以下几点与本翻译研究相关的内容的整体性特征。

（一）作者屈原思想和文化精神的整体解读

刘勰说："不有屈原，岂见《离骚》，惊才风逸，壮志烟高"①。一个文本的文化深度的考察应该充分考虑其文化背景，而研究《楚辞》，只有楚辞文化背景知识是不够的，作者屈原的个人经历和文化思想是理解和诠释楚辞文化的重要内容之一。

作为千载文人之首，屈原是一位知识丰富、才华横溢的诗人，因受奸佞陷害而被流放汉北与江南一带，其间彷徨行吟于山林皋壤，作诗《离骚》《九歌》《九章》等25首。诗人以一个浸透着人间辛酸的忧郁而痛苦的心灵去感受着历史的兴废和楚国政治的恶化式微，感受

---

① 黄霖：《文心雕龙汇评》，上海古籍出版社2005年版，第25页。

着大自然、神话、巫术等奇诡的精神世界，其语言有多层的指涉性，透过神话的隐喻和香草美人的曲笔，形成奔放而沉郁、充满力度与深度的美学格调。屈原的诗歌开创了骚体诗的先河，流传千年而始终熠熠生辉，因而班固认为屈原诗作"其文宏博丽雅，为辞赋宗"。①

生活在战国"百家争鸣"时期的屈原，以他的才智、地位和高尚的品格，自然会受到诸子思想的影响并能主动地对这些思想和主张进行批判和吸收，形成自己的思想境界。他通晓儒家、法家、道家等多元学术思潮，调和了诸子的理性智慧与风雅的诗学传统，开辟出一个新颖奇异、幽深博大的文化局面。冯友兰先生曾这样评论屈原：

> 他是在楚国推行"法治"的政治家，是一个黄老之学的传播者。他在文学方面的成就太大了，所以他的政治主张和哲学思想为他的文学成就所掩。其实他的文学作品也都是以他的政治主张和哲学思想为内容的。（1984：235）

屈原是楚王的宗族，从小就接受的宗教思想和民族主义两股明显的势力，成就了一位具有远见卓识的政治家。他曾任"左徒"和"三闾大夫"，"为楚怀王左徒，博闻强志，明于治乱，娴于辞令，入则与王图议国事，以出号令；出则接遇宾客，应对诸侯"②，有较强的外交能力和政治能力。他的政治信仰的核心就是君贤臣忠、美政爱民，这也是中国传统政治文化的基本准则。朱熹非常褒扬屈原的政治人格，他认为屈诗《九歌》是："因彼事神之心，以寄吾忠君爱国眷恋不忘之意"，③ 明确指出屈原的思想和行为乃是忠君爱国。《楚辞》中每一个文化元素都闪烁着屈原政治道德思想的高洁圣光，如："跪敷衽以陈辞兮，耿吾既得此中正"，"皇天无私阿兮，览民德焉错辅"

---

① 洪兴祖：《楚辞补注》，中华书局1983年版，第50页。

② 司马迁：《史记·屈原贾生列传》，中华书局1959年版，第2481页。

③ 朱熹：《楚辞集注》，上海古籍出版社1979年版，第29页。

等诗句，在更为深刻的层面上却让人领略到当时中国士大夫对社会政治、国家兴亡的关注、思考和价值设计。作者使用的丰富文学典故和诗情画意都是为了表达一个严肃的主题，即政治的德行、人民的福利和人类的团结（孙大雨 2007：304），这使得《楚辞》在文学与文化价值上绝不逊色于《神曲》《伊利亚特》等世界优秀的文学作品。

作为一名伟大的诗人、政治家，屈原以文学艺术的形式表现他追寻美政理想的政治人生道路并升华出一种爱国家、求美政、哀民生、修美德的民族精神文化。他九死不悔的执着精神、上下求索的探索精神、高洁独立的人格精神都是以这种强烈的爱国感情做基础，直至他实现了自己"伏清白以死直"的政治诺言，可见其正直刚烈堪称千古之冠，展现了一位封建士大夫爱国爱民百折不挠的高尚气节与人格。毋庸讳言，屈原的爱国精神必然有其历史局限性，但是这一思想精华文化具有强大的时空穿透力，流淌两千多年，不断地被无数仁人志士发扬光大。因此，人们世世代代发掘《楚辞》的爱国精神，高颂屈原的爱国思想并将其作为其爱国精神的具体内容来传颂和继承。

以《离骚》为代表的诗歌情感炽热、想象高远、语言奇美、形式绮丽，融历史、神话、社会于一体，展现了战国时期长江文明的丰沛创造力，也折射出诗人丰赡的才华以及多重、立体的思想结构和精神价值，从而使《楚辞》具有无与伦比的永久魅力，让后人为之敬仰、为之感叹、为之传颂。

（二）巫文化的整体诗学结构

古老的宗教巫术和神话是原始初民对大自然的幼稚解释和某些超自然的幻想，企望依靠某种神秘的手段（符咒、降神、占卜等）和仪式来驱鬼降神，以达到祈福消祸的目的。根据林富士的归类，"巫"的释义有以下六点：（一）地名；（二）国名；（三）一种祭祀的名称；（四）卜筮的道具；（五）一种人；（六）一种神名。（1988：16—17），以上六类体现了"巫"在原始社会所承载的多元含义。姜亮夫对"巫"的解释更注重人的因素：（一）祭司长，在初民社会中与军政首领共掌一族事务者；（二）祝史，民间所称的巫或觋；（三）与古希腊的庙妓相似；（四）屈原文中浪漫的一面——神思，于情思惘然不得已之时，以灵氛、咸巫为情感交代与解脱；（五）《九歌》乃屈原为民间歌舞乐神之旧曲而修辞润饰之作，本不能代表屈原之思想，只能代表楚人之巫风者，以女巫为主（1984：342—345）。

屈原生活的时代，楚国巫鬼祭祀之风浓郁，正是那遥远而浪漫的巫风礼俗，构成了屈原作品艺术特色的主要基础，赋予了楚辞独特的文化背景，楚辞也可以说是楚巫文化与作者屈原独特的人生经历和个性品质相结合的产物。

首先，作者是把自己与楚巫融为一体的。《汉书·郊祀志》云："楚怀王隆祭祀，事鬼神，欲以获神助，却秦师"（引自过常宝，1998：17），在这样的国君统治下，巫术祭祀和政治、军事，乃至日常生活都紧密联系在一起，成了统治者的一种统治手段，如哈维兰所言："通过求助于某些明确规定的方式，能迫使超自然力量以某种方式为善的或恶的目的起作用"（W. A. Haviland，2006：407）。从这种意义上来说，姜亮夫的第一种意义显然能解释当时存在的事实。而在楚文化背景中成长起来并且司职"左徒"和"三闾大夫"①的屈原，他的意识形态和文化修养中一定包含较为浓郁的楚巫祭文化传统。所以，在《离骚》中，屈原神秘而荣耀地介绍自己不凡的身世、诞辰和名字"灵均"，楚王也称其为"灵修"，"灵，巫也"表明自己的身份与巫密切相关。《离骚》中屈原提到的人神爱恋之求女，宓妃、有娀之佚女、二姚都是神巫之类，其实表现为自身与女巫的关系，而求女过程，从开始装扮、表达爱慕到神的叙述和降临，到最后互赠信物，与祭祀的方式大致相同。

---

① 二者都为古代官职。姜亮夫以西汉时"太常"，王莽时"秩宗"来比喻"左徒"，认为是相当于负责王族之宗族事务和宗教事务的长官。至于"三闾大夫"，与"左徒"之职相近，王逸认为："三闾之职，掌王族三姓，曰昭、屈、景。屈原序其谱属，率其贤良，以厉国士。"也就是说，是为楚王族宗族长官，传习、修撰宗族的历史、族谱，对宗族的弟子负有教育的责任。过常宝：《楚辞与原始宗教》，东方出版社1997年版，第21页。

但是，作为一名具有清醒的民主思想的政治家，屈原赋予《楚辞》中的巫术祭祀特色更多作用于人的情感、习俗、艺术创作等方面。诚如马林诺夫斯基所说："巫术属于人类，不但是因为巫术为人类所有，而且是因为巫术的题材主要是人事的题材，如渔猎、园艺、贸易、调情、疾病、死亡之类。"[①] 屈原描绘的巫文化除了因楚国当时民俗中巫风弥漫之外，更多的是要服务于他的政治理性，而不是如胡适等部分学者所认为的楚辞以纯粹的原始巫术或者是某种外来的宗教文化为背景[②]。

正如王锡荣所言：

> 屈原借重巫术只是作为他表达思想的一种形式，换句话说，即屈原在写作方面，受到它的启发和影响。屈原通过这种手法表达了他的炽烈的爱国主义思想情感，嫉恶如仇的抗争精神，心向往之的追求光明的理性。他使巫术为他抒发情感服务，而没有陷入巫术迷信的泥坑。（转引自胡晓明，2009：84）

《楚辞》是现实性思想和巫祭感性形式的美妙结合，如果我们不了解它那独特而复杂的文化背景，不了解那遥远而陌生的巫祭礼俗，就难以完整彻底地理解和欣赏《楚辞》。无论在《离骚》《天问》还是《九歌》中，都展现了原始宗教的巫祭意象，然而这种神秘巫魅色彩起到的是对作者德性和理性思想的调节功能："巫术总与宗教相伴随，他永远涉及到与不确定性和无把握造成的压力的关系，涉及到人类对这种情景所做的情结调整。"（转引自过常宝，1998：221），也就是说，巫术是人类对压力环境作调节的作用机制。那么，对作者通过巫术这一艺术表象来折射深层现实理想这一总体表现形式的认

---

① 马林诺夫斯基：《巫术 科学 宗教与神话》，李安宅译，中国民间文艺出版社1986年版，第61页。

② 胡适称《九歌》为"湘江民族的宗教歌舞"。胡适：《读楚辞》，见《胡适古典文学论文选》上册，上海古籍出版社1985年版。

识，能帮助译者和读者准确理解原文。如：

> 怨公子兮怅忘归，君思我兮不得闲。
>
> 风飒飒兮木萧萧，思公子兮徒离忧。（《山鬼》，L17—18）

此例可以理解为君臣之间若即若离关系的隐喻，表达屈原穷极愁怨而终不忘君臣之义。对于这类人神爱恋的抒情模式，很多学者表浅地认识为描写神灵间的眷恋、深切的思念或所求未遂的哀伤，仅供祭祀之用。其实，《山鬼》为屈原放逐江南时所作，当时屈原"怀忧若苦，愁思沸郁"，"因为做九歌之曲，上陈事神之敬，下见己之冤结，托之以风谏"①，屈原通过制作祭神乐歌，借用巫术祭祀中固有的礼俗形式，在政治上寻求相通的"同志"。因此《九歌》巫祭中凝结了作者的感受、体悟和诗性智慧，具有巫神—人情的双重诗学结构，是诗人借体代言，寄托自己对君臣遇合模式的向往并努力寻找一条合乎道、适乎己的政治出路的艺术表现手法，这是翻译需要关注的重要范围。

（三）"天人合一"的整体诗学结构

"天人合一"的思想是我国传统文化的思想核心内容，也是先秦诸子共同思考的时代主题。儒家"天人合一""三才论"的自然整体观②，道家"天人合道"的三道论整体观，都将人看作自然中重要的、不可分割的有机组成部分。如：《天问》是《楚辞》中最奇特的一首诗，诗歌一开头，就在人们面前展开有关宇宙起源的追问：

---

① "屈原放逐，窜伏其域，怀犹若苦。愁思沸郁。出见俗人祭祀之礼，歌舞之乐，其词鄙陋。因为做九歌之曲，上陈事神之敬，下见己之冤结，托之以风谏。故其文意不同，章句杂乱，而广异义焉。"引自王逸《楚辞章句》，洪兴祖补注，吉林人民出版社 2005 年版，第 3 页。

② "三才"指天、地、人。根据《周易》，把六爻位序两面并列，体现三级层次，其中初、二位象征"地"位，三、四位象征"人"位，五、上位象征"天"位，合天、地、人而言，谓之"三才"。

曰：遂古之初，谁传道之？上下未形，何由考之？

冥昭瞢暗，谁能极之？冯翼惟像，何以识之？

明明暗暗，惟时何为？阴阳三合，何本何化？

全诗对宇宙起源、天体形成、地理结构、人事历史兴亡的命运以及传统的价值观念都提出了大胆质疑，可以看出，诗人当时是把宇宙、天地、人事当做整体来对待的，对人与天、人与社会的关系进行了思考。这种朴素的科学意识使人感受到中国古代理性思想的普遍价值。

《楚辞》中的诗歌无一不是表现了天道与人道两大主题。《九歌》中的人与神的关系，《天问》中的人与天地的关系，《离骚》中人与自然的关系等不但蕴含着诗人的智慧和理性，也反映古人天人合一的宇宙观和人生观。

《九歌》被认为是屈赋中最精美、最富魅力的诗篇，其中所祭祀的神灵大致可分为天神、地祇、人鬼等三类，这些自然神灵与人交往、欢乐、相恋，具有浓重的人情味。虽然"敬天"的形式和内容都可能有变化，但是这些行为的目的还是"亲人"，追求的是人的个体和群体的愿望的实现，"敬神"和"亲人"两大主题相互观照，相互统一，形成了先秦时期巫祭活动"天人合一"的境界。

按照中国文化传统的标准，真正达到"天人合一"最高境界，就是要具有坚持真理、遵循社会道德的伦理信仰。比如，《楚辞》中的自然物象花草树木，受"天一合一"思想的影响，通常是隐喻与象征的载体，人花通灵，以花喻人、抒情明志，赋予了人文的精神内涵。例如，《橘颂》："……深固难徙，更壹志兮。绿叶素荣，纷其可喜兮。曾枝剡棘，圆果抟兮。青黄杂糅，文章烂兮。精色内白，类任道兮。纷缊宜修，姱而不丑兮……"诗人整篇都采用比拟手法，通过对橘树碧绿的叶子，素白的花等外在形态的写实，作为人格理想的审美对应物，同时也抒发了诗人坚定信念和高尚情操，橘树在诗中已经高度生命化和人格化了，体现了人和自然相融合的整体思想。

"天人合一"思想贯穿在整个中国古代的哲学、科学和艺术之中，映射自然运行规律和人类文化规范的相互统一。《楚辞》各诗篇异彩纷呈的人文特征和深层语义，如《离骚》自述人生，恢宏壮阔；《九歌》人神之恋，神秘附媚；《天问》哲思科学，深沉理性；《橘颂》咏物抒情，明洁绚丽；《渔夫》对比人生，彷徨悲怆，这些内容风格各异的诗篇，都可以借助于自然表象和人文互证获得解释。一方面反映了当时人们对自然的认识，另一方面也表现了楚文化的特征和丰富的历史内涵，更抒发了作者坚持真理、忧国忧民、上下求索的政治伦理和人生观。

二 《楚辞》翻译的文化诗学

纵观百年来的文学翻译研究，其主流理论大多是围绕作品语言、形式等本体内容展开，包括直译和意译、形似和神似，音美、神美和意美等方面的讨论，而翻译的本体研究除了语言和形式的关系以外，有着更为宽泛的领域，那就是以翻译的本体所提供的基本认识为前提的文化诗学批评，以文化的视野为立足点，能够直接观察到原作思想的层层内核在翻译中的存在或缺失对译本质量和功能产生的影响。

翻译的文化诗学以一种多维视野去透视翻译的本体，它不但强调翻译的内部系统的文化内涵，也涉及文化外延的研究。如前所述，楚辞文化枝繁叶茂，文化内在构架丰厚，不同诗篇的表现方式和表现风格也异彩纷呈，有"香草美人""虫鸟鱼兽"等丰富的表层自然物质文化，也有"南北顺椭""兰膏明烛"等古代先进的科技文化，更具有"修齐治平""天人合一"等深层政治、宗教文化，是一个包含着自然、历史、宗教、社会、科学、道德等多文化范畴的文本系统。这些不同范畴、不同层次的文化因素横向联系，纵向推进，统一于这一视景宏大的特定文本之中，构织着楚辞文化的本真内涵，而其整体文化思想是作品的"肌质"，译者需要抓住这些蕴藏在作品中的诗学体系的基本范畴，构建以诗学为纲的整体互补的《楚辞》翻译理论和实践模式，毋庸置疑，《楚辞》翻译与传播的文化价值和意义也集中于此。

原作思想具有源语民族文化身份构建功能及诗学功能，必然反映在译语文本之中，成为判断译语文本的文化倾向的标志。20 世纪中期以前的《楚辞》英译多为国外译者的输入式英译，文化诠释主要兴趣在于具体文化的探源，如，巫文化的本源和发展、道家的迷、儒家思想、屈原其人其诗等，译者基本上采用的是归化翻译策略。输入式翻译虽然有利于中国文化的传播和接受，但是对构建中国文化的身份和中国诗学功能的作用有限，尤其是阐释视野具有一定局限性，缺少对原文千年文明内涵的整体深入探索，没有表现原文本体的多价性、多层性，甚至还有不少的误读误译现象。帕克、理雅各和翟尔斯的翻译以维多利亚时期英诗的形式来选译《楚辞》作品，符合当时的主流诗学观念，韦利采取自由诗体英译《九歌》，体现了当时英语世界主流诗学，译本主题对准原作中所具有的浓郁宗教文化特色的巫文化，通过横向和纵向的整体研究考查了远古中国宗教祭祀的本源和发展，这一翻译模式凸显了原作的特色文化，但是没有站在整体的高度对原文的文学艺术做出渲染，更没有映照原文的整体核心思想；霍克斯英译《楚辞》具有跨学科的综合研究性质，既重视作品所包含的社会、历史内涵，对文化词语、意象等做了特殊而又成功的处理，又追求作品的诗性，更突出译文的叙述价值和传承价值，是一种文学、文化和翻译的文化诗学的基础研究，但是，霍译对《楚辞》所反映的深层文化和思想，即原作的政治抒情认可度不高，对这一思想层面的埋没不可避免地会影响译文的深度及其在西方的经典化程度。

在当今中西文化逐渐平等交流的语境下，中国文化翻译的态势已经开始由汉学家输入翻译为主导转向为国内译者输出式翻译，楚辞文化亦主动进入世界文化视野，积极参与世界文化的多元交流。输出式的翻译方式在反映源语文化的主要价值、呈现原作文化整体面貌和思想、构建中国本土文化在英语世界身份的意义上来说，具有积极作用。例如，林文庆的《离骚》英译虽然在文学艺术方面出现变形，失去原文独特的歌赋性，但是，译文重在以诗宣儒，意在展现和传播

《楚辞》中传统文化的普世价值，对向西方揭示中国传统儒家的本质内涵起积极作用。孙大雨的《英译屈原诗选》重视原作诗学功能的整体表现，译文不但采用古色古香的语言和节奏来呈现诗歌的文学艺术，而且还站在文化整体性的高度，综观原作生成背景，后视诗歌的多层历史文化信息，内视作者深层思想情感，在很大程度上全面还原了原文的文学和文化内涵。

在文化整体论视角下，要求对《楚辞》翻译在一个文化诗学的领域中进行，使译作能最大限度地反映原作的文化整体诗学价值，如：《离骚》中"帝高阳之苗裔兮"一句，"高阳帝"为"颛顼"，是继黄帝后的部落联盟的酋长，是屈姓世系中的关键人物，那时国家尚未出现，人们认为部落首领具有高贵神圣的身份，任命于天，表天命，是一种"天人合一"的思想体现。在英译中，霍克斯且直且意译为"High lord Kaoyang"，林文庆音译为"Kao Yang Ti"，孙大雨译为"Emperor Kao Yang"，卓译使用了同位结构译为"zhuanxuan, a king of fame"，四者都没有表达出中国原始社会对"帝"的"天人合一"、天政合一的意义理解，虽然孙译"Emperor"看似对应了"帝"，卓译也在文内补充了有关高阳帝的文化信息，但也难以体现上古文化太阳神在人们观念中的重要作用，未能突出中古时期"天政合一"的文化思维。因此，在翻译中有必要重视保存楚辞文化的诗学价值，贴近原作文化体系的文化价值，使《楚辞》文化诗学在翻译中获得充分呈现。

三 《楚辞》文化整体性英译的构想

随着国内外《楚辞》学研究在训诂、思想体系、文化渊源等层面成果日益增多，很多新的认识和发现有待于在翻译层面得到呈现，为当前的《楚辞》英译开辟更大的发掘空间。但是，目前的英译大都仍停留在原文形式的对等、原著字句的考证和文化词语的对等翻译方法和技巧方面，文化的整体思想发掘却非常有限，这种模式导致翻译无法在宏观的整体范围内真正进入楚辞文化思想的根本中心，同时也就难以在目的语文化语境中获得更好的传播。

从文化整体观的视角来看，文化诸要素之间具有关联性，文化具有传承性，文化和人有整体相连的关系。如前所述，《楚辞》本身也具有文化整体性的诗学特征，因此，翻译不应仅拘囿于对原作的语言或形式的固守以获得"绝对"的忠实，也不应停留于表浅的认识而不能固本，而是要将《楚辞》文化置于一个宏观视野下对其文化整体价值进行认知。

西奥·赫曼斯（Theo Hermans）认为："社会人类学家从事的是创立文化语言翻译的方法学。"（2000：16—17）诚然，社会人类学家用来观察和研究人类文化的主要方法之一民族志（Ethnography）①主位与客位双视角的诠释方法，与文化翻译有很大的相似性，二者都是对异域文化进行了解、认知和阐释，所以，民族志的书写方法能够参与《楚辞》英译活动，对实现《楚辞》文化整体性英译有一定解释力。民族志的重要任务是对文化的翻译，其意义上的翻译相当于"转化""教化""改变"和"交流"，而对于《楚辞》这一历史久远、哲理深厚、民俗丰富的民族文化典籍的翻译本身也是按照翻译规范真实地将源语文化向目的语转换和交流。用民族志主位和客位的整体视角参与《楚辞》英译活动，这种交互性考察方法，是一个将文化认知、创造、接受与反馈紧密结合的过程，不失为实现《楚辞》从文化本位到文化交互阐释的有效路径。

第一步是进行文化本位的拟构。当决定一个文本翻译时，首先要对原文在历时和共时语境中的概念有一归属层次的认知，包括文本的"历史构成、社会维护和个体适应经验"（C. Geertz，1973：363-364）。这一受制于历史、社会、个体因素归属层面的模式主要是以个体文化概念为中心，这些文化基本上是原文中存在的实际文字材料

---

① 民族志是文化人类学家和社会人类学家以文字形式形成的研究成果，同时也是对他者文化的一种写作方式。文化人类学的民族志认为主位观点是以本土文化为取向的，客位的观点是以研究者和异文化受众为取向的。段峰、汇明：《民族志与翻译》，《翻译研究的人类学视野》，《四川师范大学学报》2006年第91期。

或历史现实中存在的实体，对其进行拟构的基本目标是建立起必需的文本认知材料然后进行文本的分析，以便于在翻译中由个体向整体运动。

在这一阶段，译者主体的作用是至关重要的。为了获得与原作者相似的认知和体验，译者就像一只在跨越时空的田野之间辛勤劳作的"蜜蜂"，其主要任务是通过田野工作来收集、理解和解读原文中的历史语言材料及其文化意象的构成模式等必要准备知识。

历经 2000 多年的历史变迁，《楚辞》中不少字、词、句的意义不明，甚至有的文化内涵产生变形。例如：《楚辞》作品中众多女神形象，如宓妃、山鬼、湘君、简狄、二姚等，其原始宗教意义在历史的浩浩长河中已经淡化。译者在辨认这些女神的形象时，首先要复原这些女神背后的文化之根。如洛神宓妃，直接译成人名"Fufei"过于简单和表浅，需要通过考证去了解这一神话形象及其在诗中的隐喻地位。宓妃是伏羲的小女儿，因溺水洛河而化身为洛河之神。屈原在《离骚》中诉说政治失意的同时，不失时机地回顾了他单恋宓妃，即渴求精神上的知音，寻求君臣遇合的心路历程："吾令丰隆乘云兮，求宓妃之所在。"（《离骚》，L223-224）宓妃的形象在整体上兼具了人性和神性，带给人精神上的庇护，表达作者理想上的欲求。

对于"宓妃"这一人物意象，林文庆、霍克斯采用异化分别译为"Fwu-fei""the lady Fu-fei"，是一种对民族文化的社会维护。杨宪益、许渊冲和卓振英都做归化处理，分别用"the Nymph""the Nymphean Queen"和"Mifei the Nymph[①]"这一希腊神话人物来对应"宓妃"。"Nymph"是古希腊神话中的山林水泽仙女，有摄人魂魄的美貌和魔力，能轻易将爱慕她的凡人葬身水底，宓妃也自恃漂亮貌美，每天纵欲到处游玩[②]，二者都有美貌、贪玩、纵性的共同特性。孙译为

---

① "宓"为多音字，做姓氏读作"Fu"，做"安静"解释时读作"mi"，译为"Mi"，实为音译失误。

② 《离骚》L231-232："保厥美以骄傲兮，日康娱以淫游"，这一例证说明宓妃平日自恃美貌而骄傲、纵欲爱玩的性情。

"Fwu-fei, a sybarite"（锡巴里斯人），"锡巴里斯"是意大利南部的一个古希腊城，那里的公民曾因为富饶与奢靡而闻名，他们总把玫瑰花瓣撒在床上睡觉，生活可以说是极其奢靡逸乐，与宓妃生活性情相似。但是，"Nymph"复仇的形象，"sybarite"的虚荣无理性，与宓妃阻止洛河再度肆虐、淹死其他无辜孩子的知性理性的一面相差甚远，从跨文化的角度来说，归化的翻译不能带给读者相同的人物感受和印象。

因此，在对文化本位的基础拟构阶段，对文化意象的认知、比较和选择是很有意义和必要的。但是，译者也不可能直接进入历史田野进行系统观察和理解，只能通过文物文献收集分析、阅读和理解等间接活动来整理原作文化。

在完成文本的拟构之后，译者开始寻找和描绘作者心中的文化蓝图，进行文化整体模式的建构阶段，这一阶段的两个重要概念就是背景分析和深层结构。背景分析是指文化人类学家在解释某一独特群体或社团资料时，都把资料与更广的背景联系起来，用动态的背景构架来进行解释，最早是由马林洛夫斯基在特鲁布里恩德岛调查时提出的，他把该岛的生活和文化当作整体的相互联系的单位来考察，其目的不仅仅是叙述事件及行为，也不仅仅是了解人类生活情况，而是要通过对人类行为发生的深刻背景进行分析来了解和解释其中的根本的文化思想。

《楚辞》涉及的文化对象包括社会、经济、科技、政治等很多方面。在《楚辞》民族志研究中，这些源文化往往具有双重或多重属性，因此，在理解和翻译中，不能仅限于点对点的解释，而需要将这些文化点置于一个宏观的深度背景构架中来构建知识与文化的属性。比如，《楚辞》中涉及特定的宗教、神话的文化概念，反映了汉文化背景中与"天人合一"思想相结合的"深层"结构。如此一来，前面叙述的对宓妃等女神进行基础拟构后，就要上升到整体层面，思考她们是自然宗教蜕变和分化出来的新形式的问题，在她们身上寄托着氏族的繁衍、国家的繁荣、生产的丰收等对福佑的欲求和古代士子儒生等长期孤寂失意时的精神寄托和追求，从而使读者能获得文化本位模式的整体性认识。

从这种整体背景的认知途径去对文化成分进行分析、比较来寻找作者心中的文化意图以及原文产生的社会背景知识，能够化解译者和读者对源语文化产生的困惑，同时也会促使译者思考合适的描写策略，使原文中所表现的文化得到准确完整的分析和诠释。

当对文化本位进行基础的拟构和文化整体模式的建构后，接下来就是译者对作品中文化因子通过跨文化比较，重构原作文化的环节。翻译本身就是源语与目的语的互动，文化交互模式的重构是在对传统文化进行认知的过程中，将其中的种种文化现象的一般性要素，通过与目的语文化特定的互动来进行转换生成，以寻求民族文化的特殊性及普遍价值来协调两种语言、两个文化系统之间的文化关系。

在进行《楚辞》文化内涵阐析和重构时，涉及源语与目的语两个系统文化模式内部和外部的比较和转换。内部的比较和转换是从《楚辞》文化本体角度进行的，主要是在微观方面比较文化传统内部诸要素的特征并考虑文化要素的多层和深层意义。外部的比较是关注各种文化概念与西方古典文化及现代专业创作之间在文化认知和创造过程中存在的相通之处，比如，原文和译文之间是否存在语义成分的对等、文化功能的相近等方面，在此基础上进行各层面的转换。

一般来说，传统的训诂考据法通过经验材料的分析，可以获得相对忠实的意义原型，但是，这一原型在文化互动中不一定能被异域读者认知、认同和接受，在某种程度上甚至会造成文化迷茫。例如，"银河"在中国文化中占很重要的地位，《楚辞》中的"朝发轫于天津兮""越云汉兮南济""食时至兮增泉"，其中"天津""云汉""增泉"都是指银河这一汉神话中的白色带状的星群，像一条无法逾越的天堑。而这一繁星群带给西方人不一样的想象，希腊神话认为银河是天后赫拉给赫尔克里斯喂奶时溅洒在天空中的奶汁，因而称为"The Milky Way"；芬兰神话把银河称为"Linnunrata"（鸟的小径），这与中国的鹊桥有相似之处，但是芬兰认为银河是鸟真正的居所，因为银河指引鸟儿向南迁徙的方向。而古代亚美尼亚称银河为麦秆贼之路，叙述一位神祇在偷窃麦秆之后，企图用一辆木制的运货车逃离天堂，在路途中散落了一些麦秆。"银河"这一原型能产生天壤之别的文化意象。

但很多神话观念和原型的发生是不受民族和地域限制的，具有跨文化普遍性。如："厥利唯何，而顾菟在腹"（《天问》，L17-18）。《楚辞》学界历来对"顾菟"一词的意义争议不断、是非难辨。王逸认为是"四周顾望的兔子"，朱熹认为是"兔子"的专名，王夫之认为是"像兔子形状的暗影"，闻一多在《天问释天》中列举十一条证据，从语音、语义、字形等角度考证"顾菟"为"蟾蜍"，汤炳正提出"顾菟"为"虎"，众说纷纭，读者很难建立起清晰的认识和意象。那么，在翻译中借助外部比较能将内部比较和分析的结果置于更广大的文化背景之中，将源文化中的基本模式延伸至同其他文化中同类文化模式比较，获得与源文化相似的创造性内容。季羡林根据印度《俱梨吠陀》中的月兔神话以及《佛本生经》中的故事，肯定了"顾菟"为月兔的说法并认为是从印度输入的（季羡林，1982：121—123）。这一比较的视野拓展国学研究的封闭性和局限性，但尚不能获得更广泛的整体性的观照，跨文化阐释的第三重证据可以起到交互说明作用。叶舒宪引用北美易洛魁人的神话，提出月兔和月蟾的观念是世界性的，兔子扮演了一个伟大的自然神，是一个了不起的精神实体，或者兔子本身就是月亮，或者它的祖母就是月亮（叶舒宪，2003：253）。而根据舍洛特（J. E. Cirlot）《象征辞典》（*A Dictionary of Symbols*，114-115）的介绍，青蛙也是跟月亮相联系的动物。在古埃及，青蛙是赫瑞忒女神的标志，她能帮助伊西斯女神举行复合仪式，"青蛙是与创造和再生观念相关的一种动物，因为它有像月亮一样有规则的变形周期"（叶舒宪，2003：254）。从跨文化大视野上来看，蛙、蟾、兔、蛇、鱼、蜥蜴等都可以看作是月亮女神同一原型，是其原始象征意蕴在数万年象征整体系统的大背景上所衍生的不同变体，是一种文化特殊性和普遍性的关系，在这一跨文化阐释视角下，前面的意义争辩也就化解了。

由此可见，用交互视角和比较的视野来分析、比较和阐释本土文化，对源文化模式与目的文化模式或者其他相近的文化模式从共时性和历时性的不同角度进行比较来获得对文化的重构，能突破民族的界限，发现和展示文化的普遍价值，更方便文化的交流和传承。当然，在很多情况下，翻译还需要文内阐释、文外注解或文内阐释加文外注解等补偿手段来处理好文化的普遍性和特殊性，使异文化读者更能接受和理解源语文化的特殊之处。

第四节　小结

当今我国文化输出之势日趋增强，《楚辞》作为文化传递和文化发展的特定场域，在英译研究中需要打破画地为牢的狭小格局，从宏大的视野来探讨作品的普遍价值，用发展和创新的势态来传承文化。

首先，译者需要不再拘囿于对原作艺术形式的固守，而是要以更加开放的思路和心态来加强对原文本体意义的理解与建构。《楚辞》翻译视角的局限性导致原作中诸多文化符号所反映的深层社会功能、多层文化价值被丢失，作者的思想意旨以及作品所蕴含的民族文化中的人和自然、社会的整体关系也被淡化。因此，解读《楚辞》中许多远古宝贵的文化现象，考释《楚辞》中的各层典型文化符码在整体中的结构与关联，才能最大限度地反映原作的诗学价值。

然后，审视《楚辞》英译的复杂性需要突破学科的界限，运用交叉学科从人类及其文化整体高度去透视和阐释原作的文化密码，为《楚辞》翻译提供了更广、更深的学术理论资源和翻译策略。如前所述，根据文化整体论及其核心概念与翻译的相互阐发性，这一跨学科理论能有效地介入《楚辞》翻译研究之中。借助文化整体观的主位和客位民族志交互视角，以及文化深描、"向后站"、涵化、文化整合等基本理念和方法，《楚辞》中许多远古宝贵的文化思想和现象，均可以获得最佳解读和诠释效果，不但能够解决《楚辞》古代文化的意义争端，发掘源语的真实文化价值，而且能够直接、明确地将译文的各部分置于以人类文学艺术发展为基本目标的整体模式中考察，容易考察到不同历史文化语境下生成的《楚辞》译本的价值及其局限性。

此外，《楚辞》英译的整体视域既要关注民族文化内部系统的关联性，也要突破民族界限，使其在跨文化交流中得到新的发展，"正如立体图片中的两种不同视角，单独一种研究提供了对现实的平面反映，但汇合到一起，就会产生一个三维的观念理解个体，文化背景和普遍含义"（M. S. Jackson，2003：18-27），从这个意义上来说，跨文化的视角也从而使民族文化能够温故纳新，获得后续生命。

例如，《九歌》中的神巫仪式，可以说是一种基本的原始古礼和仪式模式，可以折射出初民的社会生活、思维方式和宗教思想。如果将中国先秦巫术延伸到系统外部比较，可以发现西方的萨满教和中国的巫术在作用和功能上有很多相似之处，而且，远东和欧洲地区的读者对"shaman"这个词的内涵有认识基础，如果译者使用"shaman"来对应《楚辞》中的"Wu"，对二者进行一个比较描述似乎也能阐析巫文化的功能。韦利基于一种内部和外部相结合的考察分析方法来介绍"巫"的起源、作用和流传，纵向追溯中国上古时代的经、史、子、集等文献，横向考察中国的"巫"和西伯利亚、通古斯等地的"shaman"的身份和作用非常相似之处，选用"shaman"指代中国语境的"巫"，这种交互的视角能展示文化的普遍价值，突破了民族的界限，方便文化的交流和普及。但南方楚地浓郁的巫风文化有自身的历史渊源，巫文化所折射的作者个人和远古社会群体的思想意识，用"shaman"一词代换，这种表达是有局限性的。

总之，从人类文化整体的高度观察《楚辞》的本体、跨学科、跨文化的特殊性和关联性，是翻译研究范式的拓展和创新，有助于进一步拓展作品英译空间，探索作品在英译时存在的普遍性问题，关注作品文化研究、文学研究和翻译研究之间的结合情况，从而能够产生更经典的译本。

第三章

《楚辞》译本翻译面貌的整体性研究

翻开 130 多年的《楚辞》英译史，令人叹喟的是，现有的英译大都是选译或节译屈原的单篇或部分作品。其中亚瑟·韦利、戴维·霍克斯、林文庆、杨宪益、戴乃迭夫妇、孙大雨、许渊冲、卓振英等翻译的 7 种译本相对完整，独立成书。

虽然《楚辞》各诗篇或不相同，作品内容和表现方式也各异，但是各诗篇都具有同样的社会历史背景，都反映了作者屈原的浪漫主义思想和社会政治主张，这一内质是楚辞各诗篇的灵魂和内核，都统一于天道、地道、人道这一"天人合一"的整体观之中。这一通过浪漫抒情来表现深层主题思想的写作手法在《九歌》《离骚》《天问》《远游》等诗篇中都得到艺术性的表现。因此，结合译者文化身份的差异、译本相对完整性和生成背景的时代性，本章选取英国第二代汉学家韦利的《九歌》、现代汉学家霍克斯的《楚辞》、海外华裔林文庆的《离骚》、本土诗人孙大雨的《英译屈原诗选》四个经典译本，将文化人类学整体论的主要思想引入译本评价之中，旨在考察以上经典译本的文化面貌的整体性翻译情况，具体聚焦以下问题：译本在整体上呈现怎样的文化面貌？原作的诗学价值是否获得了开发？译本是否表现了较好的文化传承价值？译者个人的文化翻译思想和文化身份对《楚辞》文化阐释有怎样的影响？等等。

第一节　韦利英译《九歌》：巫文化探源与传播

亚瑟·韦利是 20 世纪上半叶英国第二代著名汉学家和翻译家。

他一生坚持不懈地研究东方学与中国学，并致力于汉籍英译工作，译作涉及先秦诸子散文、汉魏六朝辞赋、《诗经》、《楚辞》、古近体歌、文言小说、历史文学及白话小说等广泛的文学领域。韦利虽然未曾来过东方，但对中国和日本的文学译著颇丰，共著书 40 多本，翻译中、日著作 46 种，撰文 160 多篇（朱徽，2009：116）。

　　韦利对《九歌》的翻译和研究可以说是基于天时、地利、人和的因缘巧合。20 世纪初，法国汉学家葛兰言（Marcel Granet）对中国古代巫文化本质的研究，① 促使韦利对此也产生浓厚兴趣并先后译介了《国殇》《大招》和《离骚》。在大英博物馆工作期间对汉学深厚的研究，也使他能够在翻译之后审视作品中的多元内在文化。在学术方面，韦利的英译《九歌》承袭了叶乃度的研究方法和精神，同样用历史考察的方法，寻找中国巫文化的沿革，并且拓展了《楚辞》研究的层面并在欧洲《楚辞》研究中具有一定的影响。1955 年，韦利的研究性译著《九歌》由阿伦与昂汶公司出版，是欧洲汉学史上第一部含有完整《楚辞》作品英译的译本。此书的出版不仅肯定了韦利在楚辞学研究上的地位和贡献，对英国汉学界的《楚辞》译介和研究来说都是历史性的突破。此前《楚辞》翻译和研究大多是个别单篇屈原诗歌的译介，如帕克和理雅各只英译了《离骚》和《山鬼》，翟理斯仅翻译了《卜居》《渔夫》和《山鬼》三篇作品，直到韦利完成《九歌》译本，对《九歌》整个单元的作品进行英译，英国汉学界才产生《楚辞》作品的主题研究，同时也在欧洲汉学研究史上连接起一段《楚辞》研究的脉络。韦利从社会宗教文化的角度研究《九歌》，对后来霍克斯的《楚辞》翻译和研究思路也具有很大的影响。

　　《九歌》是屈原在顷襄王朝被流放江南时根据民间祭歌加工改写

---

　　① 葛兰言（1884—1940），法国著名社会学家和汉学家。他的《中国古代的祭礼与歌谣》（*Fêtes et chansons anciennes de la Chine*，1919）与《中国人的宗教》（*La Religion des Chinois*，1922）对韦利认识中国的宗教文化具有很大影响。

的一组抒情诗，共 11 首。韦利的《九歌》英译省略了其中的《国殇》和《礼魂》两首，使得书中的篇数正好符合"九"这个数①。对此，译者有自己的解释："《国殇》乃是对战亡将士的礼颂，是《九歌》后记，组成 11 篇诗篇，而后两首诗歌，我认为不能完全归类为最初的《九歌》系列。"② 译者在译本中还说明："《国殇》已经在其他的英译诗集中收录了，在《九歌》中不再重复，末尾还有一首五行短诗，明显是在祭祀结束后所唱的歌曲。"③ 事实上，韦利在 1918 年英译的《一百七十首中国古诗选译》中包含了《九歌》的第十首诗《国殇》，在 1919 年阿伦与昂汉公司出版韦利的《更多中国翻译》中翻译了《大招》。笔者认为，《国殇》和《礼魂》都祭唱人鬼，前九首唱祭的是自然神祇，这表明作者有意哀鬼神，悲世事，用虚虚实实来表现"上陈事神之敬，下见己之冤结，托之以讽谏"的用意，符合屈原创作的主题思想。

韦利的《九歌》译本包括序言、导论、附注、附录以及索引等部分，每首译文附有一篇详细的评注。虽然韦利也欣赏《九歌》作为

①《楚辞·九歌》篇章有《东皇太一》《云中君》《湘君》《湘夫人》《大司命》《少司命》《东君》《河伯》《山鬼》《国殇》和《礼魂》，名为九而实有十一篇。对于这一矛盾，古今学者提出过各种猜测和说法，一直争执不休。概括起来，大致是：或认为"九"是虚数，仅言其多而已，不必实有九篇之数；或将其中某些篇合并，以凑成九篇之数；或谓首尾二章即《东皇太一》和《礼魂》为迎、送神曲，等等。

② "Appended to the Nine Songs are a Hymn to the Fallen（to warriors fallen in battle），and also a sort of envoi，making eleven pieces in all. But these last two did not，I think，from part of the original series"；"After Song IX follows，as I have said above，the beautiful Hymn to the Fallen which I have translated before（Chinese Poems，1946：35）and will not repeat here. There is also sort of finale in five lines，apparently intended to be sung at the end of the whole ceremony. " Arthur Waley，*The Nine Songs：A Study of Shamanism in Ancient China*，London：George Allen and Unwin Ltd. ，1955：15，55-56.

③ 这里指的是《礼魂》，为用于前面十篇祭祀各神之后的送神曲，由于送的不只是神还包括人鬼，所以称礼魂而不称礼神。自王夫之起，王帮采、王运、梁启超、闻一多等楚辞学者都赞成《礼魂》为送神曲："《东皇太一》《礼魂》中迎送的口气，原文已表现的相当显著"。闻一多：《九歌的结构》，见胡晓明选编《楚辞二十讲》，华夏出版社 2009 年版，第 186 页。

诗歌的歌赋艺术，但是他的《九歌》译本是"一部包含民族学、诗歌以及历史考察的文化研究"［张敏慧 2010（5）：59］，具有对中国巫文化探源的特殊目的。所以，他在序言中首先指出"此书出版主要是为了对巫术及与宗教相近的方面感兴趣的学生"①，译本所圈定的读者对象基本上是完全不懂汉语、对中国巫文化感兴趣的西方大众读者，所以译者也就没有选择将译文发表在《中国评论杂志》上②，而是由英国阿伦与昂汶公司出版，这也是他的英译《九歌》的文化视角和动机。

译者采用跨文化、主位和客位双视角来深描巫文化的本质。《九歌》译本不但详细地用评注、尾注、脚注等告知读者如何理解原文意义，而且运用一种十分宏观的文化人类学视野，生动传神地表现中国远古的巫文化的起源、流传和本质，揭示《九歌》的原始样貌，为西方读者拓展了通往中国文学和文化宝库的途径。20 世纪初，西方世界认为中国是一个兵荒马乱，贫穷饥荒，人民愚钝，甚至出现人吃人现象的野蛮之地，韦利的翻译重民俗、轻政治，"使西方读者对东方文明大开眼界，使他们像发现新大陆一样的激动兴奋"（朱徽，128）。

弗勒维尔提出文学翻译（包括诗歌翻译）重在"传播文化资本"（circulation of cultural capital）（42）。韦利的《九歌》英译采用了跨学科的观察和研究方法，分别从历史、地理、宗教等不同角度进行广泛探究中国古代巫文化的内涵和意义，是一本研究巫文化的学术范本，具有明显的传输文化资本的特征。译者的翻译目的不仅仅面向汉学研究领域的学者，而是希望扩大读者层面尤其是承担未来文化研究和传播任务的学生们，向西方大众传播中国文化，这一翻译动机也直

---

① "…because it will, I think, be of interest chiefly to students of shamanism and similar aspects of religion." Arthur Waley, *The Nine Songs: A Study of Shamanism in Ancient China*, London: George Allen and Unwin Ltd., 1955: 1.

② "If printed in a sinological journal or in a volume of miscellaneous studies it would be likely to escape the notice of most readers for whom it is intended." Arthur Waley, *The Nine Songs: A Study of Shamanism in Ancient China*, London: George Allen and Unwin Ltd., 1955: 1.

接影响了他的翻译策略。他试图在文学翻译的范围内，采用自由体译诗，译法介乎直译和意译之间，尽力使译文不只表现为叙说而是带有歌唱的形式，既忠实作品的本文本意，又在语言和风格上兼顾西方的审美原则以及读者接受能力。同时，他在翻译中注重中西宗教神话的对接，远经验与近经验的并置，是一种普适性的创造性阐释，对促进远古的《楚辞》文化资本在西方的传播具有很大的作用。

一 巫文化本源性解读

韦利的《九歌》译本以"中国古代巫文化研究"为副标题，从对《九歌》的定义，篇目的选择，以及著书的视角等多方面来陈述并进行英译，表明了他把《九歌》当作研究中国古代巫术的重要文献资料来进行翻译的目的。译者观察到原文中不同于儒家的宗教文化特色，重新审视了其中蕴含的多元内在，试图通过其中的语言文字来探索中国古代巫文化的渊源、发展与流传，这也是英国汉学界第一次引用文化人类学的研究方法对巫文化进行"本源性"解读。

（一）跨文化视角释"巫"

巫文化是古代楚地的文化特色。《楚辞》的神巫仪式是一种基本的原始古礼和仪式模式，它以潜在的方式，如形象巫术、驱邪巫术、占卜巫术等各种形象存在于人们生活之中，折射出初民的社会生活、思维方式和宗教思想。对于《楚辞》中的巫的意义，林富士与姜亮夫都指出了"巫"具有多元化意义（参见第二章第三节），根据第二章的分析，屈赋中巫祭色彩都具有巫神—人情的双重诗学结构，不但能展现原始初民们的宗教文化意识，而且也是诗人深沉的精神世界的向往和追求。

韦利认为虽然公元 2 世纪以前《九歌》仍被赋予道德性的诠释，但从作品原文来看，其歌词本质仍是巫歌（wu/shaman songs）[①]。因

---

① "……although it was recognized from the second century A. D. onwards that the moral interpretation was only a sort of ultimate meaning, and that taken in their literal sense they were wu（shaman）songs." Arthur Waley, *The Nine Songs*：*A Study of Shamanism in Ancient China*, London：George Allen and Unwin Ltd., 1955：16.

此，他在《九歌》英译中摒弃了其中赋予的作者政治思想意识，而从人类学的角度去研究中国古代独特的巫文化的本质、起源、流传脉络等。在译本前言中，韦利用跨文化视角对为何将"巫"英译为"shaman"进行了意义界定。他首先对中国古代的"巫"的定义和职能进行了介绍，认为在远古中国社会意识中，"巫"的主要作用是治病，还有预言、祈雨、算命、解梦等，"巫"一般由年老的并且具有较高智慧和品质的人担任，是通过歌唱舞蹈使得神降临的人，是人类和神灵沟通的媒介①。然后，韦利从跨文化的角度去解释"巫"这一词的翻译，因为巫肩负迎接神灵下降的歌舞表演者的重要工作职能，所以，中国的"巫"和西伯利亚、通古斯等地区的"shaman"在身份和工作性质等方面存在非常相似之处②，韦利将"巫"英译为"shaman"。"shaman"一词源自通古斯语"Jdamman"，17世纪前由德语通过旅游书译为英语。汉语音译为"萨满"。萨满教巫师即跳神之人的专称，被称为神与人之间的中介者。他可以将人的祈求、愿望转达给神，是最能通达神灵意旨的人。韦利认为远东和欧洲地区的读者对"shaman"这个词的内涵早已有了很好的认识基础，所以选用"shaman"一词指代古代中国语境中的"巫"，更方便巫文化在西方的接受、交流和普及。译者从文化主位与客位的交互视角考据和比较"巫"的本质和职能，从而赋予一个双方容易认同和接受的诠释和定义，不失为一种比较有效的创造性阐释方法。

---

① "In ancient China intermediaries used in the cult of Spirits were called wu. They figure in old texts as experts in exorcism, prophecy, fortune-telling, rain-making and interpretation of dreams. Some wu danced, and they are sometimes defined as people who danced in order to bring down Spirits." Arthur Waley, *The Nine Songs: A Study of Shamanism in Ancient China*, London: George Allen and Unwin Ltd., 1955: 9.

② "They were also magic healers and in later times at any rate one of their methods of doctoring was to go, as Siberian shamans do. ……indeed, the functions of Chinese *wu* were so like those of Siberian and Tunguz shamans that it is convenient (as has indeed been done by Eastern and European writers) to use them as a translation of *wu*." Arthur Waley, *The Nine Songs: A Study of Shamanism in Ancient China*, London: George Allen and Unwin Ltd., 1955: 9.

（二）追溯"巫"的起源、特征和流传

基于一种纵向和横向的考察分析，韦利对"巫"的起源、特征和流传进行了有意识的本源性探索。译者纵向追溯中国上古时代的经、史、子、集等文献，如：《汉书》《国语》《左传》《四书》《管子》《后汉书》《山海经》，等等，寻求有关"巫"的记载及其在当时社会背景下的作用和影响，横向考察中国周边国家，如通古斯、西亚及波斯地区、日本、韩国、印度等国家同类的宗教行为和模式，试图援引外围地区相关事例来说明文化交流对巫文化的影响。

例如，译者援引《汉书》28 卷《地理志》的记载来介绍山东北部巫的产生："民家长女不得嫁，名曰'巫儿'，为家主祠，嫁者不利其家，民至今以为俗。"① 然后，根据《国语·楚语下》第 18 卷的记载来介绍巫者必须具备的特质，解释了中国初民们对"巫"或"觋"的才智和品格具有很高的要求：

> 民之精爽不携贰者，而又能齐肃衷正，其智能上下比义，其圣能光远宣朗，其明能光照之，其聪能听彻之，如是则神明降之，在男曰觋，在女曰巫。②（左丘明 329）

此外，对有关巫者工作时的情况介绍，译者根据史书《晋书》卷

---

① "……among the common people the eldest daughter is not allowed to marry. She is called the 'shaman-child'（Wu-erh）and is in charge of the family religious rites. This custom still（i. e. c. A. D. 80）prevails." Arthur Waley, *The Nine Songs*：*A Study of Shamanism in Ancient China*, London：George Allen and Unwin Ltd. , 1955：10.

② "The shaman, according to the text, is a person upon whom a Bright Spirit has descended, attracted to him because he is 'particularly vigorous and lively, staunch in adherence to principle, reverent and just；so wise that in all matters high and low he always takes the right side, so saintly（sheng）that he spreads around him a radiance that reaches far and wide……" Arthur Waley, *The Nine Songs*：*A Study of Shamanism in Ancient China*, London：George Allen and Unwin Ltd. , 1955：9-10.

九十四中夏统的传记记录来进行解释：

> 其从父敬宁祠先人，迎女巫章丹、陈珠二人，并有国色，庄服甚丽，善歌舞，又能隐形匿影。甲夜之初，撞钟击鼓，间以丝竹，丹、珠乃拔刀破舌，吞刀吐火，云雾杳冥，流光电发。（房乔 662）①

韦利以历史的纵向脉络去追寻巫文化的产生和兴衰沿变。他还认为随着儒家思想的传播，人们以"敬神灵而远之"（Waley 11）为原则，社会对巫文化的偏见和限制也呈现出来了，然后原本拥有很高地位的巫术，逐渐退出权力中心。甚至在公元前 32 至公元前 31 年，在宫廷中改革者认为统治者迷恋巫术就会产生有害的思想意识，因此禁止巫术表演，导致巫术最后转为中下阶层人们的信仰。

此外，韦利认为史书尚不能充分解释巫文化的起源和发展，转而考察中国周边国家的相关事例来说明文化交流对巫文化的影响。比如，他认为像"tongue-slitting"以及"belly-ripping"等托钵式的表演技能是公元 4 世纪由印度、中亚（尤其是由古索格代亚纳人、波斯人）传入的，译者坦言目前尚没有证据能论证这些记忆是中国某地的传统巫术技巧。韦利的推测对探究中国远古的巫文化的起源、作用和流传，寻求特定文化的普遍价值，对促进译本的有效对外推广具有一定参考作用。

（三）深描"巫"的性质和意义

除了对"巫"的定义、起源、发展和流传进行考察外，译者还从宗教民俗的角度观察巫文化的内涵，突出"神"与"巫"的二元模

---

① "They were of remarkable beauty, wore magnificent costumes and sang and danced well. They also had the power to become invisible. At nightfall, to the accompaniment of bells and drums, strings and flutes, they would slit their tongues with a knife, ' swallow knives, spit fire from their mouths, fill the whole place with clouds till there was complete darkness. ' or produce flashes of dazzling light". Arthur Waley, *The Nine Songs：A Study of Shamanism in Ancient China*, London：George Allen and Unwin Ltd. , 1955：11.

式，深度分析了二者不同性质和意义。

韦利认为《九歌》中的巫文化是某种至今尚未被了解的特殊形式。他根据中东、西伯利亚、日本、满洲等地区的巫文化习俗，类推中国先秦时间的巫文化模式。比如，对于《九歌》中人、神短暂相聚并且爱恋的相处模式，韦利推测很可能是来自日本神道教歌谣，因为在 12 世纪日本平安时期所编的一部歌谣集《梁尘秘抄》（りょうじんひしょう，Ryojin Hissho）中的歌曲很明显地表明对神灵的爱恋。而且，日本神道教的节庆活动中，也会挑选一些巫者作为祭祀神灵的"一夜嫔妃"（ひと時女郎，hito-tokijoro）。韦利还认为这种人神爱恋关系很容易使人联想到近东地区献身于寺院的"庙妓"，以及印度神话中克里希那（Krishna）与牧牛女（cow-girls）之间的爱情故事。①他认为《九歌》中祭巫迎接神灵下降，与神灵会面时自然的欢欣喜悦，神灵未到或者离开时的失望哀伤，表明祭巫和神灵之间充满了浓郁的缠绵爱恋之情，令人联想到近东地区有一种献身寺庙中的女子。可见，对于《九歌》中的人神关系，韦利也持有姜亮夫的第二种观点（参见第二章第三节），虽然只是模糊的推测，并没有确切的证据足以证明，但是对揭示巫文化的本质做了积极探索。

对于诗篇中的一些巫术现象和神灵，韦利亦进行了细致深入的研究和描述。他引用了《汉书》来推测"东皇太一"是在公元 1—2 世纪汉武帝时期所流行的祭祀神灵。当时皇室的祭祀地点在安徽一带，太一神是祭祀中心。而且，东皇太一如同木星神，在木星星球之前就存在，表现了古代中国对自然的崇拜倾向和意识。译者在评注中对巫术中"神灵附身"（Possession）这一有趣的现象进行了分析，认为这种巫术始于公元 2 世纪或者更早时期，神灵附身于巫者就是中国典型

---

① "The shaman's relation with the Spirit is represented as kind of love affair. One is, of course, vaguely reminded of temple prostitutes in the Near East, and of devadasi and Krishna's relation with the adoring cow-girls in India; but these are only vague analogies." Arthur Waley, *The Nine Songs: A Study of Shamanism in Ancient China*, London: George Allen and Unwin Ltd., 1955: 13-14.

的巫文化形式之一，这种模式也出现在通古斯的文化中，使人能联想起阿尔泰人和蒙古人的巫文化。①

对于《云中君》《湘君》《湘夫人》中的人物典故，译者亦一一进行溯源。尽管韦利本人认为湘君和湘夫人的指称一致，是同一神灵在不同地域的变体，但是，他最终还是沿用了《汉书》和王逸的说法，指出二者是尧的女儿、舜帝的二妃娥皇和女英。②

韦利解释《大司命》中的司命是人的生命主宰者，与东皇太一相似，是与人间相关的星辰。韦利这一说法是承袭叶乃度的观点③，认为大司命主要司职于重要祭祀典礼活动，少司命则在一般的仪式场合执行职责，他们有治愈疾病、决定人的寿命长短的职能，可以翻译为"生命之主"（The Lord of Lives）。韦利还根据《后汉书》细致地描绘了司命的形象：八尺高（六英尺），鼻子小，头后仰，大胡子，偏瘦。

韦利认为东君④是公元前 2 世纪的祭祀晋巫，并在译文中交代了东君的起源地、职责和工作方式。此外，译者引用韩国的神话人物东明（Tung-ming，天帝之子）来比较二者的共性，并从神话学角度指

---

① " 'Possession' is not mentioned or implied in any of the other songs; but from the second century A. D onwards (and perhaps earlier) it was regarded in China as the typical form of shaman-ism, and it also holds this position among the Tunguz. It seems to figure little if at all in the shaman-ism of the Altai peoples and Mongols. " Arthur Waley, *The Nine Songs*: *A Study of Shamanism in Ancient China*, London: George Allen and Unwin Ltd, 1955: 4.

② 我国楚辞学界普遍认为湘君与湘夫人分别为舜之二妃，朱熹、林云铭、洪兴祖等均赞同此说。"事实上，有关湘君和湘夫人的历史原型，目前至少有 20 个左右的答案"。参见萧兵《九嶷山神和江燕子女神》，《楚辞新探》，天津古籍出版社 1988 年版。

③ 1940 年，叶乃度在《通报》（*Toung Pao*）上发表了《古代中国的死神》（*The God of Death in Ancient China*），从《大司命》和《少司命》追溯掌管生死的神灵司命，认为大司命是决定人类寿命之神，而少司命的职责尚未能确定，他翻译并解释了诗歌的意义，对中国古人思想意识中的"阴阳"两界有深入的探讨。

④ 《东君》是对太阳神的一曲颂歌。东君是传说中的日神，先人们崇拜太阳，尊为神祇，年年祭祀，渐成风俗。

出二者是指同一神话人物。①

《九歌》中的诸神，韦利认为黄河河神河伯是唯一一位至今仍被关注和祭祀的神祇。译者用较长篇幅对河伯的起源、演变、职能等进行了阐释，并根据文献史料分析了他的各种面貌和特征，有扮成人类模样的河伯，有娶民间女子为妻的河伯，也有虚怀谦让的河伯，等等，栩栩如生地向西方读者描绘了黄河之神的各种形象。

《山鬼》是祭祀山神的乐曲。韦利根据《后汉书》的有关公元前 2 世纪记载，指出山鬼是山中之主，又称山神或山君，在安徽潜山的天柱山举行过一些祭祀山中神灵的仪式，由此推断山神很可能就是天柱山山神，担任的角色与河伯的角色相对应，也向人类索要贞洁的童男、童女作为配偶。译者还根据《后汉书》的记载，描述了公元 56 年安徽的地方长官宋均，得知在律州地区有巫者挑选男童和女童进献给附近的汤山和后山作配偶，而且两位童子必须永远保持贞洁，宋均就命令送给山神的童子必须从巫者家庭挑选，从此，这一习俗就消失了。

韦利从文化人类学角度，基于历史特殊论的立场，在翻译过程中深描"巫"文化主题内容，在历史典籍中寻找与诗歌中所记载的神灵相关的文献资料，从中分析和整理巫文化的内涵，并分别从历史、地理宗教与神话等不同角度进行翔实的考据和描述。这种从中国内部与外缘地区的不同角度进行交叉分析和背景考察，全面揭示巫文化的含义、起源、发展、性质，能使译文读者建立起对源语语境中的社会现象整体的理解和认识。

---

① "In the second century B. C. shamans from Chin (Shansi) served the Lord of the East (Tung-chün) at the Chinese Court. I cannot help thinking that, mytho logically speaking, he is the same person as Eastern Brightness (Tung-ming), the North Korean culture-hero who at the age of seven made himself a bow and arrow, and hit everything he aimed at. Tung-ming's father was God in Heaven (T'ien-ti) who visited his mother in the form of a ray of sunlight." Arthur Waley, *The Nine Songs: A Study of Shamanism in Ancient China*, London: George Allen and Unwin Ltd., 1955: 46.

二　文化的创新与传播

本雅明（Walter Benjamin）提出："翻译并非告知读者如何理解原文中的'意义'，而是以再创造的形式使原著生命延续，以确保其在外部世界里能继续生存。"（1969：71—72）韦利具有文化传输色彩的翻译策略和风格使《九歌》这一历史悠远的作品在 20 世纪中期，在远离中国的英语世界仍能获得"后续生命"（after life），也是译者翻译创造的成果。

韦利的《九歌》译本不仅是汉学研究的专门性著作，亦是普通读者的文学欣赏读物和翻译研究作品。他一方面采用自由体译诗新模式，在翻译中求索"经验相近"，另一方面通过对中西宗教神话的对接进行翻译创新来达到对大众读者的关照和对文化资本的传播。

（一）　自由体译诗新模式

韦利认为，不同性质的翻译具有不同的目的，应采取不同的翻译策略。对于《九歌》这种具有深奥文化内涵的文学诗篇，"不能单纯罗列从字典上照搬的定义，而应该再现原作的要旨、笔调和传神之处"。（韦利 1983：8）韦利在序言中指出："《九歌》单纯作为诗歌，也是非常值得一读的，我尽量使用一种自由体直译，使其亦歌亦言。"① 同时，译者兼顾了文化资本大众传播的翻译目的，确定富有个性与创造性的翻译策略来表现原诗的风貌。

首先，在译文形式方面，韦利采用了自由体新模式译诗。英国第一代汉学家理雅各和翟理斯选译《楚辞》时，受当时主流诗学影响较大，采用的是维多利亚时期的格律体诗歌样式，在节奏、韵律方面都有严谨的格式。进入 20 世纪中后期，随着英国文化的发展，19 世纪的格律体诗歌的韵律、节奏、词语、句式等都开始衰落，这种旧的

---

① "But the Nine Songs are also well worth reading simply as poetry, and I have tried, within the limits of a literal translation, to make them sing as well as merely say", Arthur Waley, *The Nine Songs: A Study of Shamanism in Ancient China*, George Allen and Unwin Ltd., London, 1955：1.

拟古的风格不符合 20 世纪的主流诗学的理念和模式，这一趋势在诗歌翻译方面也呈现出来。韦利在《九歌》英译中充分考虑到 20 世纪中期英国一般读者的审美水平和接受习惯，摒弃了传统古诗讲究严格的格律和押韵的固定模式，采用自由体直译的手法，用词简洁，通顺流畅，使原著的生命在不同社会和不同历史时期的文化审美语境中能够获得延续。

例如，山鬼在抒发埋怨和烦恼之际，猜测心上人是否爱恋自己的句子：

> 思君子兮怅忘归，君思我兮不得闲。(《山鬼》，L19-20)
> *Wronged by my Lord I am too sad to think of going back.*
> *You love me, I know it; nothing can come between us.*

此句韦利使用一般交际语言来进行翻译，意思明白易懂，充分关怀西方大众读者的解读能力和接受水平，但是第一句使用一连串的"d"、"k"的尾音，第二句使用"l"、"n"头韵，读来仍有明显的节奏感。

其次，译者采用音译的表现方式来传递有声有色的诗歌语言。如：对于诗中的"蹇""羌"等发语词，以及"璆锵"等象声词的处理，韦利直接使用音译"Chien!"、"Ch'iang!"、"ch'iu-ch'iang"来对应：

> 蹇将憺兮寿宫 *Chien! He is coming to rest at the Abode of life.*
> 羌声色兮娱人 *Ch'iang! Beauty and music are things to delight in.*
> 璆锵鸣兮琳琅 *My girdle-gems tinkle with a ch'iu-ch'iang.*

这种音译翻译手法忠于原文，可以在朗诵时保留诗句原有的韵味，产生《楚辞》辞赋体的音乐感，使西方读者能感受到一种新颖的节奏和形式上的美，朗诵起来亦朗朗上口，容易在眼前浮现出诗歌的意境。如"璆锵"是形容玉石相悬击的状声词，韦利直接用音译"ch'iu-ch'iang"形式出现，为诗歌增添了韵律的美感，也突出诗歌意境中主持祭祀的主祭者抚摸长剑上的玉珥，祭祀东皇太一，让其愉悦地降临人世，给人间带来万物复苏、生命繁衍、生机勃发的气象。

韦利的自由体英译《九歌》的形式显得十分新鲜和易于接受，受到读者的广泛接受和专家的肯定。吕叔湘曾评论韦利与理雅各、翟理斯等人："诸氏率用散体译之，原诗情趣，转易保存"，其中"以韦利最为翔实"（2002：2），韦利英译《九歌》在当时的英国创造了汉诗英译新的模式，为促进英国读者对《九歌》的了解做出了贡献。

（二）远经验和近经验的并置

格尔茨认为："理解地方性知识并不需要直觉的神入，而是需要'近经验'（experience-near）概念和'远经验'（experience-distant）概念的并置（juxtaposition）"（引自田兆元，122）。面对流动的历史，理解者所处的历史环境、条件和地位并不等同于被理解的文本产生语境，在文本和理解之间，历史与当代之间总会存在着时间的间距，历史文化在传承中需要通过重新塑造或创造，才能产生历史与当代互动的效果，才能进行理解和对话。西方读者在对中国远古的巫文化的理解程度上不可避免地存在"近经验"和"远经验"的差异，韦利在《九歌》英译中体现出两次的并置路径，不失为一种翻译方法的创新。

首先，他通过一种外部观察获取作品现实中的经验，这是发生在翻译过程中译者和源语文化的并置或协调。由于时空差异，这种替代进行的外部观察不可能是彼时彼空的田野调查和实践，译者虽置身于英国本土，但是凭借作为大英博物馆东方部馆员的身份，能够有机会大量阅读中国的经、史、子、集等古典文献，能在翻译中引用古今中国一些《楚辞》学者如王逸、朱熹、郭沫若、张亮夫、文怀沙、游国恩等人的成果来解释《九歌》中的巫文化现象，用源文化的观点来解释源语文化。同时，韦利横向借助于韩国、日本、印度等中国周边的国家和中东地区的巫文化现象来解释《九歌》中所描绘的巫文化现实，借助于外部观察来实现与远经验的并置。

然后，译者在对原文进行思考和协调过程中，通过翻译创造与其读者达成进一步并置。韦利为了生动传神地表现中国远古的巫文化形式，整本诗歌译文使用的基本上是现在时态，并且不时在译文中添加原文中没有的"I"、"my"、"us"等第一人称代词。例如：

望美人兮未来，*I look towards my fair one；but he does not come.*
临风怳兮浩歌。*With the wind on my face despairing I chant a-loud.*（少司令，L21-22）

此处表达主祭者对美丽善良、圣洁勇敢的少司命的敬慕与思念，译者采用现在时态和第一人称叙述，不但拉近了作者与读者的距离，而且使读者能够站在近距离的时空平台上去观察，将"远经验"转化成容易理解的"近经验"，使读者能身临其境地感受其中的缠绵悱恻之情、神思恍惚惆怅之意。

在词语和句式选择方面，韦利常常采用具有创造力的语言艺术表达方式。例如：

采薜荔兮水中，*Can one pluck tree-creepers in the water？*
搴芙蓉兮木末。*Can one gather water-lilies from the boughs of a tree？*（《湘君》，L21-22）

这两句是比喻薜荔缘木，却去水中采摘，芙蓉在水，却去树梢寻找，言外之意是指没有结果的爱情和理想，韦利深刻地领会了这种以反常之事为喻之法，在翻译中使用反问句，这种转换更能适应读者思维习惯，获取相近的经验和体会，并且往往会在无意识中做出即刻反应。再如：

袅袅兮秋风，*Nao，nao blows the autumn wind，*

洞庭波兮木叶下。*Makes waves on Tung-t'ing，brings down the leaves from the trees.*（《湘夫人》，L3-4）

此句描写湘夫人望而不见的孤独与忧愁。"袅袅"为风徐徐吹拂，悠长飘逸的意思。韦利用音译的手法"nao，nao"代替能够直接表述的"gentle breeze blowing"之意，既能够忠于原文的语言表达，又拟造出仿佛萧瑟秋风吹拂的声音，呈现出一幅秋风吹来树叶纷飞，愁绪缠绵的意境图，将作者的远经验与读者的近经验并置起来，能使读者感知到有声有色的此情此景，这不失为韦利对原文的准确理解和独具匠心的翻译创造。

（三）中西宗教、神话要素的对接

《楚辞》被视为先秦神话的渊薮。羲和、河伯、东君、山鬼、若木、昆仑等人物、神物、地名都表达民族的神性思维，作者通过描写主祭者、神祇、巫的不同角色及其活动，表明当时的宗教、神话现象。对于这一色彩浓郁的东方民族文化，韦利在翻译中除了大量引用中国历史上的文献证据外，还直接插入西方神话的要素，采用异域文化和民间文化的材料来源相结合的方法来阐释这一文化，这样克服画地为牢的局限，能通观地解释古代中西文化宗教神话的一些普遍的事物及其普遍价值。例如：

驾两龙兮骖螭 *Drawn by two dragons，with griffins to pull at the sides.*（《河伯》，L4）

其中的"骖螭"意思为"以螭为骖"。"螭"[①]指中国古代传说中

[①]《说文解字》注："若龙而黄，北方谓之地蝼。""或曰无角曰螭。"《左传·宣公三年》有"螭魅魍魉，莫能逢之"之载，其中"螭"字，据注家称："螭，山神，兽形。"《汉书·司马相如传》有"蛟龙、赤螭"之载，其中"赤螭"一词文颖的注解称："螭，为龙子。"张揖的注释称："赤螭，雌龙也。"

一种没有角的龙，它是龙九子中的一子，好险，勇猛，色黄，无角，兽形，古建筑或器物、工艺品上常用"螭"的雕刻作为装饰。这一独特的中国神话形象在西方读者心中很难栩栩如生地建立起来，韦利便直接选择"griffins"（格里芬）这一希腊神话中半狮半鹫的怪兽来对应。据相关描述，狮鹫的鹰头部分是金色的，狮鹫的狮身部分为白色，狮鹫的身体比八个狮子还要大，高度比一百只老鹰还要高，有很长的耳朵，豹子嘴，脚上有爪，大如牛角。西方认为基督是一只狮子，因为他有着统御的才能和巨大的力量，也认为基督是一只老鹰，因为他在复活后可以升入天堂，基督徒也要如鹰一样有上腾的生命，所以狮鹫成了基督的标志。

螭

griffin

虽然"螭"和"griffin"在中西神话中分别所指不同的动物，生活环境和习性也各不相同，但都为飞行速度极快的金黄色神性动物，而且都代表正义、勇猛，那么这种中西神话中的动物对接，虽然不利于文化的忠实传递，但在西方读者脑中能够产生相似的意象，体现了译者对读者的关照。

再如，在《湘夫人》一诗中，对迎接湘夫人降临时用各种奇花异草香木构筑布置新房床幔等的描绘时，译者不禁将此情此景与公元 2世纪的基督教和诺斯替教的《多马行传》中的《光之女颂歌》这一文化语境联系起来①。

> *The Lady of the Hsiang*
>
> ……
>
> *Now I'm building a bride-room down under the water;*
>
> *I am thatching it with a roof of lotus leaves,*
>
> *Walls hung with sweet-flag, courtyard paved with murex;*
>
> *I strew scented pepper-plant to dress my hall.*
>
> *Beams of cassia, rafters of tree-orchid;*
>
> *Door-lintels of magnolia, alcove of white angelica.*
>
> *Creepers knotted to make a bed-curtain,*
>
> *Split basil plaited into a flower-spread,*
>
> *Weighted down with white jades.*
>
> *The floor strewn with rock-orchid, that it may smell sweet.*
>
> *Angelica laid on the lotus roofing*
>
> *And twined with bast of asarum.*
>
> *I have brought together a hundred plants to fill the courtyard,*

---

① "The description of the bridal chamber built for the godess has, I think, many parallels outside China. Here is one from the *Hymn of the Daughter of Light* which occurs in the apocryphal *Acts of Thomas*, a Christianized but partly gnistic work of about the second century A. D." Arthur Waley, *The Nine Songs: A Study of Shamanism in Ancient China*, London: George Allen and Unwin Ltd., 1955: 35-36.

I have set up scents and perfumes at porch and gate.

......

Hymn of the Daughter of Light

Whose bridal chamber is full of light,

Redolent of balsam and every fragrance,

Giving out sweet perfume

Of myrrh and crushed leaf;

And within is strewn myrtle.

There is the sweet breath of unnumerable flowers,

And the door-posts are decked with iris.

　　两诗之中用香草植物所营造的流光溢彩的外部环境非常相似，译者借此来极力表现人神相恋幽会之处的华美艳丽，烘托了充溢于人物内心的欢乐和幸福。译者在这种文化审美意境方面的相通和对接，适合西方大众读者的理解和欣赏。

　　韦利英译《九歌》，是一种具有文化特殊性、普适性和创新性的文化阐释，不仅在于对语言形式的观照，而且更深入地由民俗、宗教的角度切入原作内在的内涵，直接探讨宗教祭祀与巫文化的本质，主题明确，是一种有意识的远古文化的追踪和探索，为西方读者拓展了通往中国古代文化的途径。译者对中华民族早期文明史和文化史所持的平等和尊重的态度，使他的翻译作品能成功地被英语世界所接受，为向西方世界传播我国神秘、深沉的文化资本做出了积极贡献。

　　韦利《九歌》译本在英国与欧洲的汉学研究中产生了深远的影响，能让更多的学者了解中国远古人类生活习俗和宗教，并引起许多西方学者对"巫"的好奇和争辩。此后，霍克斯、葛瑞汉、白之等后一代汉学者都不同程度地受到韦利的影响。

　　但是，韦利译本表现出重民俗、轻政治的翻译意旨，对原文的政治譬喻说认可度不高，对屈原的作者身份持否定态度。韦利赞同霍克斯的看法，认为《九歌》不一定是屈原所作，可能是屈原之后不久的一位熟悉屈原的作家之作品，从根本上在译文中屏蔽了诗中流露出来的作者种种思想感情，也撇开作品包含的政治道德讽喻内容。作为一部政治抒情诗，《楚辞》作品必须通过政治道德的门槛才能获得准确的流传和诠释。王逸、朱熹等注释者虽然认可《九歌》的宗教祭祀的本质特征，却也认为《楚辞》的政治道德阐释常常凌驾于其原始的文学价值之上。韦利关注原作中原始的文化价值，虽然方便作品被普通读者理解和接受，但是，对作品政治道德隐喻，这一最接近作者的深层意识的文化根本内涵的缺失，不用任何特定的社会政治及道德标准去解读诗中的要旨，不利于对《九歌》整体思想的深度的阐释，也就在一定程度上影响了翻译的准确度和忠实度。

总的来说，无论是在英国汉学界的《楚辞》译介方面，还是楚辞的巫文化研究方面，韦利的译著都具有历史性突破作用。自韦利的《九歌》英译出版后，西方汉学界的楚辞研究翻开了新的一页，产生了霍克斯、白之等大批《楚辞》研究者及翻译和研究成果。

第二节　霍克斯英译《楚辞》：翻译诗学的构建

戴维·霍克斯是当代英国著名的汉学家、翻译家。他谙熟元曲，精通汉诗，尽毕生精力从事中国典籍翻译与研究工作。他英译的《红楼梦》（*The Story of the Stone*，1986）、《楚辞：南方的歌》《杜诗新阶》（*A Little Primer of Tu Fu*，1967）等文学经典在西方世界极具权威，广为人知。

海陶玮（James Hightower）充分肯定了霍克斯翻译中国古典诗歌的能力："中国古诗译者有几类人，懂汉语的和不懂汉语的，能用英语表达的和不能用英语表达的，有古典文学功底的和没有古典文学功底的，霍克斯先生是罕见的既了解汉语与中国文学又能写文学英语的翻译家。"① 从《红楼梦》（The Story of the Stone）和《楚辞》（Ch'u Tz'u：The Songs of the South）英译的书名的异曲同工之妙，足以体现霍克斯对中国文化艺术的深厚造诣和翻译创造水平。

霍克斯长期以来致力于《楚辞》研究。1948 年，他作为国立北京大学唯一的外籍汉学研究生，主要研究对象为屈原作品，这也为他日后《楚辞》英译打下了基础。1951 年，他在牛津大学的博士学位论文《楚辞的年代及其作者问题》（The Problem of Date and Authorship of Ch'u Tz'u，1955），就是从《楚辞》作者和作品成书时期考证的角度撰写的。1959 年，霍克斯根据王逸《楚辞章句》的注释，英译了《楚辞》16 个篇目中的 63 首诗歌，其中包括宋玉的《招魂》、景差的《大招》等，是迄今中外《楚辞》英译篇目最多的译本。该译本由伦敦大学出版社出版，是现今西方唯一相对完整的《楚辞》英译本，也是继韦利之后西方对《楚辞》的再次系统译介，被学界公认为《楚辞》西方英译的权威版本。海陶玮如是评价霍译《楚辞》："霍克斯先生将这部宏大的诗歌呈现给了英语国家的读者，让他们得以与两千年来的中国读者一样理解和欣赏这位伟大的诗人及其追随者。"②

译本由海陶玮的序言，译者前言和长篇概述、译文、简明的脚注、详细的尾注和附注等各部分组成。对于每一首诗歌，译者都在译文前做了评述。译本旁征博引，解释典故，考释出处。霍克斯对司马迁、刘向、王逸等人的相关文献进行深入考察和分析，探究了作品中楚人祭祀文化、风格和作品成书的年代，认为楚人祭祀的神灵只有东皇太一、湘君、司命、山神和河伯，而云中君是北方风俗中的神灵，

---

① "Translators of Chinese poetry can be divided into convenient categories：those who know Chinese and those who don't（the majority，alas）；those who can write English and those who can't；those with a knowledge of literary tradition and those without it，Mr Hawkes is that the rarest of translators：one who knows Chinese and Chinese literature and who can write literate English."

② "Mr. Hawkes has made available to the English reader the same comprehensive body of texts on which the Chinese have for two millennims based their knowledge and appreciation of this great poet and his followers." From David Hawkes，*Ch'u Tz'u：the Songs of the South，an Ancient Chinese Anthology*，Boston：Beacon Press，1962：vi.

不可能在南方楚国流传；大司命、少司命是不同地区民俗创造的不同版本；湘君和湘夫人是同一神灵。此外，他还考证《楚辞》诸多诗篇风格一致是因为宫廷宗教音乐需要而对不同来源地的材料重新整理而成的，由此，他推断《九章》《远游》《卜居》《渔夫》等诗歌不是屈原一人所作，认为汉学者们崇敬屈原是因为对他们来说，屈原是为了表达自己心愿而殉难的正人君子的人物典型。这些结论对国内《楚辞》学研究提出了质疑。

霍克斯的翻译兼顾了一种文学、文化和翻译相结合的表现特征。具有文学、社会学、民俗学、民族学、神话学等跨学科的综合研究的性质。20 世纪 60 年代后，西方学界受霍克斯的影响而对《楚辞》的研究逐步深入，霍译为《楚辞》在西方的传承起了承上启下的作用。

一 霍译《楚辞》的文化诗学特征

翻译的文化诗学是建立在文化诗学的基础上以文化的视野、历史的角度、多学科的空间以及文化人类学的方法，研究文学翻译作为一种充满诗性品质的跨文化活动的内部机理和在译语文化中的作用（段峰 2008：25）。霍克斯谙熟汉诗，他在《楚辞》英译中既突出作品的叙述价值，重视作品所包含的社会、历史内涵，又追求作品的诗性，呈现一种翻译的文化诗学特征，主要表现在以下四个方面：语言和文化的双向拓展、历史文化载体的整体阐释、诗歌文化载体的跨学科阐释和跨文化阐释。

（一）语言和文化的双向拓展

在《楚辞》英译中，霍克斯重视对原作进行语言形式层面和文化层面的双向拓展。为了使西方读者深入了解楚辞文学特色与文化内容，译者一方面采用多样化的翻译策略去传达原著文化内容，另一方面追求一种语言节奏的自然顺畅，在直译和意译之间寻求"且直且意"的平衡点，力求使读者能够从语言形式和文化两方面都能感受《楚辞》诗歌的魅力。

诗歌翻译家霍姆斯（James Holmes）提出模仿式（the mimetic）、

类比式（the analogical）、有机式（the organic）和偏离或外在式（the
extraneous）诗歌翻译四分法（27）。据此分析霍克斯英译《楚辞》的
策略，可以发现霍译《楚辞》的翻译多样性和灵活性，较好地突出
了诗歌的文化内涵和语言形式特色。例如，《楚辞》中纷纭的植物花
草蕴藏了深远丰厚的历史、民族文化内涵，译者认为这一问题关系到
两个层面，首先是许多植物花草名称无法明确辨认出来，其次，即使
可以辨认出来，对应的词通常是比较拗口的植物学名称，一般重视文
学的译者不会考虑使用。针对这一难题，霍克斯采用多样化的翻译原
则并总结出几项翻译《楚辞》中植物名称的方法："有时候我根据文
字意义进行造词，（如）将'揭车'，一种灌木类豆科植物，译成
'calt-halt'；有时候我使用拉丁语替换；有时候为了方便起见，我遵
循长期存在的传统译法，虽然我明白这是错误的（比如将'兰花'
译成'orchid'；有时对某种类属的词我增加修饰语）。"① 归纳起来，
即根据文字意义造词、直译、用拉丁语替换、增词等。例如：

> 余既兹兰之九畹兮，又树蕙之百亩；
> 畦留夷与揭车兮，杂杜蘅与方芷。（《离骚》，L51—54）
> I had tended many an acre of orchids,
> And planted a hundred rods of melilotus；
> I had raised sweet lichens and the cart-halting flower,
> And asarums mingled with fragrant angelica,

诗句中"兰""蕙""留夷""揭车""杜蘅""方芷"皆为植物

---

① "Sometimes I invent a name by translating the Chinese literally（e. g. 'calt-halt' for,
chieh chü, on the analogy of 'rest-harrow'）；sometimes I anglicize a Latin name；sometimes, for
convenience, I follow a long-standing tradition which I know to be false（e. g. in translating lan as
'orchid'）；and sometimes I invent a name by adding a qualifying word to the English term for the
genus." From David Hawkes, *Ch'u Tz'u：the Songs of the South, an Ancient Chinese Anthology*,
Boston：Beacon Press, 1962：vii-viii.

香草。"兰""蕙"同义，为兰属植物，霍克斯以"orchids"译"兰"，为一种模仿式直译，是"为了方便而遵从长久以来的传统"，而以"rods of melilotus"（草木犀竿）译"蕙"，类似于一种"偏离式"翻译，即一种在形式和内容的表达上都不能对应的形式，虽然霍克斯本人也认为这种方法并不符合科学精神，但是有时无法避免，此处在避免表达的重复，帮助西方读者产生清晰的意象方面也产生了一定的效果。"留夷"是指"芍药"，是一种楚地产的香草，霍克斯使用拉丁词语英语化的表达形式"sweet lichens"，这种采用译入语文化中类似的形式，是读者接受的基础；而更有创造性的是对"揭车"的英译，"揭车"即"藕车"，是一种楚地产的香草，《本草拾遗》曰："味辛温，主鬼火，去臭及虫鱼驻物。生彭城，高数尺，白花"，霍克斯译为"cart-halting flower"，这是一种有机式创造性翻译，是根据其字面意义生成的表达形式。根据王逸注解："杜蘅、芳芷，皆香草也"。霍克斯采取类比式翻译，分别用"asarums"、"fragrant angeli-ca"来对应"杜蘅"、"芳芷"。霍译植物名称的方法灵活多变，在选词表意上不至于委曲求全。虽然译者不甚认同这些香草植物中渗透的"贤人喻"的说法，但也拒绝使用那些生硬的植物学词汇，选用突出各种芳草的芬芳特性和药用功能的词语，这种多样性翻译其实万变不离其宗，显示了源语和译语所指之间的关联。

除了突出语言的创造外，霍克斯在翻译中追求一种亦诗亦歌的节奏美感。译本的标题《楚辞：南方的歌》就表现了这一诗歌主调。试看霍译对比骚体和诗体的韵律，分析"行巫"吟唱骚体诗歌的基本结构：

帝 高 阳 之 苗 裔 兮
tum tum tum tee tum tum hsi
朕 皇 考 曰 伯 庸
tum tum tum tee tum tum

译者标记"tum"表示"重"，"tee"表示"轻"，"hsi"表示反复或延长。因为骚体的音律结构比较单调、严谨，霍译脱离了古代骚体诗歌格律，有意识地采用一种自然的风格来凸显作品韵律，使读者获得一种阅读顺畅的美感。如下面2例：

例1：路漫漫其修远兮，吾将上下而求索。（《离骚》，L97-98）

Long, long had been my road and far, far was the journey,

I would up and down to seek my heart's desire.

例2：一阴兮一阳，众莫知兮余所为。（《九歌·大司命》，L15-16）

A yin and a yang, a yin and a yang:

None of the common folk know what I am doing.

在例1中，霍克斯不受骚体和英诗的节奏和韵脚的限制，使用"long, long"来对应"路漫漫"，既突出了语义又增强了节奏乐感，给人以无限想象空间，同样"far, far"的重叠在节奏和语义上呼应了"long, long"，又增添了使人感觉到诗人求索之路艰苦漫长之意。例2采用的是重复的翻译策略："A yin and a yang, a yin and a yang"，既保持节奏的协调，又能突出大司命怕人们议论，似乎不敢再与凡女同行的心虚疑惧心理。

《国殇》是屈原根据楚国民间祭歌的形式为祭奠人间为国牺牲的将士们抒写的一组诗歌，共18句。霍克斯在翻译中采用了自由体译文来进行艺术表现，将原作分为六节，三个两句节和三个四句节，保留了原诗的18行结构，他在译文中追求的是现代语言的自然节奏和表意的顺畅并努力呈现诗歌的主题与其所反映的意境。

国殇

操吴戈兮被犀甲，车错毂兮短兵接。

旌蔽日兮敌若云，矢交坠兮士争先。

凌余阵兮躐余行，左骖殪兮右刃伤。

霾两轮兮絷四马，援玉枹兮击鸣鼓。

天时怼兮威灵怒，严杀尽兮弃原野。

出不入兮往不反，平原忽兮路超远。

带长剑兮挟秦弓，首身离兮心不惩。

诚既勇兮又以武，终刚强兮不可凌。

身既死兮神以灵，子魂魄兮为鬼雄。

Kou Shang（The Spirits of the Fallen）

Grasping our great shields and wearing our hide armour,

Wheel-hub to wheel-hub locked, we battle hand to hand.

Our banners darken the sky; the enemy teem like clouds：

Through the hail of arrows the warriors press forward.

They dash on our lines; they trample our ranks down.

The left horse has fallen, the right one is wounded.

Bury the wheels in; tie up the horses!

Seize the jade drumstick and beat the sounding drum!

The time is against us：the gods are angry.

Now all lie dead, left on the field battle.

They went out never more to return：

Far, far away they lie, on the level plain,

Their long swords at their belts, clasping their elmwood bows.

Head from body sundered：but their hearts could not be van-

quished.

Both truly brave, and also truly noble；

Strong to the last, they could not be dishonoured.

Their bodies may have died, but their souls are living：

Heroes among the shades their valiant souls will be.

对于这首饱含情感的祭歌，译者一方面在意义优先的前提下，运用鲜明的节奏和韵律来表达出原文中车战的激烈场面。如第 2 句中通过重复，使用一连串的 "b"、"d" 的尾音营造出战场激战的激烈气氛，而第 16—18 句中，用连续的 "s" 来叹息战士全部战死，营造凛然悲壮的声音效果。另一方面，译文使用词语节奏短促，营造出将士们激战和捐躯时果决而豪迈的效果。如："The left horse has fallen"，"Bury the wheels in"，"tie up the horses！"，"Seize the jade drumstick"，"beat the sounding drum" 等词语短小紧凑，使读者如睹其景，如闻其声，在很大程度上再现了原诗描绘的复杂、悲壮、阔大的战斗场面。此外，译者还使用对照映衬的用词手法，遣用动词"dash"、"trample"描写了敌人的强势入侵，用"fallen, wounded"、"bury, tie up"描述了骖马死伤、战场陷坑的惨重，用"seize, beat"表现主将仍然抡槌击鼓，指挥战斗的英勇顽强。

霍译《国殇》行文流畅、简练生动，在句式上使用并列对仗结构，叙述了大场面的激烈，也在小细节上雕刻了战士的英勇，生动传神地描述出将士们出征时的激扬慷慨，苦战失利时的奋勇顽强，以及捐躯时的悲壮刚强，在语言和文化内涵两方面都具有很强的艺术表现力，还原了原文的艺术结构和主题内涵。

（二）历史文化载体的整体阐释

整体观是贯穿于中国传统美学始终的重要理念，中国文化诸多范畴如"和谐""意境""意象"等都表现了"美在整体"的理念。《楚辞》中大量的表示动植物、器具、服饰等表层物质文化细节，比中套比，间接表达了楚国的民风民俗、自然生态、社会生产力，传递了文化表层、中层和深层的整体价值。

霍译《楚辞》在很大程度上具有源语文本思想内容的整体意识。译者对原作所产生的历史、篇章结构、主题和风格都做了详细的分析探讨，并对比朱熹、闻一多等学者的 13 个不同注本，罗列了繁多的注释，致力于提供足够的关联背景知识来促进读者的理解。例如，

沧浪之水清兮，可以濯吾缨。（《渔夫》，L119）

此句意为在追求政治理想时要抓住机会，政治清明，可以干干净净在朝为官，政局糟糕时，仕途遇阻时要学会优雅隐退，全性保真，其中"缨"（tasselled-hat-strings）是表示服饰的词语，本意是指系在

脖子上的帽带，文中特指冠帽。霍克斯在翻译中进一步指出是政府官衔的象征，使读者能够明白中国古代帽子与官职的关系。译者还在脚注中直接指明这一句是借渔夫之口指出屈原过于坚守节操，宁死不屈，不知随遇而安的士大夫政治图式①。

虽然霍克斯继承了韦利的看法，同样在《楚辞》"政治譬喻"这一说法上持存疑态度，甚至认为作品的"爱情譬喻说"仍有不足之处，但是，他在翻译中并没有完全摒弃作品文化因素的政治隐喻意义，在上句翻译中基本上解读了"缨"的多层意义并作了深层意义的思索，表现了对历史文化载体的整体阐释意识。

对诗篇中的"香草美人"等文化词语，霍克斯也作了从表层到深层意义的整体阐释。如，"荃不察余之中情兮"（But the Fragrant One refused to examine my true feeling）。"荃"的显性意义为植物"菖蒲"，是一种天南星科的水生草本植物，在中国古代承载了民俗层面的意义，先民有在端午节时把菖蒲叶当作神草和艾叶捆在一起驱邪的风俗。而屈原在诗中还赋予其"喻君"的深层意义，如，"荃察"意指"皇上明察"。霍克斯在诗中表现了"荃"这一植物的芳香特性，并在补充注解中细致地介绍了"荃"的属性和民俗意义。同时，译者还创造性地使用了"the Fragrant One"来指代表层意义所指香草。虽然霍克斯认为："'荃'这个花名，当作譬喻的符号，我还不是完全有把握……照我的看法，在这一段里它几乎不是指诗人的国王"②，但他还是在尾注中解释这种花在诗歌语境中映射的可能喻指国君"楚怀王"，并大写首字母"the Fragrant One"进行专指，由此译者对这

---

① "Tasselled-hat-strings were a badge of official rank, the meaning is that you should seek official employment in good times and retire gracefully when the times are troubled. The Fisherman thinks Ch'ü Yüan is taking things too seriously and should make less fuss about his principles." David Hawkes, *Ch'u Tz'u: the Songs of the South, an Ancient Chinese Anthology*, Boston: Beacon Press, 1962: 91.

② "To my mind there is little that in this context it refers to the Poet's king." David Hawkes, *Ch'u Tz'u: the Songs of the South, an Ancient Chinese Anthology*, Boston: Beacon Press, 1962: 212.

一词语的阐释也表现了一定的文化整体意识。同样，在《离骚》《九歌》《抽思》《思美人》中出现的"灵修""美人"等文化词语，译者使用"The Fair One"一词，他认为这也是具有政治譬喻的符号，指代诗人对君主的感情至深至真，从而展示出屈原笔下的圣君贤臣、君臣遇合的政治图式。

新历史主义的"文本历史化"（historicity of text）认为："艺术是历史，作为历史，全是在作品中真理的创造性保存……艺术作为发现，本质是历史的。"（海德格尔，1991：72）霍译在解读《楚辞》神话的阐释模式中体现了文本的历史性和历史的文本性（the textuality of history）的统一。如果我们思考一下当代中国的黄陵、舜陵、炎陵、禹庙的建立和人们的朝拜现象，就可以说明中国古代社会，神话不仅是原始时代的历史，而且是神圣的历史，从历史的视角看待神话，不但能使读者认识到中国远古人类的丰富想象力和个性鲜明的神话人物形象，而且能更好地引导读者思考中国古代神话的本质。

例如，对《楚辞》中神话典故"伯禹腹鲧"，除了在文内直译外，霍克斯从考证先秦时代历史资料中获得论据来进一步阐述："鲧死于羽山三年后，他的尸体被剖开而产子禹，鲧的尸体化成黄龙（亦有说是龟或熊），潜入附近的湖水中"，此外，译者还对此进行深层意义上的评价："禹是一位了不起的造物主，他通过了移山造水，把地球改造成当今我们见到的这个样子"（48）。再如，在对"后羿"的这一神话人物的原形构建时，霍克斯将其讲述成具有真实性的历史人物和历史事件的寓言："后羿是位了不起的射手，他夺取了禹的后代的权位。他的妻子和亲信寒浞密谋策反，在他狩猎回来后杀死他并将其肉供食给其子。寒浞和后羿妻生子浇，勇猛有力，年轻的夏王少康长大成人后，杀死浇，天下又回到了夏禹子孙的手中。"（48—49）

同样，霍克斯从历史学的视角不厌其烦地分析文中比比皆是的传世神话的可信度和价值，如："比干剖心""彭咸溺水""少康复国""子牙平土""二湘侍夫""空桑伊尹""牙王伐纣""伯牙抚琴"等。霍克斯在翻译这些神话时，基本上忠实于对特定历史时期的社会习俗和社会传统的反映，这种历史文化整体阐释意识能够引导读者对中国文化有更深刻的认识。

（三）诗歌文化载体的跨学科阐释

文化诗学通过对文化意义载体的解析来进行文化的跨学科解读，恢复文学与其外部的关系，拓展文学作品的意义空间。对于《楚辞》这一百科全书式的经典之作，霍克斯在翻译中也对其跨学科信息进行一定的挖掘，使译文不仅连接了作品时代的政治与权力，而且对原始神话、社会科学、思想伦理等方面的话语进行了开拓。海陶玮在序中评价道："此译本适合一些兴趣不仅仅在文学方面的读者……霍克斯所提供的大量的文化背景信息使得这一译作更有价值和意义。"[1]

楚辞文化显著特征之一在于弥漫于各诗篇之中的神话特性。霍克斯利用历史、宗教等人文知识和天文、地理、气象等自然知识来系列解读原文中神话，为读者理解神话提供了跨学科视角，生动有趣地帮助读者理解和认识文中神话原型。

比如，对于动物神话形象，如飞廉（Wind God）、祝融（Chu Jung）、玄武（Hsuan Wu）、蓐收（Ju Shou）等神灵，霍克斯用动物特征进行描述：如风神飞廉具有"鹿身鸟头，牡马角蛇尾"；女娲为"人首蛇身"；祝融是"传说中的古帝，尊为火神，兽身人面，乘两龙"；蓐收为"人身虎爪，发白，手举大斧"（29，86—87）。再如，《天问》中"鸱龟曳衔，鲧何听焉?"一句，对于"鸱龟"，历代学者很多人认为是龟、蛇或者猫头鹰，根据《山海经·南山经》，"鸱龟"是一种鸟首、龟身、虺尾的龟。霍克斯英译为"When the bird-turtles link together, how did Kun follow their sign?""bird-turtles"基本上明确了这一神物的身份，除此之外，他还在脚注中对这一动物及其习性进行了详细解说："鸱龟乃鸟首蛇尾的乌龟。这个故事是讲鲧看到一队

---

① "This book has something to offer readers whose interests are not primarily literary. … Mr. Hawkes has supplied a wealth of background information that helps make his translations meanful. " From David Hawkes, *Ch'u Tz'u: the Songs of the South*, *an Ancient Chinese Anthology*, Boston: Beacon Press, 1962: v-vi.

鸱龟用嘴和尾行走，沿途留下一道沟。乌龟，像龙一样是水中神兽。"①

霍克斯在翻译中常使用天文知识解释神树"若木"（Jo-tree）、"扶桑"（Fu-sang tree）。讲述"若木"是传说中神木名，在远东地区，它们的叶子发出红色的光，光辉照射地球日落的地方。"扶桑"是一棵日出其间的东方之树，树上悬着十个太阳，每天升起一个太阳。除此，霍克斯还用人体生理知识，比如传说的"九天"，译者描述为"九个区域，各部分衔接处像头盖骨一样缝合"（47），等等。霍克斯通过跨学科的方式，向西方揭示中国古代原始神话的面貌，打破了西方哲学家所认为的神话意识是西方文明的起点和归属，中国没有神话的错误断言（谢林 322）。

霍克斯在《楚辞》翻译中也突出对原始宗教话语的阐释。宗教思想一般是自发的，与信奉鬼神灵巫有关。译者从仪式、民俗、人物考证、作品音乐风格等角度探讨巫文化和宗教祭祀的原始本质的人类学观察方式，指出男女巫师的各种表演，从宗教仪式来看，确实带有情爱的含义。译者认为《九歌》和《离骚》在语言风格上相近，"这些带有朦胧色彩的原始宗教诗歌所兼具的情欲、华丽和忧伤的情调对后人具有直接的吸引力"；"诗中祭祀者与神灵之间的关系能使人想到西伯利亚的萨满巫师"②，所以，他对王逸所相信的《九歌》是屈原在南方流放期间对所见所闻的当地人的原始粗俗的歌谣进行重新改写，使其变得优雅，是屈原借诗寄托和抒发自己的痛苦和幽怨的这些

---

① "The bird-turtles were turtles with bird's head and snake's tails. The story would seem to be that Kun saw a procession of them walking beak to tail and built his dike on the ground they has covered. Turtles, like dragons, have power over waters." From David Hawkes, *Ch'u Tz'u: the Songs of the South*, *an Ancient Chinese Anthology*, Boston: Beacon Press, 1962: 48.

② "The religion of which these songs are the liturgy is a frankly erotic one. The relationship of worshipper to the god reminds one of the espouses celestes of Siberian shamans." From David Hawkes, *Ch'u Tz'u: the Songs of the South*, *an Ancient Chinese Anthology*, Boston: Beacon Press, 1962: 35.

说法进行质疑。但是，从作品宗教歌曲应具有的庄重肃穆风格来观察，他认为作者应该会筛出原始歌舞中一些轻佻和娱乐性的描述，因为《九歌》属于一种较为庄重严肃的巫文化。译者还对诗篇中所表现的歌舞表演者的身份、祭祀的神灵身份、祭祀习俗的流传等进行描述。此外，霍克斯还通过比较欧洲宫廷的宗教性音乐，认为《九歌》具有宫廷宗教音乐的创作目的和风格表现①。

同样，霍克斯在《天问》翻译中对中国古代文化的研究深入到哲学、科学、历史、民俗、巫术、神话等诸多学科。《天问》是《楚辞》中最难读懂、奇气逼人的长诗，共 374 句，向宇宙问了 170 多个驳杂庞大的包举宇宙、追溯洪荒的问题。霍克斯对《天问》翻译无疑也是颇下功夫的，虽然他对《天问》成诗的年代和作者身份提出质疑，而且认为它们大都不是为了获取普通的信息和答案的问题，而是一些"文字谜语"，甚至是"纯粹为娱乐的目的而作，不带有任何宗教或哲学的观点"。② 但是，他指出从"这一公元前 4 世纪中国社会的视景中，可以看到一幅当时世界总体概貌"③。因此，他在翻译中不惜使用多条注解，批文入情，沿波讨源，在文化方面开拓研究视野并在形式方面进行突破，使译文具有更大的价值，无疑会促进西方读者对原作的深入了解。

霍克斯在《楚辞》英译中追求方法论上的创新和开放，从人类

---

① "My own view is that it was written for a court which enjoyed the performance of religious music composed by talented laymen. That this would have been a Ch'u court seems, for a number of reasons, beyond doubt." From David Hawkes, *Ch'u Tz'u: the Songs of the South, an Ancient Chinese Anthology*, Boston: Beacon Press, 1962: 36.

② "…Tien Wen are not ordinary questions at all, but riddles. An riddle does not ask for information but playful challenges it"; "… was written as pure entertainment, and not with a view to fulfilling any religious or philosophical function." From David Hawkes, *Ch'u Tz'u: the Songs of the South, an Ancient Chinese Anthology*, Boston: Beacon Press, 1962: 46.

③ "From it we are able to gain a comprehensive picture of the world and its history as seen through the eyes of a Chinese living in about the fourth century B.C." From David Hawkes, *Ch'u Tz'u: the Songs of the South, an Ancient Chinese Anthology*, Boston: Beacon Press, 1962: 45.

学、音乐审美、政治、历史、科学等跨学科的文化大视野来深入《楚辞》文学的内部来反观文化，无疑对促进西方读者深入了解原作文化的意义提供了很大帮助，所以也成就了一部具有不朽价值的文化译作。

（四）诗歌文化载体的跨文化阐释

翻译的文化诗学从全球化的视野来审视各种地方性知识，研究"翻译作为一种跨文化活动的内部机理和翻译在译语文化中的作用机制，从研究文本间文化信息的传输到以文化的视野来全面观照翻译问题"（段峰，2006：186）。翻译的文化诗学要求译者用比较的视野进行多参照和通观性的跨文化阐释，对翻译中所呈现出来的源语与译语文化精神与文化本质进行说明，"基本路径就是描写翻译过程中文化的移植、冲突、调适、改造"（段峰，2006：186）。

霍克斯重视对原文文化因素的考证，但他并不只局限于对原文及其语境的固守，而在翻译中带有明显的跨文化意识，采用一种中西合璧式的翻译模式进行翻译的整合和创造。例如，在对《九歌》中诸神的身份分析后，他将《九歌》这一具有歌舞风格的文学表达形式和欧洲宫廷音乐联系起来，认为楚辞学界普遍认同的作为民间祭祀歌舞《九歌》，同欧洲宫廷中那些天才音乐人所创作的宗教音乐功能一样，是为了楚国宫廷所作的宗教表演音乐。

再如，对诗歌篇名的翻译，译者同时用意译和音译两种方法来加以呈现，其中英译的部分包含一些西方基督教的词汇，如：

《天问》The Heavenly Questions（T'ien Wen）

《卜居》Divination（Pu Chü）

《招魂》The Summoms of the Soul（Chao Hun）

《哀时命》Alas that my Lot was not Cast!（Ai Shih Ming）

《惜诵》Grieving I Make my Plaint（Hsi Sung）

《惜誓》Sorrow for Troth Betrayed（Hsi Shih）

《国殇》Kou Shang（The Spirits of the Fallen）

这种音译和意译兼用的方法就是主位和客位双视角的跨文化阐释

方法，意译和音译相互印证，相互解释，这样将源语文化和译入语文化的距离相对拉近，使其产生对等。而且其中"Heavenly""Divination""Summon""Soul""Alas""Plaint""Troth""Betrayed""Spirits"等众多词语皆明显是从基督教经典教义《圣经》中的词语移植而来的。在翻译中，霍克斯经常将中英的文化意象进行类比。如《天问》中"雄虺九首，倏忽焉在？"译者就使用"serpent"指代"雄虺"，令读者联想到《圣经》中的那条蛇撒旦；将"大壑"译为"Abyss"，能使读者联想到堕落的炽天使路西法（Lucifer）叛乱失败后，自己连同部属被上帝打入"深渊"，即Abyss；此外，译者将"鸱龟曳衔，鲧何听焉？"与亚瑟王传奇中的付提根之城墙相比，鲧听从鸱龟引路去偷息壤；"有娀之佚女"比作希腊神话中的Argos国王之女"Danaë"；将蓬莱岛比作极乐之岛"Island of Bliss"等。此类文化对比翻译不胜枚举，选择这些词语或文化意象进行阐释更方便西方读者的理解和接受。

在宗教层面，霍克斯引入了跨文化的视野来比较中西宗教的相同之处，凸显了楚辞文化的普遍价值。《楚辞》中涉及中国传统的佛教、道教和民间信仰的许多宗教文化意识，与西方读者的宗教文化观念和价值取向大相径庭，如"天人合一""成仙方术""世界皆空"等宗教理念与西方文化中对上帝的绝对服从的文化认知心理是有很大差异的。霍克斯对宗教文化的传译采取了"兼收并蓄"的态度，既尊重中华民族的宗教文化的意义和价值，还原文化的真实性，也突破民族的界限，寻求二者的间性，如：

闻赤松之清尘兮，愿承风乎遗则。
贵真人之休德兮，美往世之登仙。（《远游》，L23-26）
I heard how Ch'ih Sung had washed the world's dust off;
I would model myself on the pattern he had left me.
I honoured the wondrous powers of the Pure Ones;
I admired those of past ages who had become Immortals.

译者在脚注中说明"赤松"（Ch'ih Sung）是道教传说中的仙人，修道养生，得道成仙，长生不老是中国道教的普遍概念。虽然得道与基督教强调的信仰上帝，保持圣洁，赎罪行善后获得永生的方式不一样，但追求的目标是一致的。因此，对"真人""登仙"这两个词汇，译者使用具有基督教内涵的词汇"Pure Ones"和"Immortals"来对应，同时又借脚注来解释他们是指那些经过禁欲等苦行修炼，能够长生不老，水火、虫兽不侵并能飞天成仙之人①。这样，既介绍和宣传中国道家文化，又表明中西方在宗教层面的相通之处。

作为西方译者，霍克斯对中华文化在很大程度上采用异化翻译和归化翻译并用的方法，并致力于考察源语文化的深层内涵，这是非常可贵的译者精神。而且，他的跨文化译者身份对有效地促进《楚辞》文化的世界融合起了积极的作用。

二 《楚辞》西传中的承前启后作用

霍克斯的《楚辞》英译在英国汉学界乃至欧洲均产生深远的影响。他遵循和延续费兹曼、叶乃度、帕克、翟理斯、理雅各、韦利等《楚辞》英译先驱们的研究精神与脉络并创新了翻译与研究的视角、领域，对《楚辞》在西方的研究和传播起到了承前启后的作用。

（一）翻译目的和选材的承续

费兹曼、叶乃度、帕克、翟理斯、理雅各、韦利等先驱们翻译《楚辞》的目的基本上不是单纯为读者提供文学或翻译的译文，而且以翻译为途径为本族读者介绍这一古老的中国诗歌形式、中国文化和原作者屈原这一人物。如：叶乃度翻译的《大司命》和《小司命》，其主要目的是讨论中国古代的生死观和司命神的关系；翟理斯两次编撰《中国文学精华》，先后选译了《卜居》《渔夫》《山鬼》和《国

---

① "Pure Ones and Immortals are those who by ascetic practices have won perpetual youth, immunity from flood, fire, and wild beasts, and the ability to fly." From David Hawkes, *Ch'u Tz'u: the Songs of the South, an Ancient Chinese Anthology*, Boston：Beacon Press, 1962：82.

殇》《礼魂》《东皇太一》《云中君》等作品，一是向西方介绍中国古典诗歌文学；二是对中国儒家文化进行研究。但是，翟理斯的《中国文学精华》和《儒家学派及其反对派》向霍克斯开启了一扇介绍楚辞的艺术之窗，驱使霍克斯不畏艰难远渡重洋来到中国进行《楚辞》研究；韦利的《九歌》是探索中国远古巫文化的学术范本，而霍克斯对《楚辞》英译是有意识的全面投入，不但涉及"巫"文化的研究，而且在宗教、神话、社会生活等诸方面进行探索，并且对翻译的方法和策略也做了回顾和探讨，使译本兼有文学翻译和文化研究的双重价值。霍译不但在《楚辞》的语言和形式翻译方面整理了一些翻译策略和原则，还采用了文化人类学的方法，对《楚辞》中的文化进行了跨学科的探讨，尤其是对作者的身份问题和各诗篇成书时期的考证有一定研究，从这些方面来看，霍克斯不但继承前人的《楚辞》研究基础，而且超越了前人的成果。

霍克斯以前的《楚辞》翻译基本上都是节译和选译，其中以屈原的诗歌《离骚》《天问》《九歌》最受欢迎。但是，早期的西译可能是由于参考资料和考证的途径缺少等原因，部分译品缺少相应的背景介绍和注释，给现代西方读者带来很大的阅读困难，在很大程度上也不利于《楚辞》在西方的传播和接受，因此，这些译品在西方的影响力和接受度不高。霍克斯的《楚辞》译本改变了这一现象，首先，选材的覆盖面大幅度增加，包括了屈原的《离骚》《九歌》《天问》《九章》等，宋玉的《招魂》，淮南小山的《招隐士》，景差的《大招》，东方朔的《七谏》等（本文所选霍译《楚辞》的实例皆为屈原的作品）等 16 个篇目 63 首诗，是当今国内外最完整的《楚辞》英译本。自霍克斯英译《楚辞》之后，汉学家纷纷出版英译中国古典文学选集。例如，1965 年，白之出版了《从先秦到 14 世纪中国文学选》（*Anthology of Chinese Literature from Early Times to the Fourteenth Centurys*）。2000 年，闵福德（John Minford）出版了《中国经典文学》（*Classical Chinese Literature*）。二位汉学家都选择了霍克斯的《楚辞》译文，由此，霍克斯英译《楚辞》在西方已经成为标准的翻译范本。

到了 21 世纪初，布莱·希特（Brain Holton）根据霍克斯翻译的《楚辞》，将《九歌》转译成苏格兰文，由英国皇家音乐学院的柯林（Colin Huehns）博士为其谱曲，表明《楚辞》在英国学界的影响渠道更趋多样化。

（二）翻译方法的遵循和创新

霍克斯《楚辞》英译始于翟理斯、理雅各、韦利等汉学家的影响，尤其是理雅各与韦利对《楚辞》的译介和研究方法，对霍克斯翻译研究的思路和视角产生很大影响。

霍克斯对《楚辞》作者屈原的研究受理雅各的影响较多。理雅各在牛津大学是首任汉语教授（1876—1897），他在华进行近三十年中国儒家经典研究，是英国汉学家首次借《楚辞》的翻译来认识和向西方介绍屈原的译者。1895 年，理雅各参考王逸的《楚辞章句》，在《皇家亚洲学会杂志》第 27 卷上发表论文《离骚及其作者》，其中选译了《离骚》《国殇》《礼魂》等篇目，注解比较详细。霍克斯回到英国后，在牛津大学继续读研并于 1959 年至 1971 年在牛津大学任汉学教授和汉学系主任，在此受理雅各影响，霍克斯也采用王逸的《楚辞章句》为底本，对屈原及其作品进行认真细致的研究。理雅各对《楚辞》作者屈原非常推崇："不佩服他的诗歌，我们也非常喜爱这个人，为他的多艰和愁苦的命运而悲伤。"① 受其影响，霍克斯对屈原其人进行了认真翔实的考证并完成了博士学位论文《楚辞的年代及其作者问题》。在霍译本的每一篇目的介绍中也都分别对作者的身份进行了探讨和分析。虽然他不赞同《楚辞》中大部分作品是屈原所作，但是他对屈原的尊敬、理解并不减少：

屈原不仅是中国的第一个诗人，而且是比他的继承者伟大的

---

① "We rather like the man without admiring his poetry, and are sorry for his adverse fortunes and melancholy fate." From David Hawkes, *Ch'u Tz'u: the Songs of the South*, *an Ancient Chinese Anthology*, Boston: Beacon Press, 1962: 215.

多的诗人；即使我们认为《离骚》是他唯一的作品，也不能损害他的伟大。

此外，延续理雅各的翻译方法，霍克斯在翻译和研究中也非常注重对作品中文化现象的考证。他认为理雅各的介绍非常细致，"本意不在于诗歌翻译本身，比较之下，似乎更热衷于与《楚辞》相关的文献参考、版本考证、背景介绍和注疏集释"（215）。由此，他也大量参照古今中外《楚辞》学者的注疏研究，对原文产生的年代、地域和形式特征、屈原的作者身份等背景问题进行了详简适当的研究和注解，涉及宗教、神话、天文、地理等各方面，这自然是非常适应英文化读者的理解需要。试想，中国本土人读《楚辞》原诗都要依靠注解进行，西方人读译诗更需要注解的帮助。霍译通过翔实的注解来翻译和介绍《楚辞》，是《楚辞》在西方译介的一大进步。

同样，霍克斯的《楚辞》翻译研究受韦利的影响也非常大，主要体现在翻译和文化研究两方面。在翻译方面，霍克斯除了翻译选材的内容更多、更完整外，二者都采用前注、脚注和尾注的方法翻译和介绍楚辞文化，在形式上都考虑了适合读者唱诵的音乐性和表达的流畅性。韦利在译诗形式方面摒弃了传统的古英语的押韵体，基本上使用自由体译诗，创造了汉诗英译新的模式，使读者易于接受，霍克斯在翻译时也采取自由体韵律，还特别强调以义为先，不以声律害义，但是，霍译更追求在语言和形式方面的和谐，且诗且歌，更能表现《楚辞》的文化诗学特征。

霍克斯在《楚辞》文化研究方面师承韦利①。他认为韦利英译《九歌》中与人类学相关的知识的研究可以说"是一块基石，为后人

---

① "Author Waley, doyen of translators, inspired my first interest in Chinese literature, and to him I owe a great debt of gratitude for the generous help and encouragement he has given in these studies." From David Hawkes, *Ch'u Tz'u: the Songs of the South, an Ancient Chinese Anthology*, Boston: Beacon Press, 1962: viii.

的翻译提供了很好了解该作品的背景和功能的知识"①。所以，霍克斯在"巫"文化研究方面很显然是与韦利一脉相承的，继承和发扬了韦利的研究成果。韦利从社会宗教文化的角度研究《九歌》，对"巫"文化进行了专门性的研究，霍克斯沿用了韦利"shaman"一词来描述巫，认为《楚辞》（特别是《离骚》）这样的文学是根植于"巫教"之中的。他在 1960 年撰写的《神女之寻探》（The Quest of Goddess）一文中，运用文化人类学的原型批评理论分析《楚辞》，发现《楚辞》与汉赋有共同的"巫"文化内核，由此推测《楚辞》在形式上是受到"巫"文化和封禅观念的影响，在内容上有很多虚构的东西，都以巫术性的巡游作为重要题材，这一研究方法与韦利研究中国"巫"文化的方法相同，并拓展了"巫"文化研究的范围。

根据洪涛的研究，二位译者的学术传承还表现在对《九歌》各篇中湘君、湘夫人、大司命、少司命、河伯等诸神的身份考证方面。韦利认为"湘夫人"是"湘君"的别名，其实应是同一神灵，同时，根据两首诗的长度一致和职能相似，推定大司命和少司命也是同一个神②。同样，霍克斯也对此进行了细致研究，并认同"湘夫人"是"湘君"的变体，"少司命"是"大司命"的变体③。对

---

① "Waley's translation of Chiu Ko—The Nine Songs, A Study of Shamanism in Ancient China (Allen and Unwin, 1955) —is invaluable for its correlation of the relevant anthropological information. In this respect it is a landmark." From David Hawkes, *Ch'u Tz'u: the Songs of the South, an Ancient Chinese Anthology*, Boston: Beacon Press, 1962: 217.

② "I cannot, however, help thinking that the Lady of Hsiang (Hsiang Fu-jen) is merely another name for the princess of Hsiang (Hsiang Chun), and that the two hymns represent local variants of hymn addressed to the same deity"; "The two songs are about the same length, so big and little cannot (as sometimes happens with Chinese song-title) mean a long song and a short song, addressed to the same deity". Arthur Waley, *The Nine Songs: A Study of Shamanism in Ancient China*, George Allen and Unwin Ltd., London, 1972: 35, 39.

③ "In other words, Hsiang Fu Ren is an alternative version of Hsiang Chün, and Shao Ssǔ Ming of Ta Ssǔ Ming." David Hawkes, *Ch'u Tz'u: the Songs of the South, an Ancient Chinese Anthology*, Boston: Bacon Press, 1962: 36.

这一争论颇多的问题提出基本相近的诠释，无疑也是一种学术的继承。

受霍克斯的影响，20 世纪 60 年代以后，西方学界对《楚辞》的研究逐步深入，大多数学者都倾向于从社会学、人类学多个层次深入剖析《楚辞》中各诗篇的主题来进行文化探源。1967 年，匈牙利学者托凯出版了《中国哀歌的诞生——屈原及其时代》一书，用较大篇幅研究屈原的时代、生平及影响。陈炳良在《楚辞和中国古代巫术》（1972）中甚至认为要理解屈原和《楚辞》的社会背景，只能用"巫"文化的知识结构进行解读。1982 年，沃克（C. Walker）的博士学位论文《楚辞形式史初探》（Towards a Formal History of the Chuci）分析了《楚辞》作者身份真实性，并且探讨了各诗篇的形式特点。

霍克斯的《楚辞》英译在欧洲汉学研究中发挥了深远的影响，被列为联合国教科文组织的丛书（UNESCO, collection of representative works）。同样，在国内，许多学者也继承霍克斯的翻译传统。比如，许渊冲的《楚辞》英译，从篇名来看，与霍克斯有一定的学术传承关系。霍译《楚辞》为："the Song of the South"，许译为："the Elegies of the South"，二者具有明显的同曲同工之感。再如对《卜居》《渔夫》《远游》等诗名的翻译，二者都分别译为："Divination""The Fisherman""The far-off Journey"等，译文中诸多智慧碰撞所产生相似的火花，在此不一一列举论证。

霍译突出《楚辞》的文学和文化双重内质，具有跨文化和跨学科的多重翻译视野，因而成为当今西方相对完整的经典译本。但是，同韦利的英译一样，由于译者对作者屈原的思想整体性认识欠缺，霍克斯甚至否定了《九章》《天问》等诗为屈原所作，[①] 因而，对原作思

---

① "There are all sorts of reasons for believing not only that the Chiu Chang poems were not composed by the author of Li Sao, as was once commonly supposed, but also that they were not all composed by the same person." From David Hawkes, *Ch'u Tz'u: the Songs of the South, an Ancient Chinese Anthology*, Boston: Beacon Press, 1962: 59.

想的整体性在翻译中没有得到完整呈现，读者也就难以从中认识到原作深层所需要彰显的中华民族千百年来绵延传承的文化意志和精神价值。

第三节　林文庆英译《离骚》：现实
语境下的教育诗学

　　林文庆是生于南洋，成长于西洋，具有英国国籍的一名极富传奇色彩的华裔领袖人物。1892 年，他获得英国爱丁堡大学医学内科学士和外科硕士学位并在剑桥大学从事医学研究工作，成绩斐然。他是著名的医生，能言善辩的立法议员，成功的企业家，积极的政治家、改革家，以及儒学和教育的推动者，新加坡内阁资政李光耀这样评价他："在那个时代，林文庆是兼通双语、学贯中西的新加坡华人杰出典范。"（转引自严春宝 2010）陈嘉庚先生曾称赞："南洋数百万华侨中，而能通西洋物质之科学，兼具中国文化的精神者，当首推林博士。"（转引自张亚群 2012：4）

　　1921 年，受陈嘉庚接二连三、十万火急的邀请，林文庆临危受命出任厦门大学校长，在担任 16 年校长期间，他在治学中一方面注重西方的科学训练，另一方面不遗余力地推崇国学，积极弘扬孔孟之道来陶冶灵魂，为推动厦门大学的科学与国学教育做出了卓越贡献。然而，由于他的"尊孔"立场跟鲁迅所主张的"反孔"立场产生了冲突，导致大多数人对他提倡儒家思想的理念产生异议并给他打上了"保守"形象标签。尽管如此，林文庆坚持认为儒学乃中西学的本源并在马来西亚筹建孔庙学堂，在厦门大学成立了"国学院"，试图从古代圣贤具有普世价值的文化理念出发，培养能促进国家发展、造福人类社会的英才。

　　为了积极地向西方宣传和介绍中国的儒家文化，林文庆一生用英文写了很多有关儒学研究的著作和文章，如：《中国内部之危机》（*Chinese Crisis from Within*，1901），《儒学的宇宙进化论与一神论》

(*Confucian Cosmogony and Theism*, 1904)，《孔子关于人性的观点》(*Confucian View of Human Nature*, 1904)，《子女孝敬行为的儒学准则》(*The Confucian Code of Filial Piety*, 1905)，《儒家的理想》(*The Confucian Ideal*, 1905)，《从儒家观点看世界大战》(*The Great War from the Confucian Point of View, and Kindred Topics*, 1917)，《中国文化要义》(*The Quintessence of Chinese Culture*, 1931)，《东方生活的悲剧》(*Tragdies of Eastern Life*, 1927) 等以儒学思想为内容的文章或著作，反映了林文庆作为儒者的世界观，也是他推动儒学走向西方的一种积极的尝试。

林文庆翻译著作主要有《离骚》《李鸿章杂记》（英译汉，原著者：马克清爵士）、《基督教辟谬》（上篇）（英译汉，原著者：［英］希蓝麦沁，1921）。① 这些作品反映了他理性的学术理念，尤其是从他的《离骚》英译来看，他的"保守"思想实质上具有一种积极弘扬传统文化的开拓精神以及向西方科学看齐的中西融合双重视野。

《离骚》是林文庆在担任厦门大学校长期间英译的作品。连士升曾这样评价其翻译动机：

> 他曾请教友人，看中国古籍里什么书最困难。人家告诉他说，中国文学里最艰深的莫如诗，中国古诗中最难懂的无过于《离骚》。因此，他才下决心，从事彻底研究，越研究越有兴趣，最后贾其余勇，把它翻译出来，交商务印书馆出版，一举成名，中外学术界人士，多刮目相看，谁也不敢再把他当作不懂中国文化的旮旯了。(1963：141—142)

事实上，林文庆英译《离骚》的动机不尽于此。他认为《离骚》包含了普适全人类的深刻真理："《离骚》作为一门世界性的学问，

---

① 因未能获取并亲睹《李鸿章杂记》与《基督教辟谬》二书，故出版日期等信息不详。

除了一些汉学家外，在西方世界鲜为人知。"① 除此之外，他在译者前言中解释：

> 两千多年来，《离骚》享有很独特的地位和声誉，自从作品问世以来，中国经历了无数朝代变更，但是《离骚》教给人们的却亘古常新。如今，无政府主义的泛滥给人类带来灾难的时候，它会是一剂时代良药。(xxvii)

所以，林文庆《离骚》英译饱含了强烈的现实忧患意识，他寄希望借助于宣传儒家思想来教育和鼓舞国人，提醒人们民族文化的重要性和价值。同时，他希望用作者屈原的廉洁美德纠正时偏，认为"兼具诗人、哲学家和爱国者三重身份的屈原一直受人尊崇。他的思想非常现代，他的品格高贵不凡、坚韧不屈"②，这一译作具有很强的现实语境中的教育价值。

林文庆的英译《离骚》完成之后，1929 年由上海商务印书馆出版。新加坡政府官员克利福德（Hugh Clifford）为译本写了导言，时任厦门道道尹的陈培锟为书名题签，翟理斯和泰戈尔、陈焕章分别为译本作序并分别从不同侧面评析林文庆及其译作对传播中华民族文化的贡献。翟理斯在序中将林译《离骚》与布鲁威特·泰勒（Brewitt Taylor）英译的《三国演义》（*Romance of three kingdoms*，1925）并誉为 20 世纪初的两部英译佳作，并且对林译《离骚》做了高度评价：

---

① "…is one of the famous books of the world, though probably it is scarcely known at all in the West except among Sinologues." From Lim Boon Keng, *The Li Sao*, *An Elegy on Encountering Sorrows by Chu Yuan*, Shanghai: The Commercial Press, Limited, 1929: xxvii.

② "It is in his triple role of poet, phiosopher, and patriot, that Ch'ü Yüan's memory is revered. His ideas are remarkbly modern. His noble qualities are unique. His stoical firmness is phenomenal." From Lim Boon Keng, *The Li Sao*, *An Elegy on Encountering Sorrows by Chu Yuan*, Shanghai: The Commercial Press, Limited, 1929: xxix。

　　《离骚》是一首奇妙的抒情诗，可以和古代诗人品达比美争辉，诗篇是公元前三百年写的，我在 1872 年第一次读到时，诗句如闪耀的电光，使我眼花缭乱，觉得美不胜收……林译使英国显得瞠乎其后，停滞不前了。(xxvi)

　　泰戈尔在序中称赞林文庆通过对《离骚》的翻译工作，向西方世界展示了中国古代文学的硕果，认为当原作被创作的时候，很多现在世界上盛行的语言还尚未发展起来：

　　　　毫无疑问，现在对于一些中国作者来说，本土的文化所展现精妙的地方应该集中于他们文学最佳成果之中，不是为了考古的分类，而是为人类提供普世的精神财富。林文庆的译文正是在当前世界对神秘朦胧的远古时期文化认知渺茫时应运而生。(xxiv)

　　这些著名学者肯定了林译在西方文化最为发达，而儒家文化备受批判和抨击的时代所进行《离骚》英译的时代价值。

　　林译《离骚》试图从古代圣贤那具有普世价值的文化理念出发，积极游走于东西、新旧文化之间，为陷入混乱的中国营造稳定的社会秩序，向西方宣传国学的永恒价值，恢复中华儒家文化的尊严和精神，展现和传播中国传统文化的独特魅力。这绝不是译者的一种保守行为，而是一种自强不息的爱国救国精神与勇气，因此，林译《离骚》具有较强的将历史文化同现实文化语境结合起来的教育诗学功能。

一　以诗宣儒，理性学者的文化寻根意识

　　作为接受英伦教育，具有英国国籍的大英子民，林文庆本来是虔诚的基督教徒，然而，生活在欣欣向荣的大英帝国，英国人高尚的民族思想令他感动，使他在潜意识中寻找自己中国的根，于是他决心使自己精通中文，并始终坚持对中国传统文化的孜孜追求，逐渐转变

为 "……真正的儒者，是我们所尊敬的通才硕士，有学问而兼有道德的典型" （转引自严春宝，2010）。

作为一个服膺儒家学说的思想家，林文庆对中国古代的儒家价值观的认可和理解直接影响了他在翻译中的儒家文化介入程度。与韦利和霍克斯的翻译立足点不同，林文庆在译者序言中首先对作者屈原的儒家思想进行了介绍并作英文诗《屈原颂》（*Ode to Chuyuan*）来歌颂屈原明德、修身、忠正、美政的人格和伦理思想，表明了这一译本的翻译目的。正如泰戈尔在序中所言：

> 这是一本向世界普及中国的传统儒家道义的译本，使人栩栩如生地看到一个伟大民族的心灵，如何渴望在道德精神的基础上，建立一个稳定的社会。①

林译《离骚》能对那些欲了解中国精神的人有许多帮助，它向世人呈现了中国古代的社会价值和道德观念，也体现了译者贤哲之治的政治观，家国忠孝的伦理观，科学理性的宗教观和止于至善的教育观。

（一）君圣臣贤的政治观

在战国后期道势相争的背景下，诗人屈原内心的政治理想是君圣臣贤、君臣遇合的模式。林文庆的政治伦理观与屈原所寻求美政理想的政治图式是一致的。译者认为儒教的政治是一种哲人或圣君统治下的贤哲仁礼之治，只有最高思想和学问的领袖人才才有足够的智慧明德任贤，才能服务民众，造福人类。所以，译者强调大学作为教育的

---

① "The verses of this poem carry in them a lament, political in character, which makes vivid to us the background of a great people's mind, whose best aspiration was for building a stable basis of society founded upon the spirit of moral obligation." Lim Boon Keng, *The Li Sao, An Elegy on Encountering Sorrows*, Taipei: Cheng Wen Publishing Company, 1974: xxiii.

最高机构是培养政治精英的地方①，这自然也是儒家思想中"劳心者治人"的理念，体现了中国古代政治文化价值观。

在《离骚》翻译中，林文庆赞叹尧、舜帝是伟大的圣人、师长和道德伦理的创始人，他们有圣洁的道德规范，他认为"古代三皇的贤德是古今领袖的榜样"②。因此，译者判断他们对人们一定是非常信任和热爱的，借此，译者直指时事，在翻译的评注中多次指出："一个政府精英领袖应具有恩赐的天赋，能明德任贤，才能齐心协力，成立理想的精英政体"，否则，"不公正的政府会导致政权毁灭"。③

林文庆曾积极响应光绪帝的维新政策，认为康有为、梁启超等仁人志士能辅助光绪，帮助中国摆脱贫困，走向强大，因此，他认同建立在忠诚信任基础上的君臣关系之宝贵并在译文中坚持这一理念。试比较杨宪益、霍克斯和林文庆对下节诗句的翻译：

> 曰：勉升降以上下兮，求矩矱之所同。
> 汤、禹俨而求合兮，挚、咎繇而能调。
> 苟中情其好修兮，又何必用夫行媒？
> 说操筑于傅岩兮，武丁用而不疑。
>
> （《离骚》，L287-294）

To and fro in the earth you must everywhere wander,

Seeking for one whose thoughts are of your own measure.

T'ang and Yü sought sincerely for the right helpers;

---

① "大学是培植领袖的地方，因为大学能给予个人以最高的思想和学问。"林文庆：《大学生活的理想》，《厦大周刊》第319期。

② "These good and virtuous leaders are examples for all times." From Lim Boon Keng, *The Li Sao, An Elegy on Encountering Sorrows by Chu Yuan*, Shanghai：The Commercial Press, Limited, 1929：123.

③ "A good government has suitable officers in their right place, cooperation of individual leaders is essential to good government"；"Unrighteous government causes revolution." From Lim Boon Keng, *The Li Sao, An Elegy on Encountering Sorrows by Chu Yuan*, Shanghai：The Commercial Press, Limited, 1929：123, 129, 138.

So I Yi and Kao Yao worked well with their princes.

As long as your soul within is beautiful,

What need have you of a matchmaker?

Yüeh labored as a builder, pounding earth at Fu Yen,

Yet Wu Ting employed him without a second thought.（霍克斯译）

Take office high or low as days afford,

If one there be that could with thee accord;

Like ancient kings austere who sought their mate,

Finding the one who should fulfill their fate.

Now if thy heart doth cherish grace within,

What need is there to choose a go-between?

A convict toiled on rocks to expiate

His crime, his sovereign gave him great estate.（杨宪益、戴乃迭译）

Hsien says:"Strive, rise on high and go below!

Find for the square and rule a harmony!

Though T'ang and Yü were grand, they sought for mates!

And Chin and Chiu Yu could work well with them!

If love within your breast is real and true,

Why must you still require a go-between?

There's Yüeh who was a builder in Fu Yen,

When Wu Ting gave him work without mistrust.（林文庆译）

与霍译、杨译相比，林文庆在文中首先用主动的祈使语气激励人们来为追求君臣遇合政治模式而"strive"（努力奋斗），前四句都使用感叹句进行强调和鼓励。同时，在译句中直接使用"harmony"（和谐)、"mates"（伙伴)、"work well with"（和睦相处)、"real and true"（真挚)、"give him work without mistrust"（用人不疑）等带有显性"明德任贤""君臣同心"意义的词语来凸显这一君贤臣忠的政治理念。此外，译者在译文后面的评注中再次指明："真诚是人类社会的灵魂"（Sincerity is the soul of human society，153）并在注释中进一步引用日本评论家的话："信任自己的臣子的中国皇帝才是真正的统治者，但是很多的帝王都不信任他们的臣子"①，译者此意在于针砭统治者的独裁和专制，映射了他对慈禧在政治、精神等方面禁锢光绪帝的愤恨，对被囚禁的光绪皇帝给予无限的同情，以及对诚信和谐社会关系的殷切希望。

在当时中国正处于民主即将诞生的阵痛中，林文庆认为中国需要更多像屈原这样的爱国忠臣，忠诚比民主更重要，没有忠诚，人们不会相信任何领导者。译者认为屈原的"忠信"道德是以作者个人与君主在政治人格上的共性基础为条件的，因此林文庆的译诗也服务于他的政治看法。再比较杨译、霍译与林译对下句的翻译：

朝搴阰之木兰兮，
夕揽洲之宿莽。

（《离骚》，L15-16)

In the morning I gathered the angelica on the mountains;
In the evening I plucked the sedges of the islets.（霍克斯译)

Magnolias of the glade I plucked at dawn,
At eve beside the stream took winter-thorn.（杨宪益、戴乃迭译)

---

① "The Japanese commentator sarcastically says, 'The Chinese emperor who does not distrust his minster is a real ruler, but many emperors distrust their ministers.'" From Lim Boon Keng, *The Li Sao, An Elegy on Encountering Sorrows by Chu Yuan*, Shanghai: The Commercial Press, Limited, 1929: 153.

At morn, I pluck magnolias on the hill;

At eve, I pick the islet's evergreens. （林文庆译）

原文中"宿莽"是一种叶含香气、可以杀虫蠹、经冬不死的香草，具有不受环境的变化而改变的特性，此句意指浪漫的诗人由朝至夕，不与奸臣同流合污，内心追求的美好志向不会改变。霍克斯译"宿莽"为苔草属植物"sedges"（莎草），没有在文中突出此植物的特性和承载的隐喻意义，杨宪益夫妇译为"winter-thorn"（冬天的荆棘），使人联想到现实的背景和诗人的坚贞不屈的精神，但是没有展示其中浓厚的浪漫主义气息和诗人为追求真理至死不悔的情怀。林文庆采用"evergreens"（长青树）这一隐喻意义来突出屈原立志修身、永远追随国君的忠诚品质。译者认为诗人将自己的坚定不变的意志比作"宿莽"一样的美好纯粹的本质①，而且，译者在评注中指出："忠诚的品质是宿莽这种永恒长青的植物所具有的特征，并且在逆境中更加坚强"（Loyalty should partake something of this perennial attribute of the evergreens，121），鲜明地表现了译者翻译的意旨所在。

中国古代忠臣贤哲们政治人格的原则性是建立在"忠信"基础上的"由家而国而天下"的儒家道德上的和谐伦理。林文庆虽久居海外，却心系祖国，依然坚守祖宗遗留下的"修身、齐家、治国、平天下"的制度和教化，始终准备以国为家、效忠祖国。② 所以，在《离骚》翻译中，他的"家庭—国家—民族"伦理实体的核心观念得到体现。例如：

---

① "The poet compares his unchanging and inflexible determination to be good and pure to these evergreens." From Lim Boon Keng, *The Li Sao, An Elegy on Encountering Sorrows by Chu Yuan*, Shanghai: The Commercial Press, Limited, 1929: 102.

② 1901 年 7 月，满清政府的醇亲王载沣访问新加坡，林文庆代表海外华人奉献颂词，希望朝廷不要遗忘这些海外华人效忠祖国的热情和决心。他积极参与清政府实施的一些海外行动，1911 年受肃亲王之命，担任了清廷内务府的医务顾问，代表大清帝国出席德国"万国卫生博览会"，充分表明他对朝廷的效忠，对国家的热爱。林文庆君圣臣贤的政治理念还可以从他悉心为厦门大学的建筑物命名中管窥一斑，如群贤楼、敬贤楼、同安楼等。

乱曰：已矣哉！国无人莫我知兮，

又何怀乎故都？

既莫足与为美政兮

吾将从彭咸之所居！

（《离骚》，L372-376）

Adieu!

Alas! It's all o'er. There is no man in the state!

There's none that does know me!

Why cherish I still the old fatherland?

Since none's good enough to rule it well with me,

I shall then follow P'êng Hsien to his home!

此诗节译者致力于表达屈原"事君而不贰"的忠信品质。在当时"国无人莫我知"和"莫足与为美政"的残酷政治现实的压力下，屈原作为一个爱国者不能不离、离又不能的矛盾心态，只能实践其"竭忠诚以事君"，"伏清白以死直"的政治誓言，最终做出了"从彭咸之所居"决策。林文庆在选词上使用"old fatherland""home"等词来展现屈原以国为家的思想，又用"Adien"（别了）"Alas"（呜呼）双重押头韵的感叹词，以及双重"There be"存在句的否定句型来表现作者舍家舍国而成仁的无奈。同时，也流露出译者自己将爱由家庭推广到社会和国家，心系故国的赤子情怀。

在林译《离骚》的93条评注中，他多次强调圣明、忠信、贤德等儒家政治道德伦理，反映了译者在儒家思想备受批判的年代，仍致力于恢复中华儒家文化精神的政治决心和以诗警世的政治用意。如：

Moral Ⅸ：背叛者对自己和他人的欺骗，往往会导致国家政权的倒塌。（*Traitors delude themselves as well as deceive others, in causing the fall of a state.*）

Moral ⅩⅦ：在合作中的牺牲是光荣的。（*Martyrdom is*

· 116 ·

glorious in good company.)

Moral XLⅡ：正义是维系社会的力量。（*Righteousness is the power that sustains society.* ）

Moral LXXⅧ：伟人是会为社会而做出牺牲的人。（*The best man makes sacrifices for the sake of society.* ）①

译者在每诗节的翻译后都进行评注，提升了诗文的内涵，这些评注所强调的君圣臣贤、国忠家孝等政治理念展现了 2000 多年前中华民族的政治文化的灵魂，在当时儒家思想备受批判的年代，是具有很大进步性的，反映了林文庆致力于恢复中华儒家文化精神和儒学兴教的决心。在当今社会仍具有强大的生命力和普遍性，对促进青年学子树立良好的政治品质具有指导价值。

（二）止于至善的教育观

林文庆是一位名副其实的教育家。② 他认为：“大学真正的使命，不但在求高深学问的研究，而其最重要的，尤在于人格的陶铸。”③ 他提出大学生人格训育要坚持以下要素，才能培养出带领民众走向幸福的领袖人才：“一为高尚理想，二为反省工夫，三为坚决意志，四为文雅习尚，五为自治能力，六为利他精神。”④ 他的“养成高尚人格”的教育理念贯穿于他的治学之中，也反映在他的《离骚》英译之中。《离骚》英译是他在厦门大学担任校长的第八个年头翻译成书的，他选择《离骚》作为唯一的儒学经典进行翻译，除了前述原因

① From Lim Boon Keng, *The Li Sao An Elegy on Encountering Sorrows by Chu Yuan*, Shanghai: The Commercial Press, Limited, 1929: 125, 129, 139.

② 1904 年，林文庆参与创办“英王爱德华医学院”，并亲自教授药物学和治疗学。在新加坡担任议员期间，他在新加坡、爪哇等地开设华人女校（新加坡女子学校，1899）、华语学校和华语训练班，传播中国传统文化，推广华语普通话，提升当地华人女子的教育水平。自 1921 年起，他全程主掌厦门大学 16 载，为厦门大学赢得了“南方之强”的美誉。

③ 林文庆：《厦大十周年纪念的意义》，《厦门大学十周年纪念刊》1931 年第 4 期。

④ 同上。

作序所说：

> 如果正在学汉语的西方人和正在学英语的中国人把此译本作
> 为学习指南的话，他们不但会深受鼓舞，还会发现他们的理想本
> 性得到了反映。因此，此译本不但发挥了汉语在世界的交流作
> 用，而且使中国的伦理道德具有普世价值。（xxv）

　　林文庆非常认同屈原所坚持的保持纯真和善良的道德品质，认为
屈原是尼采想象中的那种完人标准，是马修斯·科瑞欧拉努斯也会肃
然起敬的公民典范，当今世界需要他这样的人去教导下层人民，一些
争权夺利的乌合之众是不能带来社会文明的。

　　林文庆主掌厦门大学后，确立"止于至善"为校训，他认为
"大学是设教的最高学府，正所谓入德之门，从此便升当入室而臻于
至善之域"。① 这也是他的教育思想之核心，意在通过不懈的努力，
培养智善结合、明德修身、百折不挠的仁人君子、社会领袖。他认为
只有那些"具有真、善、美三者的人，才算完全，才算高尚，才可以
救人，可以救国；不特救中国，还可救全世界"。② 通过用屈原这种
具有高洁品质的典范来教育人们，是培养学子们道德素养的最佳途径
之一。

　　林文庆"止于至善"的核心教育观在《离骚》翻译中得以淋漓
尽致地呈现。译者非常欣赏屈原热爱香草、芳馨等自然的服饰，注重
以种植兰、蕙等芳草来培育自己的高贵品格和美好才能，认为像屈原
那样"具有幽兰品质优良道德的人，象珍宝一样稀少"（Good men
are rarer than jewels，142）。他认为人性深处蕴藏着一种善的力量，它
创造了人类对美的喜爱、对真的尊敬、对上帝的崇拜，而这份内在力

---

① 参见严春宝《一生真伪有谁知——大学校长林文庆》，福建教育出版社 2010 年版，
第 206 页。

② 参见《厦大周刊》第 346 期之《林校长秋季开学式训词》，1934 年。

量是可以通过教育获得的，"优良的品质必须象植物一样来进行培育"（Moral character must be cultivated like plants，127）。所以，译者很重视兰草等植物词语所包含的道德隐喻意义在翻译转换中的完整呈现。例如：

> 扈江离与辟芷兮，*I cover me all o'er with fragrant herbs*；
> 纫秋兰以为佩。*While I with autumn orchids pendants string*！
>
> （《离骚》，L11−12）

译者为了在翻译中突出词的文化内涵而使用了四重阐释，首先，他在译文中直接使用"fragrant herbs"（芳香的草药）来替代"江离"与"辟芷"两种具体的植物名。在中华传统文化中，这些植物带有儒文化的义理与内涵，其叶常绿昌茂不凋，抱芳守节的精神品质和儒家倡导与追求的"中庸""中和""礼、义、恭、俭、让"的思想默契吻合。然后，译者又在所列的词汇表中分别对这些植物文化词汇进行汉字、拼音的罗列以及植物学意义的解释：

江	Chiang	*a river*
离	Li	*to meet with，to separate from.*
江离蘪蕪		*a riverside plant*
辟	P'i	*to punish，perverse（seculded，shady）*
芷	Chih	*a fragrant plant-angelica*
辟芷	P'i chih	*the name shows that the plant grows in a shady place.*

随后，译者在尾注中进一步指出这些植物所隐含的文化隐喻，向读者明示这些香草所隐喻的儒家思想品质和道德规范：

> 江离与辟芷都是香草，生长在溪流或池塘边，作者借此来暗

示一个有品德的人需要表里的修养仪态一致，给人美好德馨的感觉。……秋兰是秋天的兰花，在楚辞中涉及到各种兰花的变体，而诗人使用这一芬芳甜美的花来象征他自身优良的道德品质。①

最后，译者在评注中总结并提升此句的教化功能，指出"一个人只有具有良好的修养才能成才"（Genius is the fruit of self-culture, 121）来教导读者要知礼明德，修身笃行。

林文庆在厦门大学培养心目中具有指导民众之才干，使民众敬仰其智慧与学历的领袖人才时，提出培养领袖人才应该从个人修养开始："修养为教育之基础，亦即整个文化之根基。"② 他认为这种高洁的修养是"不许有任何妥协和掺杂的"（Purity allows no compromise or adulteration! 136）。在翻译"保厥美以骄傲兮，日康娱以淫游，虽信美而无礼兮，来违弃而改求"一句时，译者明确指出"求女"的原则是内在美和外在美的全面协调："没有良好的品质，美只能导致失望"（Without virtue, beauty only begets disappointments, 146）。所以，译者非常赞美屈原面对众人的排挤，追求举世皆浊我独清的清高境界，认为他的"自我修养和约束是优良品格的基础"（Self-culture with self restraint is the foundation of moral excellence, 129），只有重视知礼明德之道，才能言出必行，即知即行。

林文庆认为真正的修身齐家还需要面对艰难、挫折或者谗佞而表现出坚忍不拔、百折不挠、敢于牺牲的精神。屈原坚守真、善、美的道德情操，对自己的高尚追求万死不辞、牺牲成仁的坚强品质，也是

---

① "江蓠 and 辟芷 are fragrant plants. Both grow near streams or ponds. Under these figures, the author wishes to express his implicit sense of the necessity for a complete correspondence between the inner graces and outward elegance, beauty, and fragrance." "秋兰, the autumn orchid. Many varieties of orchid are referred to in this work. The poet uses the figures of sweet-smelling flowers to represent his own fine moral qualities." From Lim Boon Keng, *The Li Sao, An Elegy on Encountering Sorrows by Chu Yuan*, Shanghai: The Commercial Press, Limited, 1929: 120.

② 林文庆:《个人修养论》,《厦大周刊》1932 年第 279 期。

道德情操，对自己的高尚追求万死不辞、牺牲成仁的坚强品质，也是译者极力推崇的"止于至善"的教育观。例如：

> 亦余心之所善兮，虽九死其犹无悔。（《离骚》，L85-86）
> *Yet for what I sincerely think is good;*
> *Though I shall die "Nine deaths", I'll ne'er regret.*

> 虽体解吾犹未变兮！岂余心之可惩？（《离骚》，L129-130）
> *Though hacked to pieces, I shall never change!*
> *How can my heart be forced, then, to recant?*

西方的价值观一般认为自杀是懦弱行为，但林文庆在翻译此句时感叹诗人明知会粉身碎骨，但责任使他决不屈服的坚强意志，认为屈原不会委曲求全改变初衷，是"真正的英雄"（Hero prefers death to recantation，131）。并以此教育学生："爱国者必须准备好为国做出牺牲"（*The patriot must be prepared to be a martyr*），"伟大的人物能为了社稷而用于牺牲"（The best men make sacrifices for the sake of society），"即使是牺牲了自己，也是光荣的"（A dignified departure is a triumph，155-160）。

译者在翻译中认同和提倡的儒家"无求生以害仁，有杀身以成仁"的自我牺牲精神是一种英雄崇高的责任感和奉献精神，也是林文庆在翻译中极力推崇和提倡的儒家利他主义思想和勇于自我牺牲的精神。这种牺牲精神与林文庆的教育思想是一致的，[1] 他本人也身体力行实践着这一精神。他放弃新加坡的一切事业，包括如日中天的医学和行政事业，为了国家的教育事业出掌厦门大学，在金钱和物质方面

---

① 林文庆阐释和宣讲陈嘉庚精神时说："嘉庚先生的精神是什么呢？就是我国圣贤所传给我们的'天下为公'的精神，是一种利他而肯牺牲的精神。……同时校内外的许多同学们，也都能够把这种精神发扬光大。"林文庆：《厦大十周年纪念的意义》，《厦门大学十周年纪念刊》1931年第4期。

解囊相助之数目无法估量。① 在 200 多万名马来华侨面临日寇血雨腥风大屠杀之时，年逾古稀的老人林文庆本着牺牲自己来拯救他人的坚强意志，忍辱负重地接任华侨协会会长，这种舍己身为大义，甘冒千夫指而"下地狱"所经受的隐忍、煎熬之勇敢和壮烈令人震撼。在他去世时，新加坡《南方晚报》悼念文说："以先生为厦门大学牺牲的，不只 16 年，而是他最宝贵的后半生……试读先生在其英译《离骚》中的自序及《吊屈原诗》，其当时心情，何异屈原?"（严春宝，251—252）这更是儒家"穷则独善其身，达则兼善天下"的儒家处世态度之写照。林文庆堪称屈原在现实生活中的化身，以实际行动来教育和影响学子并希望把这种精神推广至全国人民，共同挽救国家危亡，谋求大众利益，"他以自己的行动来影响别人，因而，他是一位实践着的教育家"（严春宝，229）。

严格来说，林文庆所提倡的至善之域是厚德博学、德智双丰的完美境界。他虽然重视忠、孝、仁、义的道德修养，但他并不忽略科学知识教育的重要性，认为优秀的领袖人才是融合良好道德品质与高超专业技术为一体的尚行笃学之至善之人：

> 大学是培养领袖人才的地方，因为大学能给予个人以最高的思想和学问，具有最高思想和学问，做起事来，自不会和常人一样的认错目的或是欠缺能力。假使没有大学，最高的思想和能力就无从获得。②

屈原广涉天文、地理、历史、哲学、文学等诸学科领域，博览群

---

① 1921 年，林文庆将自己在新加坡兀兰地区的一块 51 英亩的土地的 3/5 份额赠给厦门大学，其余的赠给新加坡莱佛士学院和亲人。他曾在家里接诊中外患者，将所得诊费以及他夫人的私房钱全部捐给厦门大学。1989 年，其子遵照林文庆的遗嘱，将位于鼓浪屿笔架山顶环境幽雅的 1018 平方米的住宅及 4316 平方米的庭院捐赠给了厦门大学。严春宝：《一生真伪有谁知——大学校长林文庆》，福建教育出版社 2010 年版，第 231—252 页。

② 林文庆：《大学生活的理想》，《厦大周刊》1933 年第 319 期。

书，知识之广深令人叹为观止，译者对诗人美好资质和优异才能赞叹不已，认为屈原无疑是才华非凡的中国首位文豪，能写出这部古今罕见的奇特巨篇而被赋予"辞赋宗"的地位，历经 2000 多年一直点燃着国内外大批精英学者最热烈的激情，是历史上不可多得的内外兼修的典范。因此，屈原也成为林文庆为读者树立的德智双修的典范。

林文庆认为"诗人充分认识到自己所具有的智慧、特别的才干和丰富的知识"①，正如诗人在《离骚》第一节中表明的一样：

纷吾既有此内美兮，*In me are found in full these excellences*，
又重之以修能。*To which are also added my great gifts.*

林文庆在诗中强调"才智是内在美好品质的产物"（Genius is the fruit of self-culture，120），具有这些"gifts"（才能）的人才是真正的优秀人才（excellences）。所以，他充满期望地对厦门大学的师生说："如果各位同学都能好学不厌，我们教授都能诲人不倦，一齐站在学术界的前线，勇往直前，致吾国文化地位于世界的最高峰……大学的宗旨重在专门研究，专门研究之先决问题，就是道德的修养"②，因此，德与智双重素质成了译者教育办学，使学生达到至善之域的最高目标。

林文庆通过对《离骚》诗文中所蕴含的明德忠信、德智兼修、敢于牺牲等儒家精神的阐释和再阐释，无疑一方面是在英译过程中受到屈原的思想情操的影响，另一方面也是他寄希望用儒教"止于至善"的理念以达到以"文"化"人"的教育目的。在当时社会国家落后，个人价值观教育普遍缺失的情况下，译者致力于宣传国学的永恒价值，对恢复中华儒家文化的尊严和精神，为陷入混乱的中国营造稳定

① "The poet is self-conscious of his own great intelligence as well as of his special gifts and varied knowledge. " From Lim Boon Keng, *The Li Sao*, *An Elegy on Encountering Sorrows by Chu Yuan*, Shanghai：The Commercial Press, Limited, 1929：120.

② 林文庆：《大学生活的理想》，《厦大周刊》1935 年第 319 期。

的社会秩序，促使国家教育臻于正规具有非凡意义。而且，在当今新的时代下，针对一部分人，尤其是少数大学生在求索征途中出现的人格缺陷、价值迷失、学术浮躁的状况而言，仍然具有说教意义。

（三）科学理性的宗教观

楚辞文化的显著特点之一是保持浓郁的原始宗教的巫祭色彩。由于作者生活的语境巫风浓郁，加之"三闾大夫"的职务，其思想信仰带有较浓烈的宗教色彩，诗人借助于宗教的表象，通过创作探讨人生、宇宙存在、伦理道德等关系的意义。比如，《离骚》中写屈原神游寻高丘神女不成，转而求下女的索祭部分，极富宗教神话色彩。如果说屈原带有宗教性质的思想形成于远古时期，是当时社会历史和民族文化等特殊原因促使初民们对神灵的信仰，对天国的崇拜，或者说，这种游遍天界求女同于日本、希腊等世界各地的原始部落中普遍通用的"人神爱恋"原始宗教的思维方法一样，希望用两性的亲密关系来获得神的信任，那么，从小接受西方教育，学医出身，从事西方医学科技研究的林文庆则是理性、科学地解读《离骚》中的宗教思想。

在论述儒教思想的时候，他时常以儒教或孔教来指称，① 指出儒家文化中仁义、公正、牺牲精神等是人性深处蕴藏的一种力量。在《离骚》翻译中，译者并不热衷于原文中明显的具有迷信色彩的神道设教，而是关注其中宗教对人性的教化功能，强调人性在社会中的进化过程，这无疑是一种科学、理性的眼光，也是他《离骚》英译的主要动机之一。例如：

前望舒使先驱兮，*Wang Shu is sent in front to lead the way*；
后飞廉使奔属。*Behind Fei Lien is pressed to speed us on*！

---

① "林文庆在《论儒教》一文中，就将各种宗教，如回教、基督教、天主教、佛教和道教等逐一批评一番，然后得出结论：统而言之，数教之中，惟孔子教为大中至正，亘千古而不可易。"严春宝：《一生真伪有谁知——大学校长林文庆》，福建教育出版社 2010 年版，第 290 页。

鸾皇为余先戒兮，*A pair of phoenixes act as my guides*，
雷师告余以未具。*But Thunder tells me he's not ready yet*！

（《离骚》，L199-202）

忽反顾以流涕兮，*Then suddenly I look back and shed tears*，
哀高丘之无女，*Lamenting there's no virgin on Kao-ch'iu.*
及荣华之未落兮，*While still their glorious blooms unfallen be*，
相下女之可诒。*I see a servant maid I can secure.*

（《离骚》，L217-218，221-222）

这两段译文中，译者没有极力渲染诗人驾驭仙境的激情，也没有张扬宗教所表现的"天国"和"盲从"观念，甚至没有凸显大多数楚辞研究者所理解的"求女"为屈原对贤君的追寻的隐喻意旨，而是抛弃了宗教的超脱和皈依理念，在直译之后还执行一种理性的教化功能上的点评。如在"雷师告余以未具"一句中，译者坚持一种"成功在于上天，也在于个人的努力"（Success depends as much on Heaven as on personal efforts，143）。译者以主客观相结合的态度规劝人们命运不完全是天注定，自身的努力同样重要，而失败也是正常的现象。对于诗人寻高丘女在天门遇阻，译者客观地分析并推断，即使像屈原这样的圣人，亦有失望沮丧的时候："雄心并不能保证成功"（Ambition is no guarantee of success，145），言外之意，就是要以理性的眼光看待理想，在追求中不但要有热情，而且也要重视实干和机遇，这种思想也是译者在现实生活的投影。译者本身就是一位实干家，他执行教育思想改革运动，满腔热情地办学校、积极参与禁烟运动、发起剪辫子运动等，为促进国家的发展身体力行。

再如，对于"及荣华之未落兮，相下女之可诒"这一句，"荣华"是指"花""颜色"。译者舍弃其中人神爱恋的宗教幻觉模式，转而解读其中励志之言，并在评注中指出："荣华是指青春初放的花，作者自喻自己有青春的精力去追寻心中知己"，所以，"青春应该永不绝望"（Youth should never dispair！145）。此乃译者常用以鼓励青年

学生的乐观主义态度。译本中所体现的教化功能，早已远远超出作品
本身单纯的上天求女的宗教行为意识，更是与译者训育青年学生的一
套理性科学的培养方案基本一致"……有了最高的思想和学问以后，
还要有自知，自信和自助的精神，这一点凡是大学生都不可忽略
的"①。他在办学中讲究科学精神、科学理念和科学方法，重视科学
精神的现实意义，他教导厦大师生："诸君在校养成真正之科学精神，
最为必要"②。

西方基督教社会以《圣经》为原本，积极倡导建立"神—人—社
会—自然—国家"彼此统一的和谐主旋律，而林文庆非常重视宗教文
化所蕴含的儒家精神，认同儒教中人们成功是靠理智、知识、责任和
不懈的辛勤努力去获得的精神和谐，体现了译者把儒教也看成一种合
乎科学和理性的宗教的思想。作为精通中西文化的译者，他将儒教与
基督教的和谐理念相互糅杂融合于译作中，借助于《离骚》中宗教
浪漫表现，探讨人生、自然、社会与国家的关系，从而使他的人生观
更为科学合理。

例如，《离骚》开头几句屈原自叙出身的诗句："名余曰正则兮，
字余曰灵均"。过常宝认为"灵均"这个名字"实际上是在吁请神的
降临"，而林译将屈原的字"灵均"诠释成"spiritual harmony"（精
神的和谐），这一翻译更符合儒家身心合一、天人合一的思想，认为
名字取自于父母，取自于天地，从而实现了人的主体性、自然性和社
会性的和谐统一，这无疑是一种科学、理性的眼光，这种和谐理念的
哲学意义在他的译文中多处得以呈现，例如：

日：勉升降以上下兮，求矩矱之所同。（《离骚》L287-290）
Hsien says：Strive，rise on high and go below！

---

① 林文庆：《大学生活的理想》，《厦大周刊》1993 年第 319 期。

② 引自张亚群《自强不息，止于至善——厦门大学校长林文庆》，山东教育出版社
2012 年版，第 131 页。

Find for the square and rule a harmony!

凤皇翼其承旗兮，高翱翔之翼翼。（《离骚》L349~350）
The feng and huang bear the flags on their wings,
Ascending high in their harmonious flights.

译者在译文中反复使用"harmony""harmonious flights"来表达同道之间相处要像"矩"和"矱"一样的和谐合作，像凤凰一样排列有序地飞翔，保持一种和谐的运行状态，这是儒家，也是人类追求的理想相处与合作模式，而不合理的行为如"妒恨只能破坏社会的和谐稳定"（Envy and jealousy break up the harmony of society，128）。这一和谐理念表明了译者在翻译中理性的宗教观，把儒教看作是天植人心的仁爱、民主与合作的和谐科学，这一翻译行为对当时即将承担挽救国家和社会责任的大学生提出齐家治国、合作实干的信条，对他们树立人生最高理想和提升思想境界具有积极的现实意义。

二 言说现实，离散译者文化融合的翻译思想

作为接受西方教育却一心想积极报效祖国的华人领袖，林文庆身上也自然发生了中西文化的汇流，使他成为融合了西方民主思想和东方伦理道德的双文化代表人物。他一方面对西方文化传统和思想有深刻理解，另一方面认同儒学文化并契合时代和教育的需要来重新阐释儒学理念，他的改良主义思想超越了种族和宗教，跨越了中西文化、新旧文化，深入到他的政治、社会和教育改革之中，也反映在他的翻译思想之中。

（一）积极进取的中西改良思想

五四运动前后，在西方进化论的指导下，国内对传统的社会政治、经济和文化的清理和批判成为时尚，新文化运动思潮异军突起。林文庆的改良思想具有非常理性的一面，由于深受 19 世纪英国科学界和哲学界的达尔文进化论思想的影响，他吸收了其中利他主义、公

正与合作理念，以此探索中国的伦理和社会发展原理。同时，中国古代儒教的贤哲之治、仁政、民主等思想成为他改良思想的理论基础，他将西方的进化哲学和东方的儒家思想精华整合起来，形成了他兼具中西特色的改良主义思想。

首先，他提倡实行社会改革，作为赤诚的爱国主义者，他不遗余力支持中国的维新变法并投身孙中山领导的民主革命之中。林文庆改良思想不仅仅是接受进化论的优胜劣汰观念，他在《离骚》中寻觅到自己想要推崇的儒家思想，认为儒家思想是三民主义重建社会道德秩序的伦理基础，但变革精神应该指引进化的规律，是推动社会不断进步的意识和行为。在《离骚》译文中，他处处希望借屈原的高洁操守和政治理想来言说现实，力促社会改革。试对比杨宪益、戴乃迭与林文庆对此节的翻译：

> 不抚壮而弃秽兮，何不改乎此度。
>
> 乘骐骥以驰骋兮，来吾导夫先路！（《离骚》，L21-25）
>
> *Had I not loved my prime and spurned the vile,*
>
> *Why should I not have changed my former style?*
>
> *My chariot drawn by steeds of race divine*
>
> *I urged; to guide the king my sole design.* （杨宪益、戴乃迭译）
>
>
> *While in her prime she wouldn't reject vile friends.*
>
> *Why will she not reform these erring ways?*
>
> *By driving the best steeds, she could make haste,*
>
> *And come to let me show the way ahead.* （林文庆译）

此节表明屈原追随楚王，希望振兴国家的政治理想。杨译以第一人称表明屈原自问要改变自己以前旧的习性、方式，这是一种委曲求全的自身改变，林文庆采用第三人称，直言要求国君自上而下废除旧习并采用 "reform these erring ways"，旗帜鲜明地提倡改革。而且，林文庆在评注中进一步指出："不进行道德的改革，悔恨是没有用的"，"无序会导致毁灭"（Repentance is useless without reformation of conduct；Anarchy destroys itself！133，137），意在借屈原的高洁操守和政治理想为即将到来的人类文明新世纪探寻出一条可行的出路，重建新的社会道德秩序。这种积极进取的入世精神也是儒家重要的精神。译者在诗中使用"let me show the way ahead"，直接表明他愿意自觉地担当起一位离散译者服务祖国的使命。①

　　林文庆在翻译中把进化论优胜劣汰、不进则退的西方哲学与中国时政相结合，明确指出"时局混乱，变动会随时发生"（In the time of disorder，changes occur readily，154）；"不公正的政府会引起革命"（Unrighteous government causes revolution！138），这种政治思想在译义中也有体现。如：

> 时缤纷其变易兮，*When chaos reigns，then changes will take place*；
> 又何可以淹留？*Moreover，why should I still here remain*？
> 兰芷变而不芳兮，*Transformed and odorless are the lan and chih*；
> 荃蕙化而为茅。*While the ch'ün and hui are changed into weeds*！
>
> （《离骚》，L307-310）

　　此节是讲楚国内部形势腐朽，内政黑暗，诗人决心要去国远游。译文中连续使用"chaos reigns"（统治混乱）、"changes"（改变）、"transformed"（变革）等词语，这与译者对译文翻译年代的社会认识和担忧是一致的。林文庆认识到当时中国正面临内忧外患的危机局面，所以倡导变法求新，用旧文化的信念来培养社会的正人君子，重视和恢复

---

① 事实上，林文庆 1898 年出任"华人改革党"的领导人后，参与或主持了一系列的改革运动，如：办学、剪辫子、禁烟、复兴儒教、破除恶习等，他与宋鸿祥、阮添筹被合称为新加坡"维新三杰"。

中国固有的数千年的民族精神，建立人民的统一意志和坚定的信仰，印证了陈焕章分析的译者翻译动机："他希望借屈原的纯洁的动机和清廉的行为去诊治时局"（xxvi），正如译者在序言中所言：

> 当今世界时局动荡不安，人们处于对政治拯救近乎绝望的边缘，拙文借屈原这位终生为真理和正义而奋斗的伟大爱国者的高洁感情和抱负，希望能使懦弱者获得一点自信，能不记个人名利，无畏大众的误解、批评和抨击，为社会福利贡献自己的力量。①

站在东西文化的十字路上，林文庆对比中西文化的异同，不言鬼神而重人伦教化，力图将儒学建立于科学的基础之上，从而使儒学摆脱迷信、走向理性，服膺科学。他认为既然人是自然进化的结果，那么人性也必然由进化而来，"生命进化之最后一阶，是造就一种新的人类，具有自由主义等理想，以活现高尚的仁爱为其灵性之归宿"。②因此，他在《离骚》译本中强调转化生物界残酷的竞争，升华为一种相互的合作和扶助的精神力量。如：在翻译"灵氛问卦"和"巫咸劝留"的诗句中：

> 曰两美其必合兮，孰信修而慕之？（《离骚》，L261-262）
> 汤、禹俨而求合兮，挚、咎繇而能调。（《离骚》，L289-290）
> *Says he*，"*Two beauties meeting*，*must unite*！
> *But who is really faithful in this love*？"

---

① "Today, when the whole world is in chaos, and when men and women are on the verge of despair in search of the way to political salvation, this humble introduction to the feelings and aspirations of a great patriot whose ambition is 'always to be pure and good', may help even the most timid to gain some self-confidence in fearlessly working the welfare of society without the least desire for reward or recognition, in spite of popular misunderstanding, criticism, or attack." From Lim Boon Keng, *The Li Sao, An Elegy on Encountering Sorrows by Chu Yuan*, Shanghai: The Commercial Press, Limited, 1929: xxviii.

② 林文庆：《三民主义之心理的基础》，见《厦大周刊》1931 年第 250 期。

Though T'ang and Yü were grand, they sought for mates!
And Chih and Chiu Yu could work well with them!

译者选用"must unite"（必须团结）、"sought for mates"（寻求同道）、"work well with"（和谐合作）等词语，突出其中君臣要协调、求合的思想。对于第一句，译者认为灵氛实际上是说："贤臣与智明的君主定能良好合作"；"领导者的个体之间的精诚合作是一个好政府最基本的要求"（An excellent minster will surely work well with an intelligent ruler; Cooperation of individual leaders is essential to good government, 149）。对于第二句，译者意味深长地指出："人类的进步依靠这些贤智者的合作"（Human progress depends upon the cooperation of the best men, 152），意在以此来进谏时政，劝当政者要严而求合，合作才是成功的保证。

林文庆不仅仅接受进化论的优胜劣汰观念，还在《离骚》中寻觅到自己想要推崇的儒家思想，认为儒家文化中仁义、公正、自由、理智和利他主义等思想是人性深处蕴藏的一种力量，希望吸收这些力量来发展西方进化哲学，推动社会不断向前进步。例如：

皇天无私阿兮，*Majestic heaven no private favor shows,*
览民德焉错辅。*But sees where people's virtues help deserve!*
夫维圣哲以茂行兮，*For just the saintly wise, in good deeds rich,*
苟得用此下土。*Will surely have this empire for their use!*

（《离骚》，L167−170）

此节叙述了"失道则亡，得道则兴"的历史进化思想。译者对诗人的思想和精神感同身受，认为正义是支撑社会前进的力量，"上天像太阳和雨水一样普临世间的善恶，不会偏袒，人的品质好坏能产生不同善恶不同性质的法律道义。邪恶最终自然会受到惩治"，"正如毛虫蜕变成蝴蝶一样，得道者迟早会得到相助，邪恶的人将被他们的愚蠢所毁灭，因此，只有具有圣德品行的人，才能掌握和享受天下"（139）。这种将事物进化与人性的道德品质相提并论，形成了译者中西汇流下的调和思想，也是他改良思想的方式之一。

林文庆在厦门大学校旨中开宗明义："本大学之主要目的，在博集东西各国之学术及其精神，以研究一切现象之底蕴与功用；同时阐发中国固有学艺之美质，使之融会贯通，成为一种最新最完善之文化。"（转引自张亚群，2012：126）这一任务就是要继承和发扬古今中外的思想和学术成果，显示他的改良思想已渗透到教育的理念之中。

（二）翻译的主、客位视角

林文庆拥有东西方的文化背景，自然也有融合东西方文化的国际大视野。他的《离骚》英译体现了文化翻译的主位和客位双视角的互补，目的是扩大儒学思想在世界范围内的传播和影响，具有很明显的文化传播的战略意图。

首先，就文化输出战略来看，林译立足本土，面向世界，不仅仅是自觉地、积极地服务于国家和民族内部的文化发展，同时也致力于对外文化传播。通过对林译《离骚》的透视，译者明显是在构建译本的整体语境过程中兼具本民族文化的主体意识和较强的文化传播意识。在林译《离骚》的语义环境中，译者非常推崇和重视其中所蕴含的儒教"忠""孝""仁""义""爱"等富有理性、近于人情的中国古代优秀人文精神和信念。其目的是想通过对诗文所蕴含的道德意义的阐释，以"文"化"人"。译者认为："原文的诗韵在译文中的缺失会影响原文典雅优美韵律，而翻译的首要目的是为读者提供完全正确可读的译文。"① 为了保存和彰显诗中的文化内涵，林文庆在翻

---

① "The original contains rimes, the absence of which in the translation may detract from its elegance and melodious effect; but the principal aim of the translator is to provide a thoroughly readable and correct version." From Lim Boon Keng, *The Li Sao, An Elegy on Encountering Sorrows by Chu Yuan*, Shanghai: The Commercial Press, Limited, 1929: xxix.

译中不惜舍韵保义，采取自由、简单的韵律。林译虽然在一定程度上丢失了作品形式上的魅力，但有助于西方读者真正了解作品的隐藏价值借此开拓西方读者世界文化的视界。

译者将译文按照原文的诗篇分为 93 个诗节，除了在文内突出诗文的道德意义以外，随后对每一节都进一步进行了深层意义的提升。译本提供了 93 条评注，涉及政治、宗教、伦理、哲学、美学等多方面文化。这些评注所包含的理念与西方所提出的真、善、美完美境界的标准具有一定的相似性，使中西方大众读者能够感受到译文字里行间中华传统文化的底蕴和民族精神，而且会在潜移默化中无意识地受到其中文化和思想的影响，这也是译者对译作、对读者施加影响的濡化方式，使读者通过"联合"和"抽象"的取舍，形成自己的文化观和价值观。

刘宓庆说："从历史上、整体上看，翻译从来就不是什么没有文化—政治目的的语际交流行为"（2006：6）。林文庆从诸多典籍文学中选译《离骚》来向世界宣传中国深层的问题，不仅是因为屈原作品的诗歌源头的重要地位，而且是因为它包含普适全人类的深刻真理。诚如陈焕章在序中所说："《离骚》的翻译不仅在促使汉语成为普遍交流的媒介方面具有积极意义，而且促使中国的伦理道德思想被全人类所理解接受。"（17）

从翻译策略来看，林译很显著的特色是具有文内主位构建，文外客位阐释的互动。译本的主位视角大多表现在文化负载词的处理方面。译者站在原作者的立场，以文化持有者的身份去感受、叙述原文，因而采用的多是异化翻译策略，音译和直译是最常见的两种文化词语翻译方法。例如，"she T'i"（摄提）"keng Yin"（庚寅）"hui"（蕙）"tuheng"（杜蘅）"chieh chu"（揭车）"nine deaths"（九死）等文化负载词语，译者基本上坚持使用直接的音译表述方法。同时，译者在对译文每一节详细地注解后，并且做了非常精辟的文化道德寓意上的点评或总结，便于读者掌握每一诗节的思想精髓，这是其他《楚辞》译本少见的。此外，译者对作品产生的历史背景进行详细地介绍，带领读者远观作品产生的外部语境大舞台并引用刘勰的《文心雕龙·辨骚》来说明屈原的艺术成就和《离骚》的艺术流变。然后，他对屈原其人进行内观，发现了屈原内心的自我、理想和人格，并看到了作品深层的儒家道德和政治哲学思想及其对当今时局的影响：

> 没有忠诚，人们不相信领导者，没有信任，就不会有统一，没有合作，就不会成立真正的共和政体。因此，这些远古的信条在如今各种观念混杂的情势下，仍然具有很大的道德伦理价值。①

在此基础上，译者有意识、有目的地在文外注解中进一步就这些文化词语后面所内含的方方面面信息进行详尽的考据和解释来促进中西、现代读者的理解和接受。

林译《离骚》具有较强的译者主体性，兼具了翻译的主观和客观视角，以儒学理念为圭臬、以科学新知阐释儒学、以传播和推动儒学教育的发展为目的，通过翻译凸显作品中的深层文化意义和教化功能，不但能促进中西方大众读者感受和理解译文字里行间中华传统文化的底蕴和民族精神，而且能站在特定的历史位置上来言说现实。林译遵循了将我国远古的优秀传统民族文化和世界文明相结合、与时代发展相结合之路，有意识地带领读者理解并进入"止于至善"之域，不但体现了译者作为一个教育家的社会立场，而且，这种翻译指导思想对当今社会培育和践行社会主义核心价值观、弘扬中华传统美德也具有积极的现实意义。

---

① "…because without fidelity among the people, no leader will be trusted. Without confidence, there can be no union. Without cooperation, no real republic can exist. Therefore, this ancients tract still has great ethical value in these days when ideals are in the melting pot." From Lim Boon Keng, *The Li Sao, An Elegy on Encountering Sorrows by Chu Yuan*, Shanghai：The Commercial Press, Limited, 1929：42.

第四节 孙大雨《英译屈原诗选》：
历史语境下的深度阐释

孙大雨（1905—1997）是中国新月派诗人和文学翻译家。作为诗人，他所创作的具有影响力的作品有：《中国新诗库·孙大雨卷》、《孙大雨诗文集》等。1926 年，孙大雨在《晨报·诗刊》第 2 期上发表了中国第一首新诗《爱》，采用的是"贝屈拉克体的商乃诗"，即"十四行体"（Sonnet）。而且，他还创立了新诗格律理论，根据语言节奏原理，提出了音组论（Metric theory），明确了汉语诗歌中节奏、音数和意义的相关性。

在翻译方面，孙大雨共有译著 11 部，其中 8 部为莎士比亚著作翻译，分别为：《黎琊王》《罕秣莱德》《奥赛罗》《麦克白斯》《暴风雨》《冬日故事》《罗密欧与居丽哗》和《威尼斯商人》。孙大雨注重韵文节奏规律，运用自己创建的音组理论翻译莎剧，以汉语音组对应莎剧原文的抑扬格五音步，力求导旨而传神，这种格律体的翻译在中国人看来或许晦涩，但却符合原作风貌。孙大雨著译的另外三部著作分别是《古诗文英译集》《英译屈原诗选》和《孙大雨诗文集》。

1996 年，孙大雨《英译屈原诗选》由上海外语教育出版社出版，2007 年再版。柳无忌为译本作序，吴钧陶作跋。吴钧陶在跋中指出：

> 孙大雨教授的这部译本以其文辞优美精当、信而有征为特点，同时包含富有学术性的研究，附带非常详尽的讲解和注释，将不会被取代或淘汰；它将永远闪射出它独特的光辉。（568）

《英译屈原诗选》是孙大雨先生在 70 岁高龄之际，"文化大革命"登峰造极之时，在饱受牢狱之苦中历经四年完成的一部厚重的译作。在 1957 年被定为右派后，他所钟爱的莎剧藏书被悉数掠走，一腔报效国家的热情遭遇无情摧残，他的坎坷经历和爱国情操正好与屈原的命运和思想相似，在这种背景下，出于对国家民族命运的担忧，孙大雨着手从事《离骚》等屈原诗作的英译，屈原的精神成了他黑夜中的一盏明灯：

> 他坚信中国几千年来灿烂优秀的文化绝不会湮没，他憧憬着祖国美好的未来，期待总有一天"文艺复兴"的时代会到来。届时，屈原的光辉诗篇又将焕发异彩。（2007：vi）

译本对屈原的 21 首诗歌进行了历史语境下的深度阐释。译者在译文之前加入了大篇幅的英文导论，可以使读者更清楚地了解屈原其人，其创作思想和风格以及屈原生活的年代对其作品的影响，译文采用了丰厚注解进行创作背景、格调、诗歌思想和主题的分析，还根据历史发展的脉络，追溯了原文和原文作者所处时代的政治、经济、军事、思想流派等情况，对原文进行了历史背景下的阐释，体现了民族主体文化翻译思想，是一部具有深厚文学、史学和译学功力的经典译本。

一　历史语境化的深度翻译

深度描述是文化人类学的主要阐释方法，运用在文学翻译中能起到通过切入表层，传达深层意义的整体诠释效果。《楚辞》和其他典籍一样，反映了一个民族文化的多种文本的综合体，译者需要基于一种深描的阐释角度来探讨文化之源，解读这种文本的本质，寻找文本的意义之链和文化的本来面目。孙大雨译本首要特征是通过深度翻译使之历史语境化，具体表现为阐释背景的情境化，文化阐述细节化和阐释方法的特定化等方面。

（一）语境重构：阐释背景的情景化

深度翻译的中心意图是用文化背景解释作品。《楚辞》的文化范围之广，意义之深非一般读者能够把握，尤其是西方读者对原文时代所产生的文化差异更为陌生，如果单纯逐字逐句英译，读者难免会对原诗产生隔膜而失去阅读的兴趣，达不到文化探源和文化交流的阅读目的，而历史背景分析能够帮助读者进入现场来理解作品的意义，诚如译者所言：

> ……西方人之所以无法深入探讨和欣赏《离骚》，主要问题还在于语言障碍以及缺乏优质的外文翻译版本和全面、深刻的介绍。这使得西方人未能对诗人的理想和人格、他的思想感情、他的历史和政治背景、他使用的文字典故以及精妙的诗意加以辨别……（305）

孙大雨自小饱读诗书，精通国学，对中国的史实非常熟悉。他在翻译中拓展了原文的空间，把原文和它存在的历史背景作为一个有机统一的整体系统加以诠释，能使英语读者在深入了解中国历史和社会背景的基础上深入理解原文。

首先，译者对《楚辞》背景中的理论前提进行定性。他从人类生存的内在价值的批判性观点出发，对作者所处时期的社会文明、政治意识、人类文化等现实世界做了全面介入。在长达303页的长篇英文导论中，译者从9个部分分别介绍了《楚辞》发生的政治、经济、社会、思想背景，屈原在中国和世界历史上的地位，他的崇拜者、模仿者和评论者对《楚辞》的认识等背景知识。

为了使读者全面真实地了解屈原所渴望的明君贤臣的政治制度，译者用大量篇幅阐释了"三皇、五帝和三王"[①]在政治、经济、文化各方面的措施和功德，从而使读者容易理解《离骚》对圣君贤王功德的反复追述，乃是作者作为古代政治制度下的贵族臣子对君臣遇合政治模式的向往，对君主昏庸无能的怨愤。有了这一背景的设置，读

---

① 《楚辞》学界对于"三皇五帝三王"的身份众说纷纭。按照孙大雨的介绍，"三皇"是指伏羲、神农和女娲，"五帝"是指轩辕帝、金德王（少昊）、高阳帝（颛顼）、帝喾、尧；"三王"指舜、禹、汤。见孙大雨《英译屈原诗选》，上海外语教育出版社2007年版，第154—158页。

者在阅读时更能深刻体会到作者政治上的渴望和哀愁。

其次，译者分别介绍了初周、春秋时期、战国时期的历史背景，描述了由周朝所创建的中国古代庞大的旧体制在春秋时期开始衰败，至战国时期摧毁瓦解，秦国开始建立起一统天下的残暴专制政权的混乱、战祸不断的过程。在此期间，政治界产生了一批凶残无赖的恶棍和一些暴君、昏君，而在伦理、哲学等方面诞生了几位光芒四射的政治家、文学家和思想学派的创始人，伟大诗人屈原的思想境界正是在这种环境中通过主动取舍儒、道、法等各派理论精髓而形成的。

再次，译者对屈原和楚国之间的爱恨情感进行逐步的阐述和剖析，每一步都使读者明晓每一篇诗作产生的历史背景和诗人当时创作的思想和心境。孙大雨对《九章》成诗背景和流放过程的勾画，不但内证了《九章》的作者是屈原，而非王逸、朱熹、胡适等《楚辞》专家以及汉学家兼《楚辞》译者霍克斯等人所质疑的另有其人，而且引导读者身临其境地去认识作者的经历和遭遇，更准确地理解其内在情感的矛盾和冲突：

> 顷襄王三年，当楚怀王的遗体从秦国送回安葬时，诗人写了名为《招魂》的挽歌，之后又改名为《大招》。流放的第九年，诗人在陵阳写成了《哀郢》，诗篇的最后部分刺痛了当时任相国的子兰和亲秦派的要害，于是第二年，即公元前289年年初，诗人又一次被放逐到西南的辰阳。从陵阳到辰、溆盆地，路经黔中南面的两条河流，诗人写下了《涉江》，路经武陵时，他遇上了渔夫，诗篇《渔父》的内容即取自这段经历。赴长沙途中，诗人写了《怀沙》。他在长沙待了2年多，创作了《悲回风》和《惜往日》。《惜往日》是他生前的最后诗篇。(218)

最后，译者还对屈原的著作、思想、才能和信念及其在国内外历史上的地位、崇拜者、模仿者和评论者等进行了深度分析，详细介绍了这位中国古代爱国诗人和政治家追求人道和正义、热爱人类和平的高尚情操和炽热情感，能使读者更加清楚地了解屈原其人、其创作思想及其生活的年代对其作品的影响。

除了对每一诗篇的主题、文风、前人研究成果等进行介绍外，孙大雨还采用丰厚注释拓展情景化语境，对每一叙事背后的特定文化语境进行了深层的说明和细致的考证。例如：

> 朝发轫于苍梧兮，夕余至乎县圃。（《离骚》，L187—188）

此句写诗人日夜兼程去昆仑山求高丘神女的经历。若对"苍梧""县圃"两个地名仅作简单音译处理，则难免使读者感到陌生，无法获得二者地理之神妙和作者求索之真谛。孙译先将"苍梧"音译为"Tsoung-ngou Mountains"，点明此地为"苍梧山脉"，然后加注详细地介绍其地理风貌。

> 苍梧，即九嶷山，一半属于苍梧之野，一半位于湖南宁远东南边的零陵，因为九座山峰看起来非常相似，所以称之为九嶷山。（491）

同时，孙大雨又在尾注中从历史文化角度阐明"此九座山峰中的舜源是舜帝所葬之地，修有庙宇以表纪念"[1]，从而使读者明白此地名原来非同一般，而是与屈原所崇尚的圣君舜帝相关。为此，读者也就能够间接明白诗人上下求索，寻求圣君贤臣遇合的理想美政模式的动机。对于"县圃"一名，杨宪益译为"paradise"（天堂），许渊冲译为"mountain's crest"（山顶），卓振英译为"th' Garden of Xuan-pu"（县圃花园），皆突出此处美好令人神往。与此不同，孙大雨不但在译文中增添了解释性语言："the mid cliff of Quen-lung"（昆仑山中部的岩壁）并引用北魏郦道元《水经注·河水》的记载，介绍其地理

---

① "T'ih Suen of Neü（虞舜）is buried in the south of Suen-yuan where there was a temple to his memory." 见孙大雨《英译屈原诗选》，上海外语教育出版社 2007 年版，第 491 页。

特征和神性，描绘其山势陡峭险峻、景色绝佳的地理面貌：

> 昆仑之山三级，下曰樊桐，一名板桐；二曰玄圃，一名阆风；三曰层城，一名天庭，是为太帝之居。①

这一丰厚注解拓展了文化信息，使读者理解到"县圃"为昆仑山的第二级，高而且悬，也就容易领略到诗人上下求索到达了县圃，通天之路仍漫长难至，要实现君臣遇合的美政模式仍很艰难这一意旨。

孙译对语境的阐释多于译文数十倍的内容，全面地补充语符中的文化信息，对等作者寓于文本中的意义，文本也因详注而深厚，因深厚而增值。

（二）细读深描：文化阐述的具体化

文化人类学深描的特征之一就是重视文本的"细读"，通过对具体文化现象进行深入阐释和抽象分析，从而获得文本自身完整的创作世界和隐含于其中的作者理想。在翻译中，译者需要切入具体的内容和形式来展示他所解读的作品的全部意义世界。孙大雨对译文中具体的词汇、修辞、结构、叙事等方面都进行了细致介入，对叙事背后的特定文化语境进行了深层的说明和细致的考证，具体、全面地揭示各层面所表示的主题，注释多达336条，表现一种极具个人风格的《楚辞》厚翻译方法，在很大程度上呈现了作品在翻译中容易被忽略的美学、诗学内容。

对于一些富含历史文化信息的词语，译者大多采用文内阐释的方法，增添词语意义。如：对"羲和""望舒"之类承载浓厚特色文化信

---

① "The mid cliffs of Quen-lung. Lih Dao-yuan's （郦道元）Commentary on *The Classic of Streams*《水经注》says，Quen-lung Mountains（昆仑山）have three layers of cliffs, the lowest layer is called Van-doon（樊桐），the mid one is called Yuan-puh（县圃）and the highest, Ts'en-tsen（增城），where the god of heaven resides." 见孙大雨《英译屈原诗选》，上海外语教育出版社2007年版，第492页。此段中文引自郦道元著，史念林等注《水经注·河水》，华夏出版社2006年版，第1页。

息的词语翻译，需要进行意义本体和纵深文化意义的补偿等多层面的诠释才能引发读者的联想。孙译在译文中就采用音译加解释的方法直接补充具体文化信息，分别译为："Shih-her，the Sun's car driver" "Wang-suh，the Moon's chaise driver"，然后，又在注解中进一步进行神话方面的具体细节阐述："羲和是由六条龙驾驭的太阳车的赶车夫"；"望舒是神话传说中为月驾车之神"①。这种文内阐释和文外加注并用的方法在孙译中比比皆是，有效地开采了文本中易被忽略的文化内涵或多重意义。试对比几位翻译家对下句的翻译处理：

> 济沅湘以南征兮，就重华而陈词。（《离骚》，L145-146）
> *I cross the streams and go south way，oh！*
> *I state my case to ancient king：*（许渊冲译）
>
> *To barbarous south I went across the stream；*
> *Before the ancient I began my theme.* （杨宪益、戴乃迭译）
>
> *I cross the Yüan and Hsiang as I go south，*
> *To state my case in full before Chung Hua.* （林文庆译）
>
> *Going southward to sail on the streams Yuan and Hsiang，*
> *I hail to Tsoon-hwah divine and heartily quoth：*（孙大雨译）

"重华"这一意象指的是舜帝。在屈原心中，舜帝是道德的表率，是可以理解自己的人。许译为"ancient king"（古代国王），杨译为"the ancient"（古人），林音译为"Chung Hua"（重华），以上英译对这一重

---

① "Shih-her. Shih-her（羲和）was the driver of Sun's car which was said to be drawn by six dragons"；"Wang-suh. Wang-shu（望舒），driver of Moon's chaise." 见孙大雨《英译屈原诗选》，上海外语教育出版社 2007 年版，第492—493 页。

要人物意象皆一笔带过，读者很可能不知其具体所指人物，更不能描述出舜帝在作者心中的高大形象和神异之处。据《史记·五帝本纪》记载："舜目重瞳，故曰重华"（司马迁，1959：51）。在原始先民的意识中，古怪的相貌代表此人神力非凡。孙大雨将"重华"英译为"Tsoo-hwah divine"（圣帝重华），在文内做了基础性的解释，通过增译"divine"使读者了解舜帝的神圣与不凡。随后，译者在注解第 56 条中用长达 300 多词的注解对叙事背后特定的文化语境进行了深层的说明和细致的考证，详细地说明"重华"一词的由来，以及舜帝英明神勇之处，① 较完整地展现了"重华"这一人物意象，揭示词语所包含的内质，远远超出文学诠释的范围。

由此可见，对于典籍文学作品中文化信息词语的"浅描"是隔靴搔痒，很难触及深层意义，在阐释之上深描，才可能达到对翻译本体的完整、全面的认识。

（三）内外互证：阐释方法的特定化

基于一种国内纵向和国外横向的方法，孙译通过内外互证来表现作者个人及其作品所产生的价值。译者在文外加入了大量以原作者为中心的具有个人主观性的观点和评论，引导读者正确认识和欣赏这位"与日月齐光"的伟大诗人及其诗章。

孙大雨首先纵向梳理了古今的国内《楚辞》学者，如司马迁、刘邦、贾谊、刘安、刘向、蔡琰、司马相如、扬雄、班固、朱熹等人对诗人屈原的不同认识和评价。通过对战国时期社会背景的分析，鲜明地指出朱熹虽然在屈原著作的校勘和评注工作中做了很大贡献，但是他在其三部关于屈原的著述中却不止一次地抱憾屈原在生活和诗作中缺乏克己和中庸态度的批判性评价显然是错误的②。译者还批判了"五四"以后的一些学者如胡适、廖季平等对屈原及其作者身份的质

---

① 因篇幅较长，此处略。参见孙大雨《英译屈原诗选》，上海外语教育出版社 2007 年版，第 485 页。

② 朱熹是南宋最有影响力的理学家。他的三部有关屈原的作品分别为《楚辞集注》《楚辞辩证》和《楚辞后语》。

疑，认为他们的论点和论证主要是根据司马迁的《史记》中某些前言后语不相一致的地方以及某些失误得来的，并指出鉴于胡适在英语国家的声望和地位，他为了"哗众取宠""东施效颦"而只浅尝辄止、东拼西凑的荒唐观点是不利于文化的传递的。此外，译者还认为林语堂说屈原只"有一点修辞上的天赋"而不去体会他雄伟的人格、炽热的激情、令人伤感的悲痛和引人入胜的抒情，是一种极其片面的见解。通过对古今国内一些著名学者的《楚辞》研究概论，孙大雨意在彰显屈原是中国和世界历史上一位永垂不朽的精神形象。

接着，译者又采用外证来说明《楚辞》为什么在西方评论家和读者眼中具有"教化""抽象""无趣"等主题外衣。译者通过分析荷马的《伊利亚特》《奥德赛》，维吉尔的《埃涅阿斯纪》，但丁的《神曲》，弥尔顿的《失乐园》，以及埃斯库罗斯、索福克勒斯、欧里庇得斯、贺拉斯、莎士比亚、科尔尼耶、莫里哀、拉辛等人的作品，甚至分析了文学狂诗狂曲，如《巨人传》、模拟浪漫主义作品《堂·吉诃德》、欧美的现代虚幻小说等西方人熟悉的叙述故事、史诗，指出这些娱乐性的、壁画式的史诗都有叙事和情节来吸引读者兴趣。

鉴于此，孙大雨坚定地指出，与荷马、但丁和弥尔顿等人的作品相比，屈原的诗篇就内在神韵来说，绝不在任何人之下，而且无论在趣味或价值、功绩上绝不会逊色，它们不但具有非凡的抒情诗调，而且诗人严肃思考的主题是政治上的德行、人民的福利和人类的团结。因此，孙大雨非常不赞成林文庆对帕克《离骚》前四行的韵律翻译持褒扬态度，而是认为帕克的轻飘、波动、欢快的翻译节奏从思想和感情性质上来说是比较浅薄的，与《离骚》那种非常严肃、思想深沉、苦难重重的主题和情调完全是格格不入、截然相反的。

由此，译者指出，西方人之所以未能深入探讨和欣赏《楚辞》，主要问题在于语言障碍以及缺乏优质的外文翻译版本和全面、深刻的介绍，尤其是对诗人的理想和人格、思想感情、历史和政治背景、使用的文字典故以及精妙的诗意缺乏辨别和了解。译者同时呼吁，当今世界如两千年前的战国时期一样动荡不安，有必要去克服我们对作品所谓的"抽象""教化"的偏见，而要关注其中的人道和道德问题。

孙大雨的《英译屈原诗选》将原文置于鲜活的历史语境下进行了深度阐释，在整体上将译文背景、内容、隐喻等要素与远古的历史文化联系起来，保全了楚辞文化中特殊而宝贵的史料价值，全面还原作品的真实信息和作者意旨，呈现民族主体文化翻译思想。

二 诗人译诗，亦诗亦哲

孙大雨为"新月派"现代诗人，具有深厚的中国传统文学素养和诗歌创作造诣，一方面，他对原作本体的文学审美、文化内涵等各方面都有较深刻而全面的认识：

> ……论质量，他（屈原）的作品是我国诗歌之最；或者说，比所有其他诗人都要高出一筹。在中国诗坛上，论诗歌激情的强烈、思想的深刻、想象力的高远、词汇量的丰富、格律神韵的力度，他的作品都是无与伦比的。（303）

另一方面，孙大雨的译诗充满了诗人的表达艺术。《英译屈原诗选》不但自然而然地运用诗歌形式的艺术来研究和翻译诗歌，把优美的语言赋予其中，而且以诗人的主位视角来感受和诠释作者的思想并借以抒发自己与作者之间的共鸣，使读者能够对原作本体有一完整认识。

（一）格律之音组与节奏

孙大雨在新诗歌史上具有重要地位，他创造了格律诗"音组"理论并用之于莎士比亚戏剧翻译实践。他的格律诗理论的核心理念是"音组"。因为音组恰好与《楚辞》的音步大致对应，易于使译文与原作的形式相近，以"音组"理论指导屈诗的翻译，充分体现了格律诗观念对屈诗英译的有效性，能最大限度地还原原作的面貌，使译文呈现归化于格律的神韵之美。

在译本的英文导论中，孙大雨首先通过对《诗经》，中国古典诗歌的五、七古，唐代的五、七言的格律和诗体学的时间因素和节律进行简单介绍和解释，对比了英语诗歌与中国诗的格律的关系。他认为英语诗歌一般用重读或非重读的音节来形成音步，如弥尔顿的《失乐园》、莎士比亚的早期作品等。同时，也运用重音格律及音节格律，比如乔叟、但丁的诗歌也是基本以音节来形成格律。他认为中国的古典诗歌表面上以字计数，其实都有内在的格律，是由汉字根据其意义上的相互联系以及文理上的相互连贯结合而形成的。中国古诗的节律标准单位是音步，由音节或字的发音组成。

接着，译者对屈原诗歌的诗体格式做了全面的分析，通过对诗歌作品的音步进行探索，他认为《离骚》具有明显的重格律结构而不重字数的特点，在格律结构上有的像古希腊诗人品达的诗体，由音节或字的发音组成，诗行一般都是二音步和三音步，偶尔出现四音步诗行，无声或间歇较少出现。划分方法是：三字组音步多于二字组音步时，用"兮"做长音结束，四行诗中三音步和二音步较多，交替出现，由此，他认为《离骚》在气魄上，情操上，思维活动的紧促和密集、磅礴的感情气势上，通览全世界的诗歌作品也难以找到能与之比拟的。

译者对原作音步的研究，为读者深入了解诗文在修辞、节奏、音律、句式等内在形式上的偕美提供了理论指导。在翻译中，孙大雨以音组来对应英诗的音步，使诗文更有弹性和可伸展性，配上诗歌古色古香的词语以及闪烁思想光芒的文化拓展信息，构成孙大雨独具特色的翻译艺术和方法。如：

|帝高阳|之苗裔|兮，＿|

|朕皇考|曰伯庸。|

|摄提|贞于|孟陬兮，|

|惟庚寅|吾以降。|

|皇览揆|余于|初度兮，|

|肇锡余|以嘉名：|

|名余|曰正则|兮，＿|

|字余|曰灵均。|

A scion far of Emperor Kao-yang I am;

My sire illustrious deceased is hight Pêh-yung:

On that popitious day Ken-yin I come down here,

When Sê-tih's glow was pointing bright to that first moon.

Seeing and weighing how I bore myself erstwhile,

My late parental lord bestowed on me names fine:

He gave me Ts'en-tsê, Upright Rule, the good name fomal,

And for easy use, Ling chün, Ethereal Poise, did assign.

从上述原文和译文的音组形式划分可以看出，原文是采用三音步和二音步交替的韵律，译文基本上根据意义的表达采用了六音步或七音步抑扬格，双行押韵，使得译文节奏像原文一样生动整齐，读起来如诗如歌，更表达出作者在回顾和交代自己的身世时的一种骄傲，踌躇满志的心境。

古英语的节奏一般取决于重音，格律是由头韵和音节重读形成的，重读音节由于比非重读的音节用时稍长些，形成的音步在诗行中同样也会产生明显的节奏感。孙大雨在翻译上也很注重头韵、尾韵以及重读节拍的一致。如：

冀枝叶之竣茂兮，愿俟时乎吾将刈。(《离骚》，L55-56)

Expecting sore their foliage would then flourish fast,

I wish I could in due time reap an odorous crop.

此句译文中，译者连续使用了"foliage-flourish-fast"三个"/f/"头韵，在发音上对应了原句"枝—之—兮"（zhi-zhi-xi）的节奏，使人如同聆听到枝叶茂盛的香草植物在风吹拂下发出的沙沙声响，闻到其芳香飘远。同时在音步划分方面，原文中的三音步对应了译文的三音步，配上英语的 V-ing 分词状语的句型，以及诗歌所描述的作者的追求高洁的美好愿望，使得译文在形式和内容的翻译方面既具有思想，又具有声音，不但呈现出古色古香的原文风格，也满足西方读者对古诗的阅读期待和审美要求。

作为诗人译者，孙大雨在翻译中不但注重韵律，也讲究语言表达的艺术来抒发情感和描绘意境。例如：

句 1　　余冠之岌岌兮，(《离骚》，L119)
句 2　　路漫漫其修远兮，(《离骚》，L193)
Let my tall，tall hat be highly set on mine head，
My way layeth remote and so far，far away，

这两句译者使用反复的修辞手法。句 1 用"tall，tall"来巧妙地与原文中"岌岌"(ji-ji)在节奏上对应，在意义上更突出诗人"帽冠之高"却如此的昭质信芳，无法同世俗小人同流合污的高洁情操；句 2 重复"far，far"与"漫漫"(man-man)音韵一致，能使读者感悟诗人"路途之遥"却在现实中苦无出路，只得进入漫长的上下求索之境的无奈和坚持。

《云中君》是祭祀云神的歌舞辞，在翻译中如果能保全其韵律诗性，读者更容易感受到诗歌艺术和文化内涵的相融。译者在翻译中非常完美地保全了原文的形式和内容。例如：

览冀洲兮有余，*O'erseeing the Middle Empire fore'er more，*
横四海兮焉穷；*And speeding all o'er the seas beyond their shore.*
思夫君兮太息，*Thinking of His Kingship we heave a sigh，*
极劳心兮忡忡。*And pulsate with warm adoration high.*

前两句在词性、词义、结构上对仗工整，都押尾韵 [ɔː]。同时，译者采用以整体代部分的借代修辞法，用"Middle Empire"代"冀州"，以"all o'er the seas"代"四海"，栩栩如生地表现出云神飞越宽覆中原、广越四海的意境。后两句为祭巫的心理描写，押尾韵

［aī］，译者用"heave a sigh"，"pulsate with warm adoration high"，非常生动贴切，能使读者更容易感受到祭巫对云神离去的惆怅、依赖与思念，企盼云行雨施、风调雨顺之情。

以诗译诗，译诗为诗，诗人译者孙大雨的翻译方法在结构、风格和文化信息方面致力于保留原作的神韵，使译文不受现代诗歌发展的框框束缚，在形式、内容、文化思想等方面保持了最大限度的忠实，创造出带有原汁原味特色的译本，"开创了《楚辞》翻译重本色的译风"（杨成虎 90）。孙译不仅表现出译者优秀的文学创造能力，更反映了译者深厚的国学造诣。

（二）情感之抒发与共鸣

《英译屈原诗选》是孙大雨饱受"文化大革命"政治迫害，在牢狱之中历经四年完成的一部厚重的译作。在那个特殊年代，译者一腔爱国热情遭遇无情摧残，他深切感受到原作深层的政治环境和自己当时所处时局的相似，译文也因此成了作者情感抒发之载体。

就《离骚》篇名的含义来说，古今各家说法不一。① 从中也可以看出译者对所处时局的担忧。

汉释《离骚》	英译《离骚》
司马迁："离忧"	Edward Parker：*The Sadness of Separation*
班固："遭忧"	
王逸："别愁"	David Hawkes：*On Encountering Sorrows*
刘安："忧愁"	
文怀沙："离间之愁"	林文庆：*Encountering Sorrows*
游国恩：《劳商》（曲牌名）	许渊冲：*Sorrow after Departure*
林庚："牢骚"	卓振英：*Tales of Woe*
钱钟书："与愁告别"	杨成虎：*Leaving Sorrow*
廖季平："离绝逍遥"	孙大雨：*Lee Sao：Suffering Throes*

———————

① 据周建忠统计（2000），自汉至今，有30种对《离骚》题意的不同理解。本书仅举具有代表性的几个例子来说明诸家对《离骚》篇名理解角度的多样性。

　　孙大雨惨遭"文化大革命"迫害，虽饱受牢狱之灾但仍忧国忧民，与诗人屈原有相似的坎坷命运，所以他的思想深入作者的灵魂深处，能够理解作者高远的政治抱负和高洁的道德情操，以及虽遭奸党迫害而宁死不屈的坚强意志。因此，他通过内视看到了屈原内心的自我、理想、人格与爱恨。所以，译者入乎其内，将《离骚》译为"Lee Sao：Suffering Throes"（遭受苦难）。认为"骚"并非抱怨、愁苦或者难过，而是一种个人与民族处于苦难中的情感忧虑和精神上的激动不安，这一诠释更贴近作者的心理，达到与诗人屈原在思想感情上相通相融，同呼吸、共命运的境界。

　　再如，在诗人回顾遭遇，为国君的多次变卦而伤心的诗句中，通过比较霍克斯和孙大雨的译文，可以看到孙大雨和作者屈原思想情感产生的共鸣，以及所表现的对现实时局的担忧和针砭。

> 惟党人之偷乐兮，路幽昧以险隘，
> 岂余身之惮殃兮，恐皇舆之败绩。（《离骚》，L33-36）

> *The fools enjoy their careless pleasure,*
> *but their way is dark and leads to danger.*
> *I have no fear for the peril of my own person,*
> *But only lest the chariot of my lord should be dashed.* （霍克斯译）

> *I see those junto men all take to pleasures ill;*
> *Their paths are dark and hazardous in butt.*
> *Am I afraid of meeting grave disaster myself?*
> *I do but fear the royal state would fail to hold.* （孙大雨译）

　　霍克斯用"fools"指代"党人"，用"enjoy their careless pleasure"来描述这些"蠢人"在阴谋得逞后的高兴得意之态，这是译者作为局外人的一种感受。而满腹才华、满腔爱国之情却惨遭政治迫害的孙大雨，因为与屈原同遭遇，更容易内视到作者内心的担忧和痛苦，以及自己所面对的严酷现实，译者便把矛头直指"those junto"（那些政治私党），认为这种政治得逞的洋洋自得之流是不安好心的，是恶意的（pleasures ill）。对于这种投机朋党在政治上得逞，其危害绝非人生道路和自身的"危机"（danger，peril），而是一场"浩劫"，是"惨绝人寰的灾难"（hazard，grave disaster），这种灾难所带来的悲剧很可能是国家政权的颠覆（royal state would fail to hold），而非霍译中的"皇位不保"（chariot of my lord should be dashed）。

孙大雨在狱中翻译《楚辞》，真切透视到"文化大革命"这场严酷的政治灾难使整个国家和人民处于悲惨境况，也带给自己精神与身体的苦痛，由此他深刻地感受到屈原长期遭受反动势力的诬陷迫害之残酷，理解到中国知识分子遭受政治迫害而又心系国家的坚忠情怀之宝贵，从而引导读者深刻领略到中华民族知识分子所展现的一种忠贞爱国大无畏的精神。孙大雨《英译屈原诗选》文辞和思想非常贴近原作，既有学术性探讨，又有详尽的讲解和注疏，是一部对宣扬我国传统文化起积极作用的经典译本。

第五节　小结

综观以上四种《楚辞》英译本，由于产生于不同文化语境和历史条件，翻译思想和翻译目的不同，各译本所呈现的整体面貌特征也各不相同，由此引发了对《楚辞》文化阐释的倾斜向度的差异，对原作内容的表现范围和介入深浅不一，自然，被接受的程度和产生的影响也会具有一定的局限性。基于对所选译本的整体翻译面貌的分析和考察，得出以下几点思考：

一是对译者主体文化身份整合的思考。对《楚辞》这样一部宏大深远的经典巨篇，几千年来，研究者、翻译者络绎不绝，受历史条件、翻译视角和译者身份等因素的影响，各译本各有千秋，但无论从格律神韵、语言艺术、思想深度还是知识广度上来说，都难以超越原作。未曾到中国的汉学家韦利，聚焦于中国远古"巫"文化探源和研究这一学术目的，因此，在翻译过程中倾向于作品的叙述价值而采取目的语文化的取向。同时，韦利采取自由诗体英译《九歌》，在形式和内容上体现出一种普适性和创新性的阐释。但是，由于未曾到过中国实地调查和深切感受中国文化，很难对博大精深的《楚辞》文化有一整体了解，在一定程度上影响了他的《九歌》英译艺术高度、思想深度和表达的完整度。

霍克斯可以说是中国化的西方人。他对《楚辞》的整体思想有一定的理解和把握，在诗歌的语言艺术、跨学科、跨文化等方面进行了更深入、更全面的表现，既重视作品所包含的社会、历史内涵，又对文化词语作了各种特殊处理，具有较强的文化诗学特征，很好地促进《楚辞》文化在西方的传播，在《楚辞》文化西传过程中，该译本起了承上启下的重要作用。遗憾的是，霍译遵循的也是中国远古人类学的研究，对原作的主题精神、作者的写作目的等深层意识没有完整的把握，甚至对某些诗篇的作者身份也持怀疑态度，因此，导致译文缺乏应有的深度和更普遍的价值，难以表现出原诗强烈的激情、深刻的思想、高远的想象力。

林文庆是西方化的中国人，但是，他的译文以忠实传播中国优秀的儒家文化和思想为出发点，以诗宣"儒"，言说现实，兼顾中西，体现了他的文化寻根意识和离散译者所兼具中西特色的改良主义的思想，也体现了他作为一个政治家、教育家、企业家的社会立场。但是，与诗人孙大雨的翻译相比，他的《离骚》译文在遣词造句、韵律节奏等诗性方面稍逊一筹。

国内现代诗人译者孙大雨在翻译中采用古色古香的语言和节奏来呈现诗歌的文学艺术，更重视原作诗学功能的整体表现，倾向于源语文化取向。作为母语译出者，译者与翻译对象处于同样的民族文化背景，与原作者有相似的政治经历，对作者的思维习惯和表达方式相对来说比较熟悉，两者之间的文化"沟壑"相对较小。孙大雨较多地侧重于对文献的考据来重现源文本的价值，在当今文化交流日益增强的多元化世界，孙译以高扬民族文化的主体性的姿态来进行文化翻译，具有积极弘扬华夏文化资本的战略意义。但是，孙译这种厚重的主位视角翻译能否在异域文化中获得顺利传承，需要进一步考察。

西方译者的文化探源意识，华人译者的文化寻根意识和文化改良的现实主义思想，本土译者的民族文化的本体意识，体现了《楚辞》英译的复杂性及其巨大的翻译价值。但是，《楚辞》在西方仍未得到深入的探讨和欣赏，除了孙大雨所认为的译者对源文化的深层意义和整体思想的理解不足以外，译者主体文化身份的单一性也是原因之一。因此，应重视对译者主体文化身份的构建，一方面，译者需要站在源文化的立场去理解和传播源语文化的精华和深层思想内容。比如林文庆、孙大雨等译者都倾向于在译本中保留原文本色，力求译文全面完整地反映原作的内容和形式，这就要求译者茹古涵今，具有深厚的楚辞学知识和功底，能够从整体上理解原作的意图和表现特色。另一方面，译者需要有学贯中西的文化造诣，在翻译过程中要兼顾目的语规范、源语与目的语的关联和互补等因素，如果没有较好的中西文化的准备知识，从单一的文化立场出发，只会产生片面或极端的译文。

目前的《楚辞》英译本基本上是译者独立作业完成，在翻译视角、对原文的表现力和内涵的挖掘深度等方面都有一定的局限性，因此，对于这样一部恢宏的经典作品的翻译，需要考虑译者主体文化身份的整合。联袂中西《楚辞》学研究专家，文学家和翻译家资源，携手介入和合作，发挥国内《楚辞》学家、文学家对原文掌握的优势与西方译者的目的语优势，进行各方面权威的中西学者合作翻译，这也是产生经典译本的可靠保证。

二是对《楚辞》翻译视角的整合思考。文学作品的翻译整合也表现为原作文学艺术和诗学观念的交融，它不会把作者和作品的社会背景等史学内容视为相对独立统一体，也不会把作品的内容和形式视为翻译的全部，而是要在对原作的整体思想有正确、全面把握的基础上高屋建瓴，进行跨文化的转换和调和，选择符合整体内容的创造。

现有的《楚辞》英译不管是基于对"巫"文化探源，还是传播儒家文化等目的，都需要向世人尤其是异文化读者呈现这一诗歌在语言创造和文化内涵方面无与伦比的魅力，这也是现有《楚辞》翻译尚需进一步完善之处。在本章研究中，可以看出韦利的译本采用人类学的视角，横向和纵向考查了远古中国宗教祭祀的本源和发展，这一诠释模式凸显了原作的特色文化，但是，译本没有站在整体的高度对原文的文学艺术做出渲染，更没有映照原文的整体核心思想，不能表现出原作所反映的特定社会价值观、作者个人价值观和作品政治讽喻效果，不利于读者欣赏到作品的本质内涵。霍克斯重视对原作进行文化和语言形式的双向拓展，但他难以渗透其中文化负载词的深层意义，而且忽视了《楚辞》文本的政治抒情功能，因而未能形成对作品和作者思想深度的关联性整体把握。林文庆《离骚》译本的儒家价值观直接影响了翻译中的文化介入程度，带有以译诗宣儒的政教功能，意在展现和传播《楚辞》中传统文化的普世价值，对向西方呈现中国传统儒家文化的本质内涵起积极作用。但是，诗文中蕴含的中层科技文化制度和社会宗教制度等百科知识信息相对淡化或隐没。相对来说，孙大雨的《英译屈原诗选》既有学术性探讨，又有详尽的讲解和注疏，无论在文化思想内容还是语言形式方面都比较贴近原作，但是译本入乎其内，能否出乎其外，带给西方普通读者相似的感受和兴趣，值得考察。

三是对运用文化人类学整体论指导翻译来再现《楚辞》文化整体特征的思考。如前所述（参见第二章），文化人类学整体论能够站在一个更大的时空范围来为翻译铺路。首先需要关注的是在翻译中保留原作包含的文化要素之间的相互关联性。原作是一部百科全书式的诗篇总集，包含了先秦时代政治、经济、民俗、宗教、科技、哲学、伦理等多方面富有特色的文化价值，之所以造成千百年来人们读其文亦无能知其意者，或众多疑其章句错杂者，实际上是没能将《楚辞》诸文化置于整体的视野加以联系和审视，因此，在翻译中需要打通这些文化之间的联系。

那么，弄清作者构思的缘起是关键。比如《九歌》是一组反映古老巫风、巫俗的祭祀诗，但其中蕴含的作者强烈的美政意识与屈原的其他诗歌如《离骚》《天问》《九章》《远游》是一致的。韦利的英译《九歌》因为没有抓住这一宗旨，因而译文显得过于欢快和单调，甚至在篇目的理解上有误解，甚至将《国殇》和《礼魂》排除在《九歌》之外。霍克斯师从韦利，认为这些篇章的宗教性质带有情欲的意义，①认为王逸所说的《九歌》是屈原寄托自己哀伤和怨恨的说法是不正确的。二位西方译者的译文无法使读者领略到其中蕴含的中华民族文人志士的一种忠贞爱国高尚无私的大无畏精神，而这正是各诗篇的内部特殊价值和全文的关联和核心之所在。国内的译者林文庆、孙大雨等基本遵循了文化的历史观照原则，从《楚辞》文化内部去进行研究和翻译。尤其是孙大雨的翻译，重视《楚辞》文化的内在视角和标准，用诗人的思维习惯和表达方式进行传递，思想深入到作者的灵魂之中，深深地洞察到屈原之所以能创造出永垂不朽的诗章，诗人一生所执行的使命以及高尚的人格是两个重要的先决条件，也是《楚辞》的灵魂。虽然孙译基本上展现了《楚辞》的整体面貌，在文化本体上进行了深度阐释，但如果在跨文化视野下进行整合，更能使西方读者"知之"，"乐之"。

《楚辞》文化的传承既要保存源语文化价值，还要激活其现代价值和创新精神，才能产生符合历史和时代的创造。保存源语文化价值最好的方法就是重建该文化走过的道路，即拟构出该文化的历史，其实这也是文化典籍翻译的出发点，要求在翻译中掌握文本内在的文化和社会特征，用历史的眼光辩证地分析、评价和忠实翻译，凸显作品所表现特殊社会的整体语境，使作品的部分内容在整体中获得正确的解释，使读者理解原作的根本特征和多种价值。但是，《楚辞》毕竟历史久远，译者需要根据不同的审美和意识形态来对历史"语境"

---

① "The religion of which these songs are the liturgy is a frankly erotic one. The relationship of the worshipper to the god reminds one of the epouses celestes of Siberian shamans. ……He also states that Ch'ü Yüan used them as vehicle for expressing his personal sorrow and resentment. This is almost certainly untrue." David Hawks. *Ch'u Tz'u: the Songs of the South, an Ancient Chinese Anthology*, Boston: Beacon Press, 1962: 35.

进行主观的解读和重设，在更为宏大的跨文化语境中去审视语言层面以外的社会文化和时代因素，因此，翻译就会有明显的创造烙印，甚至是对原文本进行改写，如林文庆的《离骚》突出特定社会背景下言说现实，以诗宣儒的教科书功能，是顺应当时社会环境和大学教育的需要。但是，在翻译中对原作文化的再创造或改写并不是主观随意的，译文虽受一定的社会因素的影响，但是译者都必须在紧扣原文内容和思想的基础上来突出原文历史和社会的特征。

作品要获得顺利传承，除了对其本体内容准确合理的解释外，是否传达原文的语篇功能和译本的社会功能是《楚辞》翻译不能逾越的职责。因此，一方面，译者要把握和忠实于作者的话语功能，使语言内部的解释性和功能性连贯起来。《楚辞》各诗篇充满奇情异俗，具有浪漫超远的想象力，而作者创作目的却很现实、严肃，埋藏在原作字里行间的语句功能虽难以揣摩捕捉，但必须弄清，否则就是雾里看花。比如，胡适认为"袅袅兮秋风，洞庭波兮木叶下"是白描的"好文学"，孙大雨批评他的这种鉴赏方式是"浮光掠影，不求甚解的"（302）。另一方面，要重视译文的社会功能。现有译本都表现了一定的社会功能，如韦利、霍克斯的译本没有完整体现出"诗言志，歌咏言"的语言功能，但满足了西方读者对中国古代文化的探源兴趣；林文庆译本带有较强的教化功能；孙大雨译本是在"文化大革命"时国学受到打压的特殊时期，具有高扬古代文明的文化传播意识，这都是受特定的翻译目的和翻译视角决定的，都体现了特定历史条件下译者的社会意识。

为了更好地呈现原作从表层到深层及其诗学机制的整体面貌，在翻译中需要重视原作文化的本体结构到文化主体结构的整体构建，一方面要从整体意义上对《楚辞》进行诗学的诠释；另一方面，翻译的主体人的因素也要充分关注。作者的文化整体思想，译者的文化整体身份，以及作品所反映的人的群体的意识等方面都需要得到充分展现，尤其是后者，能直接表现作品的质量和价值，展示给异域读者中国文化的魅力。比如，从屈原作品来分析屈原的整体思想，可以发现屈原生活在"百家争鸣"的战国时代，他批判地吸收大批杰出思想家、政治家、文学家的各种他认为合理的思想并反映在他的诗篇中。其中既有"既替余以蕙纕兮，又伸之以揽茝"，"昔三后之纯粹兮，固众芳之所在"之修身治国的儒家思想，也有"登昆仑兮食玉英，与天地兮同寿，与日月兮齐光"之追求个体人格自由的道家思想，还有"国富强而法立兮，属贞臣而日娭"之法家法制思想，甚至后人还赋予他阴阳家创始人的桂冠。所以，一些楚辞学者如刘安、王逸、韩愈等都用儒家的道德观来看屈原，把他的作品纳入儒家思想的范畴；林文庆将屈原《离骚》作为儒教思想经典来进行英译，都具有一定片面性，有待于更全面地反映屈原的整体思想及楚人丰富的文化特色和传统。

第四章

《楚辞》中人类文化各系统的英译研究

巴斯内特说:"翻译绝不是一个纯语言的行为,它深深根植于语言所处的文化之中。"(1990: 8)《楚辞》是研究早期人类各类问题的宝贵资源,丰富的文化意蕴是其灵魂,而对作品文化系统的介入程度,毋庸置疑是衡量《楚辞》英译质量的重要标准之一。

美国人类学家莱斯利·怀特(Leslie White)将文化划分为三个亚系统:技术系统、社会系统和思想意识系统。技术系统是由工具、器皿、服饰等表层物质文化构成;社会系统则包括科学、经济、政治、官规、称呼等子项,是属于文化的中层制度系统;思想意识系统包括思想、民俗、宗教、神话、情感、信念、哲学等深层意识系统(1998: 363—393)。

本章考察《楚辞》的表层、中层和深层三个文化系统的文化价值是否被近现代和中西方译者准确解读和整体阐释,并对他们的翻译策略进行评价和反思。

第一节　表层技术系统物质文化意象的英译

马林诺夫斯基说:"对于一物,不论是一船、一杖、一器,除非能充分了解它在技术上、经济上、社会上及仪式上的用处,我们不可能获得关于它的全部知识。"(150)《楚辞》中有大量的表示动植物、器具、服饰等各项技术系统的词语,其中的一草一物除了它们特定的自然属性外,都具有由表层至深层,由物质层面、社会层面到作者的思想意识层面的多层意义。这些文化细节比中套比,同物异喻,异物同喻，运用范围非常宽泛，这也是《楚辞》中的文字难读、难以理解，造成了千百年屈诗曲高和寡，人们"景之仰之"，却未能"品之"的重要原因之一。对这些表层的物质文化的准确翻译，对于读者进一步欣赏作品，了解楚国的民风民俗、自然生态和社会纺织、工艺等行业生产力，以及诗人的整体思想具有很大的帮助。

一　植物、动物文化意象的英译

《楚辞》的艺术创造性之一在于依托楚文化的物象所引发的各种象征性笔法来永言、言志。屈原被放逐期间，彷徨行吟于汉北与江南的山林皋壤，自然界的香草恶卉、鸟兽鱼虫无不浸染或寄托着他的痛苦、忧愁和坚忠的感情，成了《楚辞》中一套独特的政治隐喻系统。王逸曾以"善鸟香草，以配忠贞；恶禽臭物，以比谗佞"① 这一诗学机制来概括它们的表现意旨；梅尧臣认为："屈原做离骚，自哀其志穷，愤世嫉邪意，寄在草木虫。"（引自陈植锷 22）屈诗广泛运用比兴象征手法，赋予各种自然景观以特有的情感和艺术魅力。如"扈江离与辟芷兮，纫秋兰以为佩""余既滋兰之九畹兮，又树蕙之百亩。畦留夷与揭车兮，杂杜衡与芳芷"，"擥木根以结茝兮，贯薜荔之落蕊。矫菌桂以纫蕙兮，索胡绳之纚纚"……《离骚》中有以草木喻事、喻物、喻人等多种奇喻，如果不了解先秦时期这些名物的特性和表意，单纯从字面上理解与翻译这些诗句，在读者脑海中映现的诗人只能是一个穿花戴草、着装离奇的怪人。因此，揭示诗中草木等物质名称的本质属性，认识作者通过对动、植物意象的构建来表现他保持自身的高洁和忠贞，不愿同流合污的思想，是理解这一作品的关键。

"翻译首先是不同语言间的转换行为，同时还是文化层、精神层的多重转换行为。"（张旭 2008：1）这种多层面的转换在《楚辞》翻译中会显得更为必要。《楚辞》中众多的动、植物文化意象一般带有自然

---

① 王逸：《楚辞章句》，洪兴祖补注《楚辞章句补注》，吉林人民出版社 2005 年版，第 3 页。

物象、民俗、政治象征三个层面的意义。在万物有灵的观念影响下，楚人对自然万物之草木有深深的敬畏，许多植物也都被赋予一定的崇拜和信仰习俗，如《楚辞》中的稷、黍、菽等物种，人们常常对其隆重祭祀，祀神悦神，表达对五谷之神的尊重。姑娘们爱戴香粉荷包和香袋，内装芳香馥郁的药物如兰花、白芷，其香气具有驱蚊辟秽的功效，有些地方的人们有兰草水中沐浴的习俗，以求达到驱邪祛毒、治病健身的神奇功效。因此，在翻译中要求对这些植物名物能够从表层到深层、多义性和多价性的整体传达，使自然、艺术和思想情感合为一体，达到"心物"关系的有机统一，这样才能完整、准确地诠释作者想表达的文意。如：

> 兰芷变而不芳兮，荃蕙化而为茅；
> 何昔日之芳草兮，今直为萧艾也。（《离骚》，L309-312）

　　诗中"兰""芷"等植物皆为香草，具有药用价值，同时又是楚文化中的祭祀用品，《离骚》中有"秋兰、木兰、椒兰、滋兰、兰皋、幽兰"六种称谓类别，在诗文中又象征着君子一样高洁的品格和修养，"荃""蕙"以喻君，而"茅"和"萧艾"则指恶草，象征谗佞。此句是作者讽喻楚怀王听从奸臣怂恿，高尚不再的状况，是一种政治关系的借喻。在英译中，既要看到这些词语表层的植物学意义，也要体验其中的民俗意义，再向后延伸到其深层政治意义，才能真正感受诗句的内在魅力。

　　试比较霍克斯、林文庆、孙大雨的译文：

> *Orchid and iris have lost all their fragrance;*
> *Flag and melilotus have changed into straw.*
> *Why have all the fragrant flowers of days gone by*
> *Now all transformed themselves into worthless mugwort?*（霍克斯译）

Transformed and odorless are the lan and chih.

While the ch'üan and hui are changed into weeds!

How have the fragrant plants of former days

Been changed now into malodorous herbs!（林文庆译）

Eupatory and angelica spread sweets naught,

Acorus and coumarou have changed into reeds.

Why is the odorous herbage of yesterdays.

Turned directly into artemesias to-day?（孙大雨译）

表 1 可以看出三位译者对这组植物词语的翻译：

表 1

	霍克斯译	林文庆译①	孙大雨译②
兰芷	*orchid and iris*	*lan and chih*	*eupatory and angelica*
荃蕙	*flag and melilotus*	*ch'üan and hui*	*acorus and coumarou*
茅	*straw*	*weeds*	*reeds*
萧艾	*worthless mugwort*	*malodorous herbs*	*artemesias*

---

① "309, 310. A cataclysm in nature seems to have occured. Flowers and plants have apparently migrated— the good fragrant ones have disappeared and have been replaced by weeds and by herbs with nasty odors. But amidst all the changes, Ch'ü Yüan imagines himself standing erect, impassive, inflexible, and invincible! MORAL LXXVII. The changeless spirit should direct the movement of evolving matter! 311, 312. The sweet-scented plants have gone. Their places are taken by malodorous weeds, like wormwood, etc. In other words, bad men have taken the places of the good men exiled, killed, etc." Lim Boon Keng, The Li So, *An Elegy on Encountering Sorrows*, Taipei: Cheng Wen Publishing Company, 1972: 154.

② "Reeds（茅）are bad weeds, meaning the wicked elements. *The supplemental Commentary of Hoon Hsin-tsou*（洪兴祖:《楚辞补注》）says, in the above, the caballers are quoted for saying that others should not eupatory append, for it is different from their white artemisias, and that Sun pepper are not scentful, for these are different from their manured loam. Here it is said eupatories and angelicas are scentful no more and queen sweet-flags and coumarous have changed into reeds; thus sweet herbs of the past have turned rank and gross and gone the way of the fat weeds. At that time, keeping one's oath of purity unto death without change, there was only one man in Ts'ou—Chü-tse alone! —Tsu Hsin"。参见孙大雨《英译屈原诗选》，上海外语教育出版社 2007 年版，第 508 页。

除霍克斯外，孙大雨与林文庆在译本中对以上词语的翻译都分别附加了尾注，说明了这些植物的政治喻义，其中林文庆还针对时局进行现实意义上的点评。

通过比较，从表 2 可以看出三者对上述的植物文化词语在自然物象、民俗、政治意义方面的表达状况。

表 2 （表示译文中具有此层意义的用●表示，无此层意义用○表示）

	自然物象			民俗			政治象征		
	霍译	林译	孙译	霍译	林译	孙译	霍译	林译	孙译
兰芷	●	●	●	○	●	●	○	●	●
荃蕙	●	●	●	○	○	○	○	●	●
茅	●	●	●	○	○	○	○	●	●
萧艾	●	●	●	○	○	○	○	●	●

由表 1 可见，霍克斯采用归化翻译策略，使用直译和意译相结合的方法，比较对等词的概念意义，但从整体上来说，这种归化翻译策略呈现了词语所代表的植物指称意义，没有显现这些词语所承载的民俗文化和隐喻的政治内涵意义。林译采用音译加简单尾注的异化翻译，保留了异域色彩，基本在诗行中逐一建构了这些植物表象之后的政治隐喻意义，这与译者赋予诗作以教化功能是分不开的。相对来说，孙大雨的翻译更注重词语意义的多层传递，使用了一些比较典雅的词语来增添原文意境美并在尾注中对所指进行详细的植物学介绍和部分民俗文化的说明，明确关联了这些植物词语的政治象征，在整体结构上观照了文化表层和深层的置换关系，能够使读者认识表层，感悟到其深层结构，但对词语的民俗文化意义挖掘不多。

就"荃"这一植物来说，其显性意义为"菖蒲"，是一种天南星科的水生草本植物，有香味。在古代，先民崇拜菖蒲，有端午节时把菖蒲叶当作神草和艾叶捆在一起驱邪的风俗，此乃这一意象所承载的民俗层面的意义。在诗文中，作者还赋予其"喻君"的双关意义，如"荃察"，是指"皇上明察"的意思。试比较许渊冲、霍克斯、林文庆与孙大雨四位译者对这一句多层文化意义的阐释：

荃不察余之中情兮（《离骚》，L39）

To my loyalty you're unkind，oh！（许译）

But the Fragrant One refused to examine my true feelings；（霍译）

My sweet one searches not what's in my heart；（林译）

Queen Acorus，heedless of my thoughtful deep concern，（孙译）

许渊冲对"荃"这一物象的诠释最为简洁，直接用"you"点明词语的真正所指是人，但是很难让读者对这一植物物象和君主之间产生联系，更难知道"荃"是一种香草之名，以及古代人们对此顶礼膜拜的习俗；霍克斯创造性地使用了"the Fragrant One"来指代香草和深层意义所喻指的国君，他在诗中表现了"荃"这一植物的芳香特性，并在补充注解中细致地介绍了香草荃的属性，译者虽然提出对香草等物的政治譬喻说的怀疑，但是又几乎毫无怀疑地认为"荃"在此指的就是诗人的国君——楚怀王；林文庆译为："My sweet one"，不论在译文还是注解方面的诠释与霍克斯异曲同工，但其中的爱情譬喻成分更多于政治譬喻成分；孙大雨采用"Queen Acorus"来指代"荃"，包含了植物意象和喻指意义，正如他在尾注中阐明的一样：因为"荃"在诗中拟人修辞为"楚怀王"，所以使用大写（首字母），在这首诗歌中又被称为"美人"和"灵修"，因此采用表女性的称呼"女王"（476）①。

严格来说，各位译者都没有完全做到对植物文化词语的从自然物

---

① "Since it is figuratively used here to mean King Hwai of Ts'ou, it is personified and the word should be capitalized. As he is called the Beauteous One and Ling-sieu elsewhere in this ode, it is proper to give the name a feminine title Queen." 孙大雨：《英译屈原诗选》，上海外语教育出版社 2007 年版，第 476 页。

象、民俗、政治象征方面的整体翻译，大都没有将其中第二层所表达的风俗文化呈现出来，需要在文外进行补偿性阐释。

《楚辞》中的虬龙鸾凤、虫鸟鱼兽等动物意象共有 66 种（周秉高，2009：165）。这些动物种类诸多，形态各异，习性鲜明，在诗中具有食用、劳作、装饰、占卜、玩赏等不同功用，如：《卜居》中"詹尹乃端策拂龟"，其中的龟指"龟甲"，具有卜卦功能；《天问》中的"惊女采薇鹿何佑"，鹿的作用源自《诗经》，传说伯夷和叔齐因不食周粟而采薇充饥，被一女子之言所震惊就不再食薇，神鹿下界用乳汁喂养救助他们，所以，鹿在民间具有助佑作用，等等。各类动物习性、形态、功用各异，表现了我国远古丰富的动物文化资源，而且，它们在《楚辞》中都具有神话意义，而其最根本的作用是参与了人事的比附，作为诗人营造精神世界的点缀，因此，《楚辞》中的每一动物意象也都承载了自然物象、神话和政治隐喻等多层含义。例如：

驷玉虬以椉鹥兮，溘埃风余上征。（《离骚》，L185−186）

I yoked a team of jade dragons to a phoenix-figured car

And waited for the wind to come, to soar up on my journey.（霍克斯译）

Jade dragons in fours draw my phoenix car,

When suddenly with a sand storm I ascend!（林文庆译）

Towards the sky, riding on a dust-raising gale,

My phoenix carriage and four draught dragons does sail!（卓振英译）

Swift jade-green dragons, birds with plumage gold,

I harnessed to the whirlwind, and behold.（杨宪益、戴乃迭译）

In a quadriga of jade-bitted dragonets, phoenix—

Lifted, I rise fast in sand gusts in upward line.（孙大雨译）

Dragon and phoenix start my race, oh!

I rise on wind into the blue. （许渊冲译）

"玉虬""鹥"是传说中的动物龙和凤，带有神话性质，在诗中比喻品行高洁的君子贤臣，"虬龙以喻君子，云霓以譬谗邪，比兴之义也"（冯骕 2898）。对"虬"的翻译，几位译者基本上都选用了"dragon"（龙）或"dragonets"（小龙）来指代。各位译者在对这一词语的神话含义和政治隐喻方面都呈零阐释。在对"鹥"的翻译选词方面，上述译者都用"phoenix"对应"鹥"。鹥鸟在东方文化中映射女性的高贵、美丽、智慧和爱情，也用以比喻君子。在西方文化中，"phoenix"指火烈鸟，象征着不朽。译者复合二者在两种文化中的相互认同、共融的特性，即凤凰是一种神圣的动物，虽然其汉文化内涵发生部分嬗变和缺失，但融汇了异族文化因子，能激起西方读者对这一动物神话意象相似的美好感受，体现了文化的适应性和普同性。但译文中有两点分歧：霍克斯、林文庆、卓振英分别译成"phoenix-figured car""phoenix car""phoenix carriage"意为"雕刻凤凰的车辆"表现了鹥鸟的劳作使用功能，而孙大雨、许渊冲等分别理解为传说中的凤凰这一神话动物"phoenix"。杨宪益译为"birds with plumage gold"（金色翅膀的鸟），指称并不明确。如果追溯到动物的神话喻源域的话，在我国古代有牛郎织女鹊桥相见的传说，成群的鸟鹊在天空为他们搭桥的奇特景象，可以想象诗人由一群五彩神鸟簇拥着升上天空，四条玉龙在前面引导，才有后面所述的"纷总总其离合兮，斑陆离其上下"的场面，也表现出"虬龙鸾凤，以托君子"的喻义，烘托了我们伟大的爱国诗人上下求索，寻求真理的精神追求，因此，译成动物"phoenix"比较贴近作者的原意，更能表达出文化的整体意义。

二 服饰、器物文化意象的英译

《楚辞》中有近 30 种关于服饰和大量关于器物的描写，对这些表层名物的认识有利于进一步欣赏楚辞作品，了解战国后期楚国的服饰风俗和工艺生产的发展情况。

楚人在服饰方面具有鲜明的楚国特色，他们根据本民族的信仰和习俗来设计服装花纹和式样，而且比较重视衣冠与配饰的关系。《楚辞》中多次提到屈原的服饰，其中比较典型的一段，如：

> 进不入以离尤兮，退将复修吾初服。
> 制芰荷以为衣兮，集芙蓉以为裳。……
> 高余冠之岌岌兮，长余佩之陆离。
> 佩缤纷其繁饰兮，芳菲菲其弥章
> （《离骚》，L113-117，119-120，125-126）
> 余幼好此奇服兮，年既老而不衰。
> 带长铗之陆离兮，冠切云之崔嵬。
> 被明月兮佩宝璐。
> （《涉江》，L1-5）

如果从字面上理解，"芰荷""芙蓉"为花卉的名称，荷花易碎，芙蓉易凋，作为时尚装饰尚可，如果裁制成衣裳，显然不是事实，更难以勾画屈子形象，但是，早在先秦时期，我国就有织锦、绣花工艺，因此，我们有理由认为这两句应为裁制和穿上印染或绘绣有"芰荷""芙蓉"色彩或者图案的织物。然而，根据周秉高对《离骚全图》的考察，屈原一身素白（或有黑色），全身未见芰荷与芙蓉之色彩、图案（周秉高2009：281），因此，译者必须思考诗人精心构思这两句的思想内涵，才能描绘出屈原不愿同流合污，坚持特立独行的这一鲜明的人物形象。

在翻译中既要对应表层意义，也要反映当时楚国的服饰文化特色，更要触及作者深层表意，才能在读者面前展示出这一细腻、丰富、高远的文化内涵。试从表3比较霍克斯和孙大雨对《涉江》中这一表服饰细节的内容英译情况：

表3

	霍克斯译	孙大雨译
带长铗之陆离兮	*At my belt a long sword swinging,*	*I bear by my side a sword of sheen blade long,*
冠切云之崔嵬	*On my head a "cleave-clould" cap up-towering,*	*And wear atop of this tall, tall hat cut-cloud.*
披明月兮佩宝璐	*Round my neck moon bright jewels, and a precious jade at girdle.*	*With matchless Night Glow my back im-pearl, And hang as pendant this gem nonpareil.*

"长铗""切云""明月""宝璐"这些具有鲜明民族特色的服饰传达了楚国人的审美方式。"长铗"是一种刀身剑锋的配饰，自秦朝起就是君子、贵族必备的盛饰。霍译用"long sword"（长剑）勾勒出诗人腰间佩剑的英姿；孙大雨采用"sword of sheen blade long"（青光闪耀的长剑）生动地表现了佩戴者的器宇轩昂，更凸显了2000多年前我国处于世界领先水平的青铜冶炼技术。"切云"是指帽子之高可切云，颚下系有丝带为"缨"。根据中国古代官场理制和楚人的民俗习惯，高冠喻指乌纱帽，冠有法制，冠高也自有分寸。屈原反复强调自己的冠帽"崔嵬"，表明自己的尊严与卓尔不凡，伟岸高远，也间接交代了自己的身份和仕职。霍克斯和孙大雨两位译者都分别描绘出作者戴高冠的形象，但是都没有表达出高冠与诗人的所任仕职的关系，以及屈子虽已枉遭放逐，但不会随波逐流，仍心系楚国朝政的忧国忧民情怀。"明月""宝璐"分别指"夜光珍珠"和"玉佩"，楚人配饰不但表达审美方式，而且也有"行清洁者佩芳，德明者佩玉，能解者佩觽，能决疑者佩玦"的习俗。玉是君子的象征，能彰显君子的美德和风度，诗人佩戴"明月""宝璐"等美好高洁饰物，乃表德佩，喻指诗人崇高纯洁的品德和风范。霍克斯的英译文描述了这些名物，但没有突出这些饰物衬托的以玉比德的文化意旨。孙译增添了修饰语，用"matchless Night Glow"和"gem nonpareil"表示这些饰物无与伦比，并在注解中直接指明诗人高尚的思想和行为堪比先贤汤孙，映射和歌颂诗人的德仁超人之处。

这些对服饰细节的描述大都采用了比兴手法，可以使人了解民间的风俗习惯和诗人的思想感情，在翻译中必须获得深度理解，才能使读者了解楚国服饰文化之异彩，更能理解诗人的品质精神。

我国先秦时代的科学技术已经发展到一定水平，工艺技术也异彩纷呈，具有重要的认识价值。楚辞中的器物可分为车、船、武器、乐器、珍宝、工具及其他，共 86 种（周秉高，2009：213）。这些器具，如"墨绳""矩镬""方枘""圆凿""龟策"等，处于文化的显性层面，犹如一面面镜子，表现了先秦时期手工艺的生产和创造水平。考察这些名物的翻译，需要呈现他们的历史价值，观察它们参与作品的构造，折射先秦时期的社会政治、伦理道德及精神风貌的文化功能。例如：

勉升降以上下兮，求矩镬之所同。（《离骚》，L287-288）

"矩镬"是两种度量标准工具，"矩，方也；镬，度法也"。矩用来画方形，镬用来量长短，此句意指诗人上下求索，寻求法度、观点、政治主张同道之人。"矩"、"镬"喻指规矩、法度。霍克斯、孙大雨、林文庆对这两句的英译如下。

To and fro in the earth you must everywhere wander,
Seeking for one whose thoughts are of your own measure. （霍译）

Go up and down as thou mayest rise or decend;
Trying to seek equivalent integrity. （孙译）

Hsien says："Strive, rise on high and go below!
Find for the square and rule a harmony!"（林译）

霍译和孙译都是采用意译的方法，读者容易理解此句中巫咸劝留，希望君臣协调求同的意思。但是没有翻译出这两种工具名称，因而在诗中也没能表现出当时人类对"矩"、"镬"这两种度量衡工具的认识和使用水平。孙大雨在文中表达了这两个词语的内含意义，并在尾注中做了进一步阐释，指出"矩"用来画方和"镬"用来量长短，二者在测量和形状上的协调，在修辞上表示作者希望与楚王在道德伦理法度上保持一致。林文庆使用部分直译的方法，分别用"square"和"rule"表示"矩"和"镬"。在词的概念意义上来说，虽不能产生完全对等，但基本上表现出二者的物理特征和功能，尤其是译者在评注中揭示二者之间的统一性，揭示"人类的进步依靠贤哲们的合作"（Human progress depends upon the cooperation of the best man，152）这一深层哲理，也使诗文的内蕴意义获得提升。

　　对楚辞中器具名物在翻译中进行文化意义的补偿是非常必要的。再如，楚国重礼乐，楚辞中的种种古代乐器如黄钟、瓦釜、磬、竽、篪、瑟、萧、簧等，都赋予了一定的社会意义。例如，《卜居》中的诗句"黄钟毁弃，瓦釜雷鸣；谗人高张，贤士无名"（《卜居》，L27-28），其中"黄钟"、"瓦釜"都是指乐器名。根据《周礼·春官·大司乐》和《易·坎》："乃分乐而序之，以祭，以享，以祀，乃奏黄钟，歌大吕"；"瓦缶之器，纳此至约，自进于牖，乃可羞之于王公，荐之于宗庙，故终无咎也"。（转引自周秉高，2009：202）由此可见，"黄钟"是指在庙堂、宫殿弹奏的乐器，而"瓦釜"为不登大雅之堂的乐器。那么，下句中"谗人高张，贤士无名"就很容易理解了，上文的"黄钟"喻指贤德之士，而"瓦釜"喻指谗佞庸俗之人。比较以下霍克斯、孙大雨对这一节的英译：

> The brazen bell is smashed and discarded;
> the earthen crock is thunderously sounded.
> The slanderer proudly struts;
> the wise man lurks unknown. （霍克斯译）

> The golden bell is smashed quite and scrapped,

While the earthen phu doth roar like thunder-claps;

The man of virtue is roundly bullied down,

the calumniator is donning the crown！（孙大雨译）

霍克斯忠实地将"黄钟""瓦釜"分别译成了物质名称"brazen bell"（黄铜制的钟）、"earthen crock"（泥土陶器）。"brazen"一词在英语中甚至具有"厚颜无耻"的意思，而"泥土陶器"也难以在读者脑中形成乐器的概念，同时，霍译用"*wise man*"（智者）对应"贤士"，无疑难以呈现两种乐器的文化内涵以及这一政治抒情诗的喻义。相比之下，孙大雨的译文就淋漓尽致地表现了这两种乐器的隐喻意义。译者使用了"golden bell"，使人能感觉"黄钟"具有黄金般珍贵的品质，巧妙地用"roar"（喧闹）、"thunder-claps"（雷声轰鸣）两词来形容"瓦釜"的声音，具有以物喻人的意义；孙大雨在下文将"贤士""谗人"分别译为"The man of virtue""the calumniator"，对应了上文的"黄钟"与"瓦釜"。除此之外，译者在后注中详细地对"phu"（釜）这一器具做了描述和解释，使人清楚它的形状与功能而非简单的泥土制品。最后，孙大雨引用蒋骥的注解"黄钟，谓钟之律中黄钟者，器极大而声最闳也。瓦釜，无声之物。雷鸣，谓妖怪而作声如雷鸣也。此两句表示事物的使用不当"①。通过多方位的阐释，孙译完整地表达了这两种乐器的概念意义、文化意义及隐喻意义，表明了有才德的人被弃置不用，平庸奸滑之人却居于高位这一深层寓意。

这些表层物质技术系统的文化词语往往映射了当时的社会现象、心理、制度等诸多方面，在翻译中能否得到表现也是评价翻译质量的重要指标之一。如：《楚辞》中有 13 处出现"车"字，而关于车的

---

① "The ringling golden bell is shattered and trashed. The earthen phu, with sound not resonant but rather displeasing, as the multitude strikes it hard, roars like thunder-claps. The two statements show the mis-use of proper things." 孙大雨：《英译屈原诗选》，上海外语教育出版社 2007 年版，第 561 页。

名称、构造部分更是不一而足。在交通尚未得到发展的春秋时期，出行、出征、出猎等大都依赖车轩，不同的车也代表了不同的身份和功用。在《山鬼》的"辛夷车兮结桂旗"中，辛夷车具有神话意义；《国殇》的"车错毂兮短兵接"指戎事之车；《九辩》中的"宁戚讴于车下兮"，指商人之车；《招魂》中的"抑鹜若通兮引车右还"，指狩猎之车；《离骚》中"杂瑶象以为车"，指贵族之车，等等。此类物质文化词语的历史价值、功能意义和文化意义如何才能得到完整的体现，值得关注和进一步探索。

三 文化多层意义在翻译中的整体建构

"艺术的真正生命在于对于个别特殊事物的掌握和描述。"（歌德，1978：10）以香草美人、鸟兽虫鱼、服饰、器具等物质系统的文化为隐喻源的文化词语，需要在翻译中进行从表层到深层多层面意义的整体观照，这也是真实、完整地进行《楚辞》文化传播的基本要求。

在现有的《楚辞》翻译中，对表层物质文化词语不管是采取直译还是意译，各位译者对意义符号所指的自然物象表层意义基本上表现为接纳认同，采用的是忠实传译的策略，甚至有的译者还对这些词语的生物概念或物理属性进行了界定，有助于读者对古代特定名物的基本认识。但是，在第二层面，即词语负载的民俗传统或神话意象方面，孙大雨、林文庆等国内译者有时通过各种注解的方式进行文外诠释，这是非常必要的，因为古代的民俗渗透生活的方方面面，规范着人们的日常生活，甚至与现代人的生活都密切相关。

对这些词语所寄托的作者思想感情、政治理想等等深层含义，由于意义隐蔽较深，在诗体中翻译技术难度较大，大多译者（尤其是国外译者）甚至对此没有产生认知，基本上没有进行深入挖掘。比如韦利将《九歌》当做一部反映中国古代"巫"文化的诗歌集，诠释了《九歌》中先秦时期人类祭祀活动的情景。殊不知，祭祀活动在当时是国之大事，上事天，下事地，祭祀也是关乎社稷的事情，因此，屈诗正是通过追寻人与神的结合来表达他的社会理想与哲思。国内译者林文庆、孙大雨等因为本土文化身份的优势，同时，他们与作者屈原具有某些相似的经历和相似的情怀，容易获得相似的体验，因此，他们在序言、评注或译文中，时有揭示其中的政治象征意义，引导读者理解诗文的主旨。

如果要使作品中的物质文化词语的各层意义有机地统一于译文中，需要从这些表层意义着手，追寻它们隐含的社会内容，展示文化符号意义的深层思想，使之既具有审美意趣又能引发作者与读者之间的心灵的共鸣。这一翻译思维值得《楚辞》翻译者和翻译研究者去进一步实践与开拓。

第二节　中层社会系统科学文化知识的英译

尽管《楚辞》采用浪漫主义文学创作手法，但亦汇集了天文、地理、医学、农学、建筑、工艺生产、烹饪等各领域人文与自然科学价值，不少文字对于我国远古时期自然科学知识的反映相当细致、精确。如："出自汤谷，次于蒙汜，自明及晦，所行几里？"（《天问》，L29-31），证明了中国先民早已认识日出东方，暮入西方的天体运行规律；"瑶浆蜜勺"，"挫糟冻饮"（《招魂》，L90-91）等诗句说明了当时先进的酿酒工艺技术；"红壁沙版，玄玉梁些。仰观刻桷，画龙蛇些"（《招魂》，L73-74）体现了古代中国精妙高超的建筑艺术和水平。这些古代科学知识和技术是中国传统文化形成和发展过程中人类智慧结晶，是全人类的财富。然而，在对外翻译中，这些宝贵的资源往往经过翻译而被弱化或被隐没，因此，在翻译过程中对其进行发掘、开采与完整呈现，对弘扬我国古代科学文化知识具有特别重要的意义。

一　医学、农业科学知识的英译

《楚辞》记载有丰富的中医药知识，其中与中药相关的 19 首诗中，出现植物类药物达 50 多种（吴仁杰 1987：12）。许多香草都是神仙服用的仙药，如"悲回风之摇蕙兮，心冤结而内伤"中的"蕙"，药名为"九层塔"，有疏风行气、化湿消食、活血解毒之功效，常用于外感头痛、食胀气滞、脘痛、泄泻、月经不调、跌打损伤、蛇虫咬伤等症的治疗。又如，"朝饮木兰之坠露兮，夕餐秋菊之落英"中的"木兰""秋菊"等都是常用中药，微苦，性凉，有清肝明目、疏散风热之药效。再如，"餐六气而饮沆瀣，漱正阳而含朝霞"；"吸湛露之浮源兮，漱凝霜之雾雰"，其中餐六气，漱正阳，吸湛露，漱凝霜，都是道家用来祛除邪气、养生益寿的方法。这些医学知识体现了中国先民们在劳动过程中创造了延长自身生命活动的医学文明，反映我国古代文人习药理的风尚，通过翻译能够促进西方对我国源远流长的中医科学价值的认识。

楚地是巫人聚居之地，古之巫者皆为医，古代许多医学科技现象都是通过巫术来表现，而祝辞咒语和植物药物是巫师的两种主要医疗方法，前者用来进行心灵安慰和精神治疗，后者用作迎神驱邪药理治病疗伤。那么，在翻译中，这些医学科技财富是否得到恰当地呈现呢？试看下例：

> 浴兰汤兮沐芳，华采衣兮若英。
> 灵连蜷兮既留，烂昭昭兮未央。
> 搴将憺兮寿宫，与日月兮齐光。（《九歌·云中君》L1-6）

诗中的"兰汤"是指用兰草药水进行药浴。我国古代中医认为，用兰、蕙、芷等香草水洗澡、洗脚，有调节人体神经、缓解肌肉疲劳、排出毒素、健康长寿等保健功能，在当代中国，很多地方都有端午节兰汤浴的习俗。此节表达扮演云神的女巫在浴兰汤、穿彩衣、披鲜花，男巫在旁唱歌的情景。女巫药浴之后出现精神焕发、安然快乐、神清气爽的效果。韦利、霍克斯、孙大雨的英译分别如下。

I have washed in brew of orchid bathed in sweet scents,

Many-coloured are my garments, I am like a flower,

Now in a curves the Spirits has come down

In a blaze of brightness unending.

Chien! He is coming to rest at the Abode of life;

As a sun, as a moonbeam glows his light. （韦利译）

We have bathed in orchid water and washed our hair with perfumes,

And dressed ourselves like flowers in embroidered clothing.

The god has halted, swaying, above us,

Shining with a persistent radiance.

He is going to rest in the House of Life.

His brightness is like that of the sun and the moon. （霍克斯译）

In eupatory-soused sweet water bathed,

With florid rainments blushing like fresh-blown flowers,

His Divinity, coming down tall and slant,

Glowing with incessantly dazzling splendours.

Would be pleased with the altar He poreth on,

As he glareth vying the sun and moon. （孙大雨译）

从译文看，韦利和霍克斯都使用了第一人称代词"I"或"we"指代扮云神的女巫，第三人称"he"指代男巫，从译文来看，是云神在浴兰汤、沐香水，同时巫神舒回体，容光焕发，译文中角色发生了转换，难以表现诗中云神进行了兰草药浴后的通体舒畅状态，也就无法彰显兰汤浴的中药保健养生功效。孙大雨的翻译基本上再现了此节的完整意义，译者不但在形式和句义结构方面都再现了原文特征，而且拓展了读者的认知视域，采用"florid"（绚烂的）"like fresh-blown flowers"（盛开的鲜花）"dazzling splendours"（光彩照人）等词语渲染了女巫兰草药浴之后出现面如鲜花、神采焕发的保健养生功效，也突出了云神的神性，更成功的是传递给读者中国古代中药浴的保健功能和当今世界仍很受欢迎的中医学科技的悠远历史。

我国古代中医技术一直以来获得不断的传承和发展，至今仍在世界各地深受欢迎。在推介这些中医知识时，译者需要有一定的专业知识来开采和传递给西方读者，从而更好地促进西方对我国源远流长的中医科学价值的认识。

楚国有江汉川泽山林之饶，物产富足，农业发达。《楚辞》中不少关于粮食种类、饮食、生产加工的诗句记载了楚国农业的发展状况。如《招魂》中"稻粢穱麦，挐黄粱些"，介绍了稻米、高粱、小麦、美酒、蜂蜜等粮食和作物；"粔籹蜜饵，有餦餭些，瑶浆蜜勺，实羽觞些"展示了先秦的农业生产和食品加工的技术。

中国古老的酿酒技术在先秦时期就处于世界领先水平，《楚辞》中对酒的种类和酿制方法也有比较详细的记载，如《渔夫》中"众人皆醉，何不哺其糟而歠其醨"，其中"糟"为已漉之粕滓，"醨"作"醨"，为薄酒。这些有关古代酿酒的工艺能否在英译中得到完整呈现，试看霍克斯对《大招》中第77—82句的翻译：

> 四酎并熟，*The four kinds of wine are all matured,*
> 不歰嗌只。*not rasping to the throat:*
> 清馨冻饮，*Clear, fragrant, ice-cooled liquor,*
> 不歠役只。*not for base men to drink.*
> 吴醴白蘖，*And white yeast is mixed with must of Wu,*
> 和楚沥只，*to make the clear Ch'u wine.*

这几句从原料、酿法、冷冻和勾兑四个角度反映战国后期精湛、成熟的酿酒技术，但是，句中所反映的酿酒程序、配料、工艺的翻译都有一定的缺失和误解。原文中的"四酎"是指四重酿酒，这样酿出来的酒醇厚而不涩口。霍译把"四酎"理解成四种醇酒掺和（The four kinds of wine），酿酒过程没有交代出来。"清馨冻饮"是需要经过冷冻后饮用，味道清香，霍译直接翻译成"lear, fragrant, ice-cooled liquor"，省去了冷冻这一程序。"吴醴白蘖"是指用吴国的甜酒，加入酒曲进行熟化处理的过程。"吴醴"，是吴国出产的一种甜米酒，用它来掺和楚国的清酒，以降低酒精度。霍译"吴醴"为"must of Wu"，"must"是指发酵前和发酵过程中的葡萄汁，尚未酿陈的新葡萄酒而非甜米酒。"白蘖"是指酒曲，原始的酒曲是发霉或发芽的谷物，加以改良就可以制成了酒曲作为引子，加入这一工艺，酿制的酒更加醇美芳香。霍译"白蘖"为"white yeast"，即白色的酵母，而非酒曲。由此可见，霍克斯在翻译中没有能够完整地传达酿酒技术的具体程序和真实的勾兑配料，以及具有特色的酿酒加工技术。

这些古代农业生产和加工技术即使是中国普通读者也难以了解，对西方现代译者来说更是比较艰难的工作，所以，对中国古代文化的宣传需要整合相关领域的人力资源来进行合作，才能更好地保证知识信息传递的准确性和专业性。

二 天文、地理科学知识的英译

《楚辞》追问宇宙起源、天体运行，显示了我国古代 2000 多年前对天文的认识水平。如："圆则九重，郭营度之？……斡维焉系，天极焉加？"（《天问》，L14-19）表明战国时期人们对天体构造的认识和对宇宙观"盖天说"的怀疑；"青云衣兮白霓裳，举长矢兮射天狼。操余弧兮反沦降，援北斗兮酌桂浆"（《东君》，L19-22）反映了先秦人们对天体星辰的认识。而在翻译中，译者大都从语言层面对此进行理解和翻译，致使此类科技成就在一定程度上脱离历史背景而不能获得彰显。例如：

揽彗星以为旍兮，举斗柄以为麾。（《远游》，L115-116）

孔盖兮翠旌，登九天兮抚彗星。(《少司命》，L17-18)

上面两句充分说明了战国时期人们对"彗星""斗柄"等星辰的科学认识早于欧洲①。远古人们根据彗星运动时后面有个形状像扫把的尾巴，故又命名"扫把星"，同时，在生活经验中，人们又发现彗星出现总伴有灾难发生，就产生了"扫把星"带来霉运这一民俗功能的说法。试比较孙大雨和霍克斯分别对这两节的英译：

Holding the comet as my streaming banner,
I raise for waving pennant the stem of the Dipper.

Riding a dennet with peacock plumes
For cover and alcedo streamers,
Thou mountest ninth Heaven to check the comet；(孙 译)

I seized the Broom Star for a banner,
And lifted the Dipper's Handle as my baton

With peacock canopy and kingsfisher banner,
He mounts the ninefold heaven and grasps the Broom Star；
(霍 译)

孙大雨用天文术语"comet"来明确指代这一客观的天文现象彗星，还描绘了彗星运行的"streaming"（流动的）特点。此外，译者还在后注中解释了其承载的民俗信息："彗星是一颗怪异的星星，预

---

① 公元前 613 年，《春秋》中就有"秋七月，有星孛入于北斗"的记载，西欧关于哈雷彗星的最早记录在公元 66 年。

示着灾难降临。"① 霍克斯用"Broom Star"（扫帚星）指代彗星，虽然符合我国民俗，但是西方读者未必能凭借这一表达就知道"Broom Star"的民俗文化功能，并且能够明确这颗星就是天文学中比较特殊而且有名的哈雷彗星。虽然《楚辞》这两处关于彗星的描写都表现了彗星的壮丽，烘托了作者排场西游的壮观，但是，如果不了解作者屈原的处境和心理，就很难认识到作者对现实中命运多艰的心理感慨。如果将二者进行整合互补，译为："Holding comet, the Broom Star as my streaming banner"，然后在脚注中解释"彗星"的形状和特点，以及在中国具有"灾星"的民俗认识，读者就容易对这一星辰有综合的理解。

中国对天文历法有很早的认识。从古至今，人们都很重视孩子诞生的日期，屈原在开篇提出自己的出生时间："摄提贞于孟陬兮，惟庚寅吾以降"（《离骚》，L3-4），作者有强调这个神奇时刻诞生的神奇人物所具有不平凡一生的目的。这句包含了三个古代天文历法知识的专有名词："摄提"、"孟陬"、"庚寅"。春秋时期实行的是岁星纪年法，三者分别指称"木星（寅）年""孟春月"和"庚寅日"。

按照周易和星座知识，到底这一日期有什么奇特之处呢？根据汤炳正的研究，屈原出生于公元前 342 年，"摄提"是指岁星的星名，岁星在正月晨出东方之年，是非常有意义的天文现象。（37）② 按照传统的推算，岁星晨出东方之年的寅月寅日出生之人，是天资聪明，金印紫绶的贵命，诗人开篇自述身世，旨在展示自我形象，但是同时读者也认识到我国古代天文历法的神秘深奥与科学性。试比较霍克斯、许渊冲、林文庆、孙大雨四位译者的英译：

---

① "… The comet is a monstrous star, signifying calamity." 孙大雨：《英译屈原诗选》，上海外语教育出版社 2007 年版，第 524 页。

② 岁星摄提正是周显王三年之后岁星运行的第二个"恒星周期"，秦始皇出生于公元前 259 年，正是周显王三年之后岁星运行的第九个"恒星周期"。参见汤炳正《屈赋新探》，齐鲁书社 1984 年版，第 37 页。

When She T'i pointed to the first month of the year,

On the day Keng-yi, I passed from the womb.（霍译，加脚注、尾注）

The Wooden Star appeared in spring, oh!

When I was born on Tiger's day.（许译，加脚注）

Shê T'i shone brightest in the early spring,

On the day of Kêng Yin, when I was born.（林译，加评注）

On that propitious day kêng-yin I came down here,

When Sê-tih's glow was pointing bright to that first moon.（孙译，加尾注）

霍克斯对"摄提""庚寅"都采用音译，对"孟陬"采用意译"the first month of the year"并加了简明脚注和长篇尾注阐明三者所具有的天文学和历法学知识，忠实地传达了这三个天文术语在古代黄历中的指称意义。但是，霍克斯没有展开二者的文化视域和功能视域，认为"摄提"和"孟陬"都是星座名称，诗人只谈论他出生于"寅月、寅日"，没有揭明作者的出生日期及其不同凡响之处。许译将"摄提""孟陬""庚寅"分别译为"Wooden Star""Spring"和"Tiger's Day"，有一种照顾读者的理解，避免向译入语引入过多的古代汉语专有词的倾向，而且许译在译本中极少提供英语注释，不免有消解文化意义、舍弃功能意义之嫌。林译坚持专有名词音译法，为了突出这种吉年吉月的文化内涵，他还添加了功能性修饰词如："brightest""early"等。在评注中，译者更是采用图文并用的形式对所指的星座和历法进行详细的解说，突出我国古代重视"富贵天命"的民族思维习俗。孙译采用音译"keng-yin""Se-tih's"加尾注的翻译方法，在译文中附加了一些功能性修饰词语如"propitious"（吉利的）、

"glow"（灿烂的）。整体来看，林、孙二位译者都基本上兼顾了这些词语的指称意义、文化意义和功能意义，在翻译中基本形成了三重视域的融合。

对于地球的东西南北各有多长这个地理问题，在当时对初民们来说确实是个难题，而屈原的《天问》却显示了当时人们对地球形状的认识与现今有惊人的相似之处：①

> 东西南北，其修孰多？
> 南北顺椭，其衍几何？（《天问》，L70-73）

> *From north to south the earth is longer and narrower.*
> *How much is the difference between its length and breadth?*
> （霍 译）
> *North and south，are they as far*
> *As east and west divided are?* （杨 译）
> *What is Earth's ellipticity*
> *If it is an oval upright?* （卓 译）

以上是霍克斯、杨宪益、卓振英对"南北顺椭，其衍几何？"的英译。霍译用"north to south the earth is longer and narrower"来对地球"南北顺椭"的形状做具体的描述。他认为南北狭长，属于理解上的误差，但也明确了地球南北比东西长的状态。杨译没有译出地球南北差异而产生的椭圆形状，只是提出问题供读者思考。卓译使用了数学几何图像的术语"ellipticity"和"oval"来对应"椭"一词，虽然感到有点抽象，但是可以使读者对明白当时人类对地球形状有了较

---

① "地球并不是一个规则球体，而是一个两极稍扁、赤道略鼓的不规则球体"。载朱翔、陈民众《义务教育课程标准实验教科书·地理·七年级上册》，湖南教育出版社2001年版，第15页。

清楚的认识，并非凭空臆造，而是具有科学性的。

《楚辞》中不少关于日月星辰及节气季候等天文现象是非常科学的，其中一些在中国文化史上均属首创，反映了战国后期楚国社会与自然科学知识的发展情况和楚人对天文现象的若干认识，对这些知识的还原有助于西方读者了解《楚辞》的巨大认识价值，也可以进一步体会作者的知识、智慧及其喜怒哀乐。

三 古代科学知识的开采和翻译的视域融合

《楚辞》所蕴含的古代科学知识是全人类的财富，但目前大多译文只是从原文的语言层面进行理解和翻译，致使其中不少古代宝贵的科技知识脱离了历史事实和文化背景。如："龟策诚不能知事"（《卜居》L48），如果直接翻译成："*No aid can came from my divining art*"（杨宪益译66），就不能形象地了解到我国古代选用贤人担任卜官，布列蓍草和烧灼龟甲来推定吉凶这一变化无穷的占卜技术。这些蕴藏中华民族智慧的技术在外译过程中需要细致、深入地开采出来，并且通过适合的翻译策略和技巧转化成西方语言，以供广大读者欣赏和了解。

那么，如何在翻译中加强对科学文化知识的考察和开采值得进一步思考。既然古代科技是传统民族文化系统中的不可分割的一部分，就绝不仅仅是一些简单概念或物质名称，它们具有语言的指称意义，有固定的内涵，又具有文化属性，在整体上与中国传统文化的其他子系统有内在的关联，同时，还具有较明显的传递科技信息的功能，西方读者只有通过对译文的阅读来认知这些功能并产生交际，翻译才能达到文化传播的目的。由此可见，对这些古代科学知识的翻译力求以整体上达到文本的历史视域、文化视域和功能视域的多重融合为最佳策略。

古代科学文化因素在特定的历史背景中都有相对固定的指称意义，但是在诗歌文学中又具有隐蔽性，在阅读理解中很难透视到这种诗学范围。由于作者的原始视域相对稳定与明确，译者需要扩大自己的视域，以便观察到语言文化的独特内涵，探索其本质、特点及文化功能，在文化的理解和翻译过程中达到与文本的历史视域融合，这两种视域融合也是原作视域和译者视域的融合。考察前面的一些例证分析可以发现，由于作品年代久远，译者的身份等诸多原因，《楚辞》的英译在某些情况下尚未在这一层面达到视域融合，有待于与楚辞学专家的合作来拓展译者的复合视域。

要探究《楚辞》中的科学知识信息的功能意义，反映出文学语言与其表达的功能意义之间的关联并恰当地予以传递，给读者一个客观和专业的认知视域，使作者、译者和读者的视域发生融合，这也是文化因素在指称意义、文化意义和功能意义的视域融合。这三种视域的融合不可能是完全重合，在融合中会出现相互包容或排他的现象，如作者的表达有时具有虚构和想象性，掺杂有作者个人的主观感情色彩和倾向，而科学技术知识基本是立足于客观事物的，译者必须"潜回"到特定的历史阶段，辨别其中的指称意义，以及作者赋予它们的文化内涵和功能，然后又要从历史中摆脱出来，认知这些指称的科技信息并加以信息处理，使其顺利达到信息接受者。那么，在翻译策略上，采用音译加功能性修饰词语这种实名认知，如果需要的话，再进行简明的专门性解释，这种综合整合方式比较容易使读者视域与作者视域在语言、文化、科学各层次产生对接，力求做到多重视域的融合。

第三节　深层思想意识系统文化因素的英译

《楚辞》是中国古代文明的产物，有其独具魅力的精神文化特质和价值，文本所表现出来的宗教思想、历史观点、政治理论、哲学思想、道德情操等深层文化范畴体现了楚国的社会意识形态。本节考察《楚辞》所包含的宗教和神话、政治意识和哲学思想等深层文化系统的几个子项的翻译情况。

一 神话、宗教的英译

文化人类学家爱德华·泰勒认为："研究古典神话的价值，不在于神话本身的内容，而在对其形成时代的思想提供文物鉴定式的证据。"（275）《楚辞》是中国神话的渊薮，仅涉及的神话人物、神地、神物就有上百种。这些神话诞生和发展于中原大地这一母体，蕴含着民族的思维、艺术、宗教的精神内质，与希腊、罗马等西方神话中的众神有截然不同的神格和体系，在翻译中应从宏观上把握中国神话的象征性或隐喻性思维，避免简单生硬地对应西方神话意象。

例如，《天问》中的一句："女娲有体，孰制匠之"。"女娲"在我国神话中是中华民族的始祖，她创造了人类，化育了万物①。这一形象起源于先民们对这一神秘的灵异动物的惧怕和崇拜，结合自己的模样来塑造自己的祖先，被描绘成人首蛇身。许渊冲译为"snake queen"，形象而又直接。但是，对这一意象，西方读者眼前容易浮现的是西方宗教意义系统，让人联想到伊甸园古蛇撒旦。在《新约圣经》中，他具备"诱惑者"和"骗子"的形象，作为恶魔之王诱惑人类（比如，诱惑亚当和夏娃吃下禁果、诱惑约伯等）犯罪，然后被投入"火湖"之中。卓振英重组了中西的神话意象，译为"Nuwa-a serpent with a human face"（人首的神蛇女娲），找出了二者在体型和神性上的共性，但是，二者的感情色彩还是迥然相异。《圣经》中记载"Serpent"是魔鬼撒旦的化身，而"女娲"是人类的创造者和拯救者，二者在深层意义中没有间性。霍克斯音译为："Nu Wa"，消解了宗教神话内容，但在脚注中给予了一定的弥补："Nu Wa had a snake's tail instead of legs"（51），这种翻译策略相对来说更符合我国神话的原型，如果要进一步诠释出这一神话人物的深层意义而又易于

---

① 《山海经·大荒西经》郭璞注："女娲，古神女而帝者，人面蛇身，一日中七十变。"《说文解字》："娲，古之神圣女，化万物者也"。据学者研究表明："也，女阴也"，表明蛇和女性的生殖崇拜文化有关。http：//www. gushiwen. org/GuShiWen_ eedf983cf9. aspx。

对接中西的神话要素，译成："Nuwa，the creator with snake tail"不失为可行的方法，因为在基督教的传统中，上帝是创造之源，创造了人类，人们把上帝称为"the maker""the creator"，正好对应"女娲"在中国神话中的地位和职能。这一翻译重组和通融了两种文化相关联的意义之处，体现了跨文化交际中的整合功能。

我国古代神话基本上反映了"人神合一""民神杂糅"的思维模式，楚辞的诸多作品中涉及的神话除了具有这一具象思维外，在作品中还具有深厚的指涉隐喻的意义，作者为了表达一定的情感需要而选取相关联的文学语言表达，重在表现具象后面的精神内质。诚如王逸所言："灵修美人，以媲于君；宓妃佚女，以譬贤臣；虬龙鸾凤，以托君子；飘风云霓，以为小人。"① 表达了楚辞神话思维与文学隐喻的混同认知模式。试看以下例证及英译：

> 乘骐骥以驰骋兮，来吾导夫先路。
> 昔三后之纯粹兮，固众芳之所在；（《离骚》L23-26）
> *I have harnessed brave coursers for you to gallop forth with*；
> *Come，let me go before and show you the way*！
> *The three kings of old were most pure and perfect*；
> *Then indeed fragrant flowers had their proper place.*（霍克斯译）
>
> *By driving the best steeds，she could make haste*，
> *And come to let me show the way ahead.*
> *The three wise kings of old were true and pure*，
> *When all good men their own right places found.*（林文庆译）
>
> *Riding a chariot drawn by coursers fleet to speed.*

---

① 王逸：《楚辞章句》，洪兴祖补注：《楚辞章句补注》，吉林人民出版社2005年版，第3页。

Come，let me hold the bridle and guide You for Your day！

The Purity of the three renowned chiefs of old

Had destined erst th' assemblage of sagacious aids；（孙大雨译）

"骐骥"在中国神话中指千里马，常用于比喻天生志向远大的人才，"三后"指我国神话传说的中"三王五帝"中的"三王"，皆为贤能的首领。霍克斯、林文庆与孙大雨分别使用"*brave courser*"（勇敢的骏马）、"*best steed*"（最好的骏马）、"*coursers*"（骏马）来表示这一神话中的动物，使这一形象带有明显的褒义和积极的色彩。但是"骐骥"的神性和喻义在孙大雨的译文中得到显性突出。孙译用"*fleet to speed*"来强化这一良马疾驰之超凡形象，并在后注中指出："coursers 骐骥，象征良好的品德和智慧"①，也显现了作者具有愿意为楚王开拓圣贤之路的政治理想和价值取向。然后孙大雨又在下文中对"三王"的美誉声望（renowned）及睿智（sagacious）进行渲染，使读者在阅读之后能够感受到君圣臣贤的理想政治模式。

《楚辞》中很多涉及宗教活动的语篇都具有文化隐喻意义，代表了长江流域的人们在特定历史下对大自然的幼稚解释和某些超自然的幻想。这种深层文化意识与西方的宗教价值标准、观念存在一定的差异，在翻译中的简单的归化或者异化对应很难激发读者的想象，甚至会引起文化冲突，因此，在翻译中有时还需要进行二者的调和，才能使读者了解并接受原始东方宗教文化特色。

例如，"招魂"是民间传说中通过某种神秘的手段招回死者亡魂，或将死者出走的游魂招回来的仪式。对于《招魂》这一诗名的英译，杨宪益、卓振英、许渊冲都移植了西方基督教的词语"Requiem"（追思弥撒，安魂曲），试图连接中西关于"招魂"这一宗教文化的关联点。"Requiem"是天主教会为悼念逝者举行的弥撒，可缩短死

---

① "coursers 骐骥，coursers *or steeds that stand for fair virtues and wisdom*"，孙大雨《英译屈原诗选》，上海外语教育出版社 2007 年版，第 474 页。

者炼狱的日子，令逝者更早进入天国。而《楚辞》中的"招魂"，是通过上帝与巫阳的对话，招回将死者楚怀王之生魂，① 表现出作者迫切希望楚怀王复活归国行政，重拾君臣遇合境界的心情，而并非超度亡灵。霍克斯通过意译和音译重构译为："*The Summons of the Soul (Chao Hun)*"（对灵魂的召唤），虽然带有明显的基督教文化取向（"soul"属于基督教的词汇，如西方的万灵节"all souls day"），但是，比较贴近作者真实意图，表明屈原对楚怀王的深厚感情，希望楚怀王复活的迫切之感，说明两种宗教之间是有间性的，霍译在一定程度上维护了中国宗教文化中的特有内涵，西方读者容易心领神会。

对于《九歌》这一具有强烈原始宗教意识色彩的作品，译者在翻译时的文化立场也各有侧重。韦利译本虽然定位为对中国古代"巫"文化的研究，但是他的译文渗透较明显的基督教的色彩和意识。如：

思灵保兮贤姱，*A clever and beautiful Spirit-guardian*，

翾飞兮翠曾，*lightly fluttering on halcyon wings*，

展诗兮会舞，*verse chanted to fit the dance*，

（《东君》，L14–16）

青云衣兮白霓裳，*coat of blue cloud，skirt of white rainbow*，

……

撰余辔兮高驰翔，*and bow in hand plunge into the abyss.*

（《东君》，L19，L23）

---

① 近世以来，研究者重视司马迁的提示，多主张《招魂》为屈原所作，招的是楚怀王的生魂。钱锺书《管锥编（第二册）》云："玩索巫阳对上帝之语，似当时信息，以生魂别于死魂，招徕各有司存，不容越俎。《招魂》所招，自为生魂。"关于《招魂》的作者，历来存在争论。王逸在《楚辞章句》称《招魂》作者是宋玉，因哀怜屈原"魂魄放佚"，因作以招其生魂。朱熹在《楚辞集注》云："宋玉哀闵屈原无罪放逐，恐其魂魄离散而不复还，遂因国俗，托帝命，假巫语以招之。"但西汉中，司马迁作《史记》，在《屈原贾生列传》中，将《招魂》与《离骚》、《天问》、《哀郢》并列，并说读了这些作品，而"悲其（指屈原）志"，明显将《招魂》定为屈原作品。

译文中的"Spirit-guardian"（守护圣灵）、"halcyon"（太平鸟）、"chant"（圣歌）、"rainbow"（虹）、"abyss"（炼狱）等都是西方基督教的宗教词语和意象，宛如将读者带入西方基督教的语境之中。而这个语境的文化意识不可能与原文语境的一致，如："灵保"是指形态各异、具有各种巫术的群巫①，而非韦利译的"Spirit-guardian"（灵魂守护者）、霍译的"priestesses"（女祭司）或是孙译的"Sibyll"（西比尔，西方神话中善于预测的女巫）。而西方精灵唱圣歌的情景"verse chanted to fit the dance"能否与中国古代祭祀场所群巫边唱边跳的欢腾热闹场面相似，在文化功能上又是否相同，不言而喻。

中国的儒释道教追求天人合一的关系，而西方宗教的基本是神创说，原罪救赎说，天堂地狱说，更多的是以神为本的精神。但是，东西方宗教不管是天人合一还是天人相分，都是一种文化隐喻思维，"其深层结构就是其历史性和政治性并在历史中产生、变迁，通过政治朝着神话发展"（弗莱72）。比如，托马斯·斯特尔那斯·艾略特（T. S. Eliot）的《荒原》在系列复杂的隐喻背后隐藏着一条基督教的主线，即"犯罪—上帝离弃—惩罚—救赎"的模式框架，被认为是诗人"为西方社会开出了走出困境的药方"（梁工165）；约翰·弥尔顿（John Milton）将撒旦塑造成一个不愿做奴仆，不向上帝折腰的革命英雄形象，等等，其实也是作者为了突出其政治意图。

《楚辞》中的原始宗教寓意深远，屈原一方面展现了古代宗教文化，另一方面又超越了宗教意识而显示出诗人深沉的政治情怀和道德情操。从整体上来看，屈原诗歌普遍都弥漫着那种失意和无奈的基调，载歌载舞、热闹欢腾的宗教祭祀场面亦表达了诗人的明志和感叹，如："思夫君兮太息，极劳心兮忡忡"（《云中君，L13-14》），"结桂枝兮延伫，羌愈思兮愁人"（《大司命》，L23-24），"袅袅兮秋

---

① 根据《后汉书·马融列传》，灵保是指能够具有"导鬼区，径神场，诏灵保，召方相，驱厉疫，走蜮祥"的神巫，王国维《宋元戏曲考》一："盖群巫之中，必有象神之衣服形貌动作者，而视为神之所冯依，故谓之曰灵，或谓之灵保。"王国维：《宋元戏曲考》，中国戏剧出版社1999年版，第1页。

风，洞庭波兮木叶下"（《湘夫人》，L3-4），"风飒飒兮木萧萧，思
公子兮徒离忧"（《山鬼》，L26-27）等，都表达了诗人"因彼事神
之心，以寄吾忠君爱国眷恋不忘之意"（朱熹10）。这些句子表现的
宗教文化内容与西方宗教不同，但是人类对历史和政治意识是可以达
到相互理解的，在翻译转换中立足儒家以"天人合一"为最高境界
的理念，对作品中宗教活动进行解析，接通中西政治意识形态的思
想，不失为理解和翻译《楚辞》中宗教信息的整体维度。

二　政治意识、哲学思想的英译

战国中期以后，政治形势和百家思想开始倾向融合，屈原的思想
也融汇了道家和儒家的成分，在政治上忠君、爱民、爱社稷，在思想
上具有积极探索真理的朴实唯物观。这些信仰和思想也反映了楚人的
个人和群体的深层社会意识，而这些思想意识在翻译中是否得到顺利
的发掘和传递？采用怎样的翻译策略才能合理地呈现这些深层思想？
值得思考与探索实践。

屈原政治思想的最强音是"忠君""美政""爱民"，其美政最高
境界是实行清明的政治，尧、舜等明君的治国方法和贤臣辅佐而施仁
政是诗人心目中最理想的政体。诗人在诗文中毫不含糊地宣告了他希
望按前人最优越的模式来领导和执政的初衷。如："年岁虽少，可师
长兮，行比伯夷，置以为像兮"（《橘颂》，L33-36）；"举贤而授能
兮，循绳墨而不颇"（《离骚》，L163-164）。这种明宣政治主张的诗
文基本上容易得到准确的传递。但是在很多场合诗人讲求"立象以尽
意"，借助客观外物表达政治思想理念，用各种男女、花草等关系来
隐喻君臣模式和合作意识，为翻译增加了难度。如：

> 余既滋兰之九畹兮，又树蕙之百亩，
> 畦留夷与揭车兮，杂杜衡与芳芷。
> *I've planted full nine woan of eupatories sweet,*
> *And raised a hundred mou of fragrant coumarous,*

Together with fifty of liou-yih and chi-chü,
And asarums and angelicas fresh and new.

（《离骚》，L49-53，孙大雨译）

　　此节表达了作者希望那些"众芳"能承担起挽救国家的历史使命，从臣的角度来忠君从而达到爱国、兴国的实质目的。但是，作者这一政治理念深隐于浪漫的诗文之中，很难通过翻译呈现出来，如果翻译过于直白，太暴露其政治色彩，往往会使译文变成政治报告而丢失诗文的美学上的魅力。对这一节各位译者基本上是忠实地一字一词做了词语概念意义上的对等英译，即使是孙大雨这位高歌屈原的政治道德的译者，亦是尽量保持诗句的浪漫色彩，仅进行语言表层的对等转换，未能揭示其深层的思想内涵，很难让西方读者拿捏其中的思想深度。

　　屈原是一位具有远见卓识的政治家，他在诗文中所表现的忠君爱国、美政爱民思想对当今我国政治领域，包括祖国的统一、人民的团结、国家的振兴等具有现实意义。因此，译者在翻译中有必要呈现这一中华民族几千年所追求的政治理想于文中或文外，使西方读者明白中国屹立于世界之林而获得日益发展的政治精神。

　　由于文史哲贯通一体，中国古典文学也成了传承几千年的哲学思想的载体。《楚辞》荟萃了先秦诸家丰富的哲学思想。儒家的天人合一、中庸之道，道家的道法自然、有无相生，墨家的兼爱非攻、摩顶放踵利天下等各种深层意识形态的认识论和方法论被奇丽的文学艺术所掩饰，很难在跨文化的翻译中得到准确诠释和传递，需要译者的真知灼见和深厚的哲学解析能力才不至于流于文字表面意义的理解。如："沧浪之水清兮，可以濯吾缨，沧浪之水浊兮，可以濯吾足"（《渔夫》，L30-33），诗中的渔夫思想就是中国古代士大夫阶层"有道则见，无道则隐"的人生可进可退的处世哲学，这一深层意识不经转换或者进一步诠释，即使是国人尚且不能神会其意，更别说具有不同思维方式的西方读者能否理解了。

中国儒家思想精髓之一就是中庸之道。朱熹不止一次地抱憾屈原缺乏克己和中庸之道。其实，深受儒家思想影响的屈原并非不懂中庸之道，而是在战国充满动乱和阴谋的社会条件下，一位具有伟大人格的政治家很难克己而恪守中庸，但是这并不影响诗人在主观上追求中庸之道的愿望和在诗中不止一次地探讨这种人生哲学。试比较下句英译文：

依前圣以节中兮，喟凭心而历兹（《离骚》，L143-144）

I look to the sages of old for inward guidance：

So，sighing with a bursting heart，I endure these trials.（霍克斯译）

I follow the sages of ancient day，oh！

I judge by heart from fall to spring.（许渊冲译）

I keep the middle way of sages old.

Oh！Vexed indeed's my heart to pass these swamps.（林文庆译）

I always tread the middle course of sages of yore；

Alas！At this，mine heart is so choked sore with wroth：（孙大雨译）

显而易见，西方学者霍克斯对"中庸"思想未能充分理解和诠释到位，"inward guidance"（内在的指引）一词较笼统，并未解释其中包含的具体"节其中和、执两用中"的思想。同样，国内译者许渊冲译为"the sages of ancient day"，也未能明确陈述先圣的节中之哲学思想。林文庆深谙儒家中庸思想，在译文中明确指出诗人很难逾越"middle way"这一"困境"，虽然他期望着圣贤们指教一条中庸之道（He depends upon the teaching of the sages to keep to the via media，

136)。孙大雨也充分领悟到"节中"的哲学意义，在翻译中用
"tread the middle course" 来表明诗人本愿效仿先圣们在修己治人方面
的忠恕宽容，节制性情，而身处艰难的政治环境，满腔爱国之心无法
使其慎独自修，所以心中既悲愤填膺又无可奈何。

　　道家追求"道法自然""无为"在《楚辞》中也闪烁着朴素的唯
物世界观的光芒。屈原的"超无为"比老子"无为"境界更高一筹，
是要顺天之时，随地之性，因人之心，实现万物和谐的唯物思想。比
较下面几位译者对下句反映道家精神的例句英译：

　　　　超无为以至清兮，与泰初而为邻。(《远游》L177-178)。
　　　　Transcending Inaction, I came to Purity,
　　　　And entered the neighbourhood of the Great Beginning.
　　　　注：*Taoist concept of state in which no discrete forms exist.*
(霍译)

　　　　I transcend inaction to Purity, oh!
　　　　Then I come near the Realm of Unity. (许译)

　　　　Superseding inertness and arriving
　　　　At utter purity,
　　　　I come to inhere very next neighbouring
　　　　To Primitive Prime. (孙译)

　　　　Transcendentally I remain tranquil,
　　　　And'tis with Chaos I myself unite! (卓译)

　　几位译者的译文都使用了"Transcending Inaction"（超越无为）
或"Superseding inertness"（替代无为）之类的表达，基本上表现了
作者不愿随波逐流，而是在无为之中广行有为，超越有为，抵达"至

清"这一玄妙境界的道家精神。

道家的"至清"跟天地未分以前的"泰初"元气一样，是指一种极清静平和的境界。诗人由于理想遭挫，人格被践踏，沉重压力和痛苦情感的抑郁需要得到解脱，精神需要得到平复，于是选择超尘避世的人生观，即与混沌未开的宇宙天地融为一体，即无天无地、无见无闻的道法自然境界，这也是道家哲学的本质特征。霍克斯、许渊冲和孙大雨都使用了"purity"（纯净）来对应，"purity"是基督教强调的圣洁，涤净罪恶的人只有通过耶稣才能到达耶和华的圣洁和永恒，突出的是"犯罪—救赎—回归圣洁"这一轨迹，明显与诗人的人生轨迹和追求不相符。相对来说，卓振英译的"tranquil"（静谧之境）比较贴近这一意境，与下句的"chaos"（混乱）相对，更接近诗人追求人与自然高度和谐这一"天人合一"的哲学内涵，也从侧面反映了当时社会黑暗，人民处于灾难之中，渴望寻求平静的神仙生活。

中国古代的政治、哲学等深层意识接近民族心理和文化思维的内核，这是基本的文化事实，从根本上来说，这些文化意识是不能被违背或者隐藏的。在翻译中，只有在对这些特殊和复杂的真实文化内容准确、完整、可靠的理解基础上，才能进一步讲究作品的艺术性和诗学功能。

三　建立深层文化的间性

《楚辞》中的政治、伦理、思想、哲学等深层文化反映了中华民族的思想根基，在翻译时如何架通这类中西深层文化方面互通的桥梁是译者不可回避的重要问题之一。综观各译本的表现，由于翻译视角不一，翻译目的不同，一些译者往往倾向于不作变动，侧重异化策略或直译方法，按原著的"本来面目"对等语言的表达，这样能避免对源语语言艺术的破坏，但是对等的语言并不能保证作品的内蕴也能对等，原著中作者的思想和意图很难揭示出来，往往造成异域读者理解困难；孙大雨、林文庆等更多地采用异化加注的方法，复原源语的意义，希望保持文化的整体原味，但是翻译的难度很大，毕竟《楚辞》是一种"诗言志、歌永言、声依永、律和声"的文学艺术作品，孙大雨甚至花了很大篇幅对原作进行丰厚的背景分析，其目的在于帮助读者理解作品的深层意义，但是这种丰厚翻译对译者来说要求和难度较高，对读者阅读也有一定的压力，其读者接受性有待于进一步考察。

文化的翻译也是一种源语文化和译入语文化间的整合，涵盖超语言的文学形象和文化价值观念在不同文化的主体之间和文本之间的对话和碰撞，"是一种文化精神世界和另一种文化精神世界的可译度"（魏家海 2007：2），那么，如何把握这种可译度，才能使翻译在意义和形式上不会偏离原作很远？文化人类学整体论认为，在不同文化间文化因素的交流、碰撞、借鉴和融合过程中，不仅要看到事物的表面现象，更需要看到事物的内在联系。那么，要求译者在对某些文化因素的翻译时要建立两种不同文化的内在关联点，把注意力放在二者最能建立平衡关联的文化间性部分上。文化翻译的"间性"活动，关注的不是源语和目的语的二元对立，而是两种文化相遇互动过程中冲突、融合，并发生重组的那部分间性特质。这种不同文化交叉重叠的部分既不属于源语文化，也不属于译入语文化，而是"交互文化性"。"正是这种间性，即翻译与再协商的重要地位，这种居间空间，承载着文化的意义重荷"（Bahabha 32）。

"翻译活动，从间性视角看，可以认为是一种间性的复制和间性的创造。"（魏瑾 127）按照这一文化间性翻译策略，主要采用文化翻译的间性复制和间性创造两种方法。前者通过移植和补偿，在译文中再现作品的复合间性和保持原作的忠实。但是，采用音译和直译等比较直接的文化移植方法，将其中的概念引入到译入语文化之中，在大多情况下可以普遍使用，但在典籍翻译中，尤其是深层文化的诠释中，这种机械对等的异化不一定能更完整地表达出原文中抽象深远的深层文化负载意义。有的译者（如霍克斯、林文庆、孙大雨等）还倾向于采用各类文内、文外注释等补偿手段来实现其文化内涵的移植。例如：

芳 与 泽 其 杂 糅 兮，*Things aromatic and lustrous are herein mixed*;

惟 昭 质 其 犹 未 亏。*My bright, pure qualities are as they used to be.*

（《离骚》，L121-122，孙大雨译）

此诗句说明了"清者自清，浊者自浊"儒家道德哲学标准。孙译采用"bright"、"pure qualities"等词语在译文中表现了诗人虽与污浊杂糅，但依旧明洁清芳的品质，在尾注中引用朱熹"道行则兼善天下，不用则独善其身"的思想来做出进一步的诠释，指出"这是当时的道德传统：闪光的东西会消退或内隐，但是光明纯洁的品质不会减少和夺走"①。这种文化的复制方法为源语文化表达形式提供了文化解释性信息，厚化了文化信息，缩小了文化间性，拓宽了读者对中国古代意识世界的认识视野，不失为一种有效的翻译手段。

文化的间性创造倾向于变动其中的表层和深层文化因素，这种创造往往反映了译者和读者主体意识的要求。根据文化人类学的普适性原则，人类的深层思想意识具有许多共同的体验，在翻译中是能够建立两种语言间深层文化间性的，要求译者在翻译中必须有整合观念，能集合源语文化和译语文化，在动态翻译过程中根据交际语境的需要来捕捉间性因子，顺应性地对异质的观念进行调和，选择增译、减译、替换、改译、变体等策略对原文进行创造性变通。间性创造避免翻译的机械复制，有助于温故纳新，增强作品的文化活力，使译文进入一个新视野之中，这样转化所创造的文化意识具有普遍价值，更容易为全人类所共同享用。但是间性的构建和翻译对译者的文化能力要求很高，译者需要有充分的中西文化准备知识，成为一个楚辞专家、

---

① "This was in the best tradition of the virtuous of this land. ' These glittering qualities may recede and become self-contained, but not the least lessened or despoiled—if the Way could hold away through him, the world would be benefitted; if it were prevented from so doing, one should elevate oneself alone. " 孙大雨：《英译屈原诗选》，上海外语教育出版社 2007 年版，第 483 页。

文学家（诗人）、翻译家等综合体，才可能把握文化的整体关联，创造出历久不衰的经典译作。

　　无论是间性复制还是间性创造，在《楚辞》翻译中首先要具有开采和传承深层文化的意识，在此基础上，对作品整个深层文化语境要有根性认识和全局的观照，然后，接通中西方这部分深层文化系统的共核。比如，屈原的"长太息以掩涕兮，哀民生之多艰"的民本思想与西方民主思想，屈原的君圣臣贤的美政模式与西方帝国的精英贵族政治等在很大程度上具有相近相通之处。从更大范围寻找，基督教的"博爱"与中国古代的墨家"兼爱"、儒家的"仁爱"都反映了全人类对和谐伦理的追求；基督教表现在上帝面前人人平等的"平等观"，与老子的"天道""无为"的平等观，孔子的"人道"平等观，墨子的"交相利，兼相爱"的社会平等观都代表了普通人民的终极的朴素理想，是具有文化共核的。西方中世纪的基督教、东方的佛教、道家的道教，都强调节制欲望和享乐，实现道德的自我完善，这些思想也具有家族相似性，相互交融构成了世界宗教道德文化体系。寻求能复制或变化转移的共性空间，对两种文化之间的间性的特质进行合理构筑，实现间性的传递是实现楚辞深层文化交际，推动楚辞文化成功地走向世界的重要思路之一。

第四节　小结

　　通过对《楚辞》文化的表层物质技术系统、中层社会科学系统和深层思想意识系统等各层面文化的翻译研究，发现对于文化的表层技术系统因素的翻译，不管是采取直译还是意译，译者基本上采用的是忠实传译的策略，保持了原文的指称意义，而对其中隐蔽的多层面意义的民俗和深层文化内涵挖掘不深。对于中层社会文化系统的因素的翻译，在文化功能上倾向于偏失，尚未能全面复原和传承这些功能，应以整体上多重融合其中历史视域、文化视域和功能视域为最佳策略。对于深层文化意识系统，在翻译中译者翻译方法不一，西方译者更多采用归化的手段，孙大雨等国内译者倾向于文化的保真，但总的来说，在翻译中还有待于完善这一层次的内容，在保证内容准确的基础上，寻求两种文化的间性，对原文中的异质观念进行适当的变动、调和或重构，使之有利于翻译的可理解性。

通过对《楚辞》的表层、中层和深层文化系统的英译观察和分析，还可以获得以下三点启发：

1. 重视源语文本思想整体性，挖掘源语文本文化从表层到深层的多层意义，才足以使翻译传递源语文化的原旨，使典籍英译实现其文化输出使命。因此，源语文本的思想整体性和源语文本文化意义的多层阐释是《楚辞》的本体翻译首要要求。

2. 鉴于对《楚辞》文化三个层面的主题翻译研究，发现《楚辞》部分英译文本信息流失严重，导致译文在深度和文化魅力方面落后于原文。虽然要做到将文化的方方面面都进行传译具有一定难度，但是，译者不能忽略原作中丰富而宝贵的多科价值，应该结合现代楚辞学的研究成果，来最大限度地开采和保护这些能彰显中华历史的文化知识资源。

3. 《楚辞》的翻译对译者提出了更高的要求。译者必须有学贯中西的文化造诣，也必须有楚辞学专家的源语准备知识，有人类学家的观察研究视野和中介功能，也有文学家（尤其是诗人）的语言情感表达艺术，是一个多重身份的复合体。虽然前辈们的《楚辞》作品英译成就斐然，然而，在文化整体论视角下，只有综合各种相关的主体资源，联合起来，分工合作，才能产生不朽的经典译著。

第五章

关于典籍翻译的思考

典籍英译是中国文化对外传播不可或缺的部分。《楚辞》作为古代人类文化的一个特定场域，它的英译不只是个案的翻译行为，而是对中华典籍文学翻译的全局都具有影响和参考价值。现有的《楚辞》各英译本虽然都具有其独特价值，但在整体上来说尚待完善，这与原文本立意深远的特征、翻译的视角与方法、译者的主体文化不同等多方面有关，因此，本章基于文化人类学整体论视角下《楚辞》英译的研究，探讨典籍英译的实质、翻译的视角、翻译策略、译者的主体文化等方面，旨在对中国典籍翻译理论建设进行积极的思考。

第一节　共享和传承：典籍翻译的意义

文化人类学认为："文化是一个共享且经过协商的意义体系。"（黄淑娉、龚佩华，2004：21）虽然人们的信仰和行为准则都来自特定的社会环境，文化特征的表现形式也各不相同，但是它们的价值是相同的，它们不仅被一个群体、一个社会所认识和享有，而且可以被全人类共享和传承。近年来，国内强调"文化输出"的国策得到了积极的响应，中国的优秀文化正逐步推向世界。在这一跨文化交流背景下，典籍作品的可共享、可习得、可传承、可变迁的特性日益明确，典籍翻译在实质上具有作者、读者、译者对特定文化资源的共享和传承的意义。

一　作者对作品共享和传承的期待

共享和传承应该是作者创作的主要目的之一。作者作为整个翻译流程的内容提供源，在创作中一般都有用文艺的心去呼唤人类的理性和感受，通过流淌的文字来抒发感情，展示当时个人及社会的核心价值和信念系统，使其倾注于作品中的情感和个人体验获得理解和分享。比如，屈原创作《楚辞》的重要动机首先是抒发自己的情怀并寻求相应的共鸣和理解，使预期的读者认识和理解作者以生命为代价所表现出的人格、精神气质和政治思想。作者在诗歌中所表现出来的追求光明、坚持真理、热爱祖国的献身精神和顽强意志，实际上已经化为巨大的精神力量，激励和鼓舞着后人，成为中华民族精神和传统的重要内涵，这也是诗人创作目的最理想的展示和实现，更需要通过翻译使其进入更广泛的普世价值体系之中去。

典籍翻译也是作者走出具有历史局限性的空间和社会圈层，实现个人价值的必要途径。古今的许多经典作品，如中国的《史记》《文心雕龙》《红楼梦》《三国演义》，西方的《神曲》《堂·吉诃德》《双城记》《红与黑》等，造就了像司马迁、刘勰、曹雪芹、罗贯中、但丁、塞万提斯、狄更斯、司汤达等一批批千古流芳、名扬四海的文豪。《楚辞》的作者屈原也成了我国浪漫主义诗歌传统的奠基人，他的才华和思想影响着一代代追随者，成为后世诗人和辞赋家的百世不二的始祖。凭借《楚辞》这一经典巨著，他的影响力亦超越了国界，1953 年，被世界和平理事会定为四大文化名人之一，为中国文学和文化对外传播起到非常重要的作用。

作者最喜闻乐见的莫过于自己创作的作品得到后人欣赏和理解，传流千古获得传承和发扬。我们可以看到，屈原创作的独具个性、风格迤逦、词彩熠然、亦歌亦诗的诗歌文学《楚辞》，已成为中国文学中的绚丽奇葩，世世代代为千万世人所模仿、追崇、研究并进行翻译，使之进入世界文学之林为全人类所欣赏，这也是作者屈原诗歌创作价值的最大实现度。

二 读者对作品共享和传承的需求

从读者的角度来说，"共享"源语文化首先在于从阅读译文中了解异域文化，拓展知识的视野。中国古代典籍"就是属于中国文化资本的文本"（汪榕培、王宏 2），它是无形的，却有着强大的精神力量和价值。它覆盖文、史、哲三科，兼顾儒、释、道三教，包括了《诗经》《楚辞》《论语》与唐诗宋词等经典文学，还包括了经、史、子、集等重要国学文献，基本上能反映出我国传统国学的义理之学、经世之学、辞章之学、考据之学等各个方面的思想和成就，也是人类文明史上富具魅力的风景之一。读者如果从译作中将作者所呈现的知识融入自己的知识之中，无疑会对提升自己的文学和文化素养、拓展自己的文化视野具有积极作用。在文化交流和信息发展加快的当今时代，读者对异文化的了解途径越加丰富，文化视域已经获得大大拓展，因此，通过外来文化来满足他们文化猎异的兴趣和扩大认知视野，是读者共享文化资源的主要途径之一。

其次，读者通过与作者的对话，了解作者的思想意图与艺术风格，在心灵中获得与作者相似的体验，并且领略到作者的艺术创作水平。作者和读者之间的关系是一种人与人之间，生命与生命之间在认知和情感方面的互动。作者通过创作贴近人生、贴近人性的作品来打动读者，展示赋予其中的人文精神，使所呈现的原文的面貌能够迎合读者的喜好和满足读者的文化体验心理，读者也就能更好地帮助其实现共享和传承文学典籍作品的功能，作品也因此而获得更好的接受、认知和发展。

除了具有文化共享和需求外，读者还能起到翻译批评的作用。通过对译文的阅读，能够产生对译文和翻译质量的评价。他们的接受、理解和批评等反馈能直接证明译本的成功与否，从而引导译者调整翻译的策略，更换翻译的方式，以满足读者的共享要求，从而促进原作在翻译和异域传播方面得到进一步提升。

三　弘扬和传承中国传统文化的需要

中国典籍作品以其丰富的语言表现形式、深刻的文化内涵和无限的艺术魅力成为中国乃至世界文化中弥足珍贵的财富。典籍作品作为源文本，源语的语言规范、文化习俗、思维方式等文化特质等都是特定社会历史背景下的产物，翻译是其突破画地为牢的局限，获得进一步的发展和创新的途径。诚如季羡林所说："中华文化之所以能永葆青春，万应良药就是翻译。"（2）翻译是一种跨文化活动，不同的文化资本，主要通过翻译得以传输、扩散和调节。通过翻译，促进我国传统经典文化与世界文化的比较和联系，从而弘扬了我国的传统文化。传统文化在通过翻译进行重构后，进入了一个异域和现代化的新视野，在这个新的视野中，典籍作品不再是"古董"，而是与时俱进的充满活力的文化，其中一部分文化可以转变成现代的精神和社会习俗、伦理规范等。比如，我国端午节的挂菖蒲、饮雄黄、赛龙舟的风俗就是现代生活对传统文化的传承，而通过翻译传播出去，更会促进这一文化的普遍价值，为本民族和全人类所享有。

古为今用，中为西用，典籍作品通过翻译使其文化内涵得到更广深的开发和普及，更广泛地展现了历史文本的生命活力。中华文明源远流长，博大精深，作为中华民族精髓的中国典籍是全人类共同的宝贵财富，把这一财富介绍给世界各国人民，也是中国文化发展的要求。《楚辞》所代表的长江文明，堪称当时东方大地乃至世界范围最有创造力、最富有奇幻的审美意味的一种文明，通过作者的创作，译者的传递，使其包含的理学、哲学、宗教等内容进入翻译流程，促使西方读者能够分享中华文明。

通过翻译，还可以促进典籍文化获得新的发展和生命力。《楚辞》是植根于楚文化的沃土、汲取中原文化营养的文化财富，具有大量的民歌、巫歌、方言和地方音乐，在内容上描写了楚地的江湖山川、人情风俗习惯，以及诗人追求美政、遭罹谗毁而坚贞不屈的政治抱负和高尚情操。尤其是作品所反映的风物民俗、宗教神话、政治经济、哲学伦理等文化，具有鲜明的民族文化个性，可以融入世界文化中去产生互补。比如，原文所反映的"天人合一"的宗教思想，表示我国古代对人、神的关系追求的是现实和理想的统一，这与基督教把上帝看作是终极的神，对神的绝对服从的文化心理不大相同，这种文化的差异实际上也可以与西方宗教产生互补关系，通过翻译使本土文化进入全球普世价值体系中去。

在西方语境中，读者对中国国学的关注以及他们的期待视野会产生对我国传统文化的反哺作用。随着文化的共享和传承，西方读者对我国文化的认识和理解水平会不断提升，从而产生对作品的学术或艺术等方面的评价视野。读者对译作的批评、评价、反馈，促进译者不断地认识和迎合读者的需要，通过各种手段深挖作品思想，整合和调适两种文化来满足现代西方读者的期待视野，这种创造性行为产生的新质，就是原作新的价值，使原作突破历史的局限，获得更广泛的共享和传承。

此外，以《楚辞》为代表的典籍作品作为世界性的学问，以超凡的魅力吸引着世世代代的读者，围绕着作品的形式、内容所产生的文学与文化的翻译，包括作者的身份、地位、思想，作品的绘画、音乐、韵律艺术等各方面的翻译、注释和疏解，都是翻译中的创造和补充，这种创造性阐释，更使原作的内涵得到进一步开发和增值，有利于促进中国文化在世界文化中生生不息。

第二节　三维整体："向后站"阐释视角

受不同时期译者诠释视角不同的影响，一些《楚辞》译本对原作创作背景的描述、作品所反映的深层文化信息的挖掘以及作者思想深度的把握等都显得过于表浅或淡化，导致西方读者在获得对源文化清晰而全面的认识方面有一定困难。如杨宪益夫妇的《离骚及屈原的其他诗作》缺乏前言、评论及文内外注解，会造成读者对作品深层理解的困难，霍克斯甚至认为杨译"像蒲伯译的荷马史诗一样，并不是忠于原文"（217）；许渊冲英译《楚辞》在中英文的前言中对屈原的生平和作品进行了简略介绍，但是译者更多注重《楚辞》的语言和形式的"三美"艺术特色，对作品所反映的文化思想深度有待于进一步加强；卓振英英译《楚辞》重视翻译的总体审度，但也缺乏对作品生成背景的介绍和对原作中具有多价意义的文化因素的深层解读。因此，在翻译中需要基于一种整体的视角去发现和阐释原文，对原作的背景、内容、意象、隐喻等要素与远古的历史文化联系起来，从而更深刻、更全面地诠释作品内涵，拓展其英译空间，便于读者能深入地探讨和欣赏译作。

文化人类学家诺斯普洛·弗莱（Northrop Frye）在《批评的解剖：论文四篇》（*Anatomy of Criticism：Four Essays*，1957）一文中以赏画作比喻，为了清楚地看到一件事情的整体组织，提出一种"向后站"（Stand back）的阐释视角，这对典籍的翻译采取怎样的整体阐释视角具有一定的启迪作用：

> 看一幅画，我们可以站在它的近处，分析它的工笔和调色的细节。这大致和文学中"新批评"的分析方法相似。再向后站远一些，整个画面的图案就看的更清楚了；准确地说，我们注重的是画面所表现的内容，在一定意义上，这是读画的最佳距离。这一距离适用于欣赏比如现实主义荷兰画。越往后站，那么我们就越能意识到它的组织结构（82—83）。

这一诠释视角包含三层含义，一是通观"整个画面的图案"；二是后视文化信息的多层"组织结构"；三是内视表象之后的深层"表现内容"，是一种三维整体阐释视角，运用这种整体阐释视角去进行观察典籍作品中的文化意义，能够提供完整的理解和阐释视角，对《楚辞》外译中提升其文化容量和扩大读者的认知视域起着积极作用。

一 通观原作生成背景

文化人类学家在解释某一独特群体或社团的资料时，都把资料与其更广泛的背景联系起来，"……用动态的背景构建来进行解释，人类学试图认识人类社会的所有方面，包括政治、经济、社会组织、婚姻生活、宗教、艺术、及语言技术等"（马广海 7）。在翻译流程中，需要将源文本与其产生的广阔的历史背景视为一个相联系的统一系统，重构真实的历史氛围，使读者通观原文产生的远古历史和社会背景，从而更容易进入现场理解原文，这也是典籍翻译的一个总体审度①。

综观《楚辞》英译，部分译者或多或少，或深或浅在不同程度上做了诗篇的背景分析。林文庆对《离骚》产生的历史背景进行详细的介绍，带领读者远观作品产生的外部语境大舞台，并引用刘勰的《文心雕龙·辨骚》及其英译文来说明屈原的艺术成就和《离骚》的艺术流变。孙大雨在长达303页大篇幅的英文导论中对原作生成的整体背景进行构建，他在翻译中通过长篇导论、丰厚注解以及内外互证等手段把文本与更广阔的历史背景联系起来，从九个部分介绍了《楚辞》发生的政治、经济、社会、思想背景，屈原在中国和世界历史上的地位，以及他的崇拜者、模仿者和评论者等内容，使读者对原文产生的社会背景、作者的思想意识有一整体了解，便于对译文的理解。

除了对典籍文学作品的产生背景、主题、风格进行介绍外，译者还需要对每一叙事背后特定的文化语境进行深层的解析来呈现每一文化负载词语的真实含义，否则，出现把"袅袅兮秋风，洞庭波兮木叶

---

① 总体审度是卓振英在《楚辞》英译中提出来的："在典籍英译中，为了制订正确的翻译策略，翻译出成功的译作，就必须对作者的思想、生平，作品的内容、风格、形体、类别、版本和时代背景，现有英译的各种版本，相关的翻译方法论以及决定预期翻译文本文化定位的社会文化因素等等进行一番深入细致的研究。"卓振英：《典籍英译的决策与审度——以〈楚辞〉为例》，中国英汉语比较研究会第八次全国学术研讨会论文摘要，2008年，第31页。

下","风飒飒兮木萧萧，思公子兮徒离忧"当成并译成白描性的文学语言的现象也就不足为奇了。

《楚辞》中蕴含的宗教神话、历史哲学、道德伦理等深层社会意识都表明诗人人格和政治理想这一主题。冯友兰曾鲜明指出屈原的政治主张和哲学思想为他的文学成就所掩，"他的文学作品也都是以他的政治主张和哲学思想为内容的"（235）。这就要求译者对《楚辞》的整个文化语境进行根性认识和观照，在翻译中接通其政治隐喻这一部分深层共核的文化背景。试比较下句英译：

> 哀高丘之无女。（《离骚》，L218）
>
> *Lamenting there's no virgin on Kao-ch'iu.*（林文庆译）
>
> *On high I find no beauty of my own.*（许渊冲译）
>
> *Because on that high hill there was no fair lady.*（霍克斯译）
>
> *Sad for there is on the plateau no Lady Divine.*（孙大雨译）

"高丘女"指诗文中提到的宓妃、有娀之佚女、虞氏之二姚等，林文庆使用"virgin on Kao-ch'iu"，强调高丘女的圣洁；许渊冲译为"beauty"，重视高丘女的美貌；霍克斯译成"fair lady"，也突出了高丘女的姣美。这几种翻译视角不一，看到高丘女的不同特性，但没有结合中国古代的社会政治背景来看诗人"求女"的实质。在古代中国，一项建立政治同盟非常重要的手段就是"和亲"①，中国古代贵族妇女担当起政治联姻的职能。宓妃、有娀之佚女、虞氏之二姚都是古代贵族妇女，诗人在诗中用以隐指"睿智的国王"。孙大雨在文内强调此女的神圣高贵（divine），并注解诗中的"高丘女"指"意味着他在渴盼有善德的国君"（494）。如果没有中国古代特殊的"和

---

① 《国语·鲁语上》云："夫为四邻之援，结诸侯之信，重之以婚姻，申之以盟誓，固国之艰急是为。"上海师范大学古籍整理研究所校点：《国语·鲁语上》，上海古籍出版社2009年版。

亲"政治文化背景，仅译为"lady""beauty"等，求女就等于"求色"了，就难以认识到屈原确切具有借与有德行的君主联盟来恢复楚国，实现自己的政治抱负的思想本源。

对于译本来说，对原作阐释背景的通观，既还原了词语的文化语境，高扬民族文化的主体性，又突出了译者的主体性和能动性，使读者产生对他族文化的理解和敬意，对促进文化输出具有积极意义。

二 后视多层历史文化信息

叶舒宪在《神话—原型批评》一书中对弗莱的"向后站"理论进行了这样的理解："在文学批评中，批评家也时常需要从诗歌'向后站'，以便清楚地看到它的原型组织。"（180）这一陈述说明，"向后站"的后视维度不是流于表象，而是为了扩大视域，看得更远更深更真。它关注文化因素从表层到深层、多义和多价的传达，使读者感受到作品反映的本质内涵以及特定时代的社会、政治和经济等多层意义。例如：

> 饮余马于咸池兮，总余辔乎扶桑，
> 折若木以拂日兮，聊逍遥以相羊。（《离骚》，L195-198）

"扶桑"和"若木"两种植物意象在中国民俗中是与太阳神话相关的神木。《说文·六上·木部》中有："榑，榑桑，神木，日所出也"，《山海经·海外东经》云："汤谷上有扶桑，十日所浴，在黑齿北，居水中"（袁珂，212）。《山海经·大荒北经》云："灰野之山，上有赤树青叶赤华，名曰若木，日所入处"，《淮南子·地形篇》云："若木在建木西，末有十日，状如莲花。华犹光也，光照其下"（何宁 329）。两种植物在诗篇中衬托着诗人志气高尚，眼光远大。如果单纯从文字表面或植物学角度看，只是诗人提到的两种植物而已，视角就比较局限。杨宪益译"扶桑""若木"为"a golden bough"（金色树枝）；许渊冲译为"giant tree"（大树）、"a branch"（树枝），这些翻译都没有体现出两种树木的神性和太阳之树的意义，也没有看到这些意象后所表达的诗人光明磊落、志气高洁的精神面貌。相比之下，林文庆采用了音译"Fu sang""Jo mu"并在尾注中详细介绍两种神树的特点。霍译为"F-sang tree""Jo-tree"，并且在脚注中分别注明："（扶桑）是远东的太阳升起之地的神树。根据传说，她的枝头有十个太阳，其中每个负责一周"，"（若木）为西方神树，叶片发出照着地面的华光，据推测是对晚霞的神话解释"①；孙译为"the tree Fwuh-soung"（扶桑树）、"a ruoh-wood branch"（若木树枝）。三位译者都保留了原意象的读音，并分别在尾注中详细解释了扶桑与太阳神话的关系和若木的神性光芒，这一后视带给读者别具特色的异域文化知识。再如：

> 吾令鸩为媒兮，鸩告余以不好，
> 雄鸩之鸣逝兮，余犹恶其佻巧。（《离骚》，L232-235）

"鸩"和"鸠"在远古楚文化民俗中都带有"恶鸟"这一贬义色彩。"鸩"为传说中的毒鸟，置于酒中便成毒酒，故有"饮鸩止渴"一说。"鸠"具有"饶舌""轻佻"的特征，二者在诗文中又喻指在屈原和楚怀王之间奸诈无道、挑拨离间的小人。林文庆译"鸩"为"falcon"（隼，猎鹰）"鸠"为"turtle dove"（斑鸠）。鹰隼在汉文化中具有"勇猛""锐利"的褒义特征，而"斑鸠"为一种形态美丽、性情温顺的动物意象，二者与原指的感情色彩迥异。霍克斯用"mag-pie"（喜鹊）来指代"鸩"和"鸠"。喜鹊在中国民俗中是一种受欢迎的吉祥之鸟，此意象难以突出谗佞的可恶之处和作者面对群小之无

---

① "Mythical tree in the far east which the sun climbs up in his rising. According to one version of the myth, it had ten suns in its branches, one for every day of the week"; "In the far west. Its foliage gives off a red glow which illumines the earth below— presumably a mythological explanation of the sunset glow." From David Hawks, *Ch'u Tz'u: the Songs of the South, an Ancient Chinese Anthology*, Boston: Beacon Press, 1962: 28.

奈和厌恶愤恨之情。孙译发现和诠释了词语的后面所隐含的多层意义，使用"Zun of the deadly poison"（鸩）这一综合性的诠释，观照了文化多层面的置换关系，既展示了词语的民俗内涵，又表明了这一恶鸟在诗中暗喻朝廷中的谗佞。对于"鸩"一词，孙译为"treron"（绿鸠）并在文内、文外都解释这一动物"lubric"（圆滑）、"sly"（狡猾、巧利）、"chattering"（多嘴）"not to be relied on at all"（不可信）的特性，在译文中建构一种多层面的隐喻象征，这样，虽然西方人视"斑鸠"为圣物，是敬奉上帝的供物，但能通过这一诠释了解到中国文化的不同之处，也能理解诗人坚持真理，追求高洁操守，不愿同流合污的政治胸襟。

后视的距离恰当地传递多层文化信息，拓宽了读者对中国古代物质、科技、意识世界的认识视野，能后视到作品特定的历史背景，体会了原作者的本意，而且使作品产生对古与今、文学与其他社会科学的联系。

三 内视作者深层思想情感

"向后站"不单是保持物理距离去发现和阐释原型，还要保持心理距离对作品进行由表及里的审视。弗莱特举一例来说明这一观点：

> 假如我们离开《哈姆雷特》第五幕的开头"向后站"，我们将会看到一座坟墓在打开，接着看到主人公、他的敌人以及女主人公进入坟墓，然后是上层世界你死我活的搏斗。(83)

这一段说明不要拘泥于第五幕开头雷欧提斯和哈姆雷特厮打的情节表象，如果向内看，可以看到哈姆雷特爱恨交织的心灵撕扯。内视的内涵是心与境的人性关系，人类的个体及发展都处于心灵之内，精神之内，如果忽视这一事实，将目光过多地投注于表象，便很难洞察真相，获得真见。而且，如果是过于表象的意义，会违背文学艺术中的作者思想和作品的诗学功能，也不是真正意义上的对等翻译。因此，在翻译过程中，为了能捉摸到作者的内心思想感情与语言动机，也需要退一步向内审视。

比如，林文庆《离骚》译文在每一诗节中对屈原的政治主张、伦理道德、哲学思想等进行内观，发现了屈原内心的自我，他的理想和人格，他的爱恨情感，并从作者屈原的言行之中看到了作品的深层的儒家道德和政治哲学思想及其对当今时局的影响。林文庆在译本中指出："没有忠孝观念，人们不相信领导，没有信任，就不会团结，没有合作，就不会成立真正的共和政体。因此，这些远古的信条在如今各种观念混杂的情势下，仍然具有很大的道德伦理价值。"①

内视作者思想感情有助于读者真正了解作品的隐藏价值，并产生同本民族社会价值的比较和联系。例如：

鸟飞返故乡兮，狐死必首丘。（《哀郢》，L64-65）

如果从动物学的范畴来观察，此句描写的是鸟飞千里，终究会返回自己的老巢，狐狸生前即使异乡觅食，死时也必定会把头朝向出生的山冈的生物行为。但是，作者真实的意图是借此来表达自己忠诚专一、拳拳爱国之意。以下是对霍克斯和孙大雨译文的比较：

The birds fly home to the old haunts where they came from;
And the fox when he dies turns his head towards his earth. （霍克斯译）

Birds will fly back to their old nests howe'er far;

---

① "…because without fidelity among the people, no leader will be trusted. Without confidence, there can be no union. Without cooperation, no real republic can exist. Therefore, this ancient's tract still has great ethical value in these days when ideals are in the melting pot." Lim Boon Keng, *The Li Sao, An Elegy on Encountering Sorrows by Chu Yuan*, Shanghai: The Commercial Press, Limited, 1974: 42.

Foxes must die on the knolls where they were born.（孙大雨译）

霍译从动物学角度去理解和翻译，在译文中只表明这种自然界存在的动物本来现象，这种一维的视角远远不能表达作者的深层思想，往往隔靴搔痒，没有抓住主题和意旨。孙大雨通过这一动物的习性，内察到诗人的忠诚执着的爱国情操，译文表达诗人遭受流放，苦无出路，但不管"路途之遥"（howe'er far），仍然"思恋故土"（must die on the knolls where they were born）的一片眷恋故国之情，了然这一内在的精神，才能真正达到与作者的思想共鸣。诸如此类的通过表层叙述信息而揭示内层作者特定思想感情的阐释方法在中华典籍文学中俯拾即是，在进行翻译时，要求译者有比较深远的观察视域。

"向后站"三维整体观察和阐释视野，能够发挥译者主体性，映照文内，观照文外，引导读者远观作品产生的背景大舞台，后观作品蕴含的多层意义，内视作者深藏语符中的深厚情感，唤醒了文本中沉睡的或被忽略的丰富内涵，对全面挖掘原作的文化功能，提升译本的翻译品质，乃至促进作品的对外传播具有较强的指导价值。

第三节　温故纳新：涵化策略

根据文化翻译的整体观，在具体的典籍文学作品翻译实践中，我们要把握好两条准则：一是保持原有理论形态、义理框架及合理的表述方式，唯其如此，才能保持民族文化的独立性和延续性。二是坚持开放与发展中华文明的态度，在翻译中添加具有读者文化视域的内容或评论角度，使民族文化适应译文环境，从而实现文化融合与创新。文化整体论的涵化策略作为一种不同文化间双向的"综摄"的行为①，关注文化的维持情况与文化接触和参与情况，其整合和创新的

---

① "综摄"是指"各种旧特质混合形成一种新的制度，这可能导致大规模的文化变迁。"见马广海《文化人类学》，山东大学出版社 2003 年版，第 403 页。

功能，在重塑中华民族文化，协调翻译的策略方面能够发挥作用。

一　涵化，翻译的文化维持和整合

文化人类学用文化发展的眼光看问题，认为文化涵化是文化变迁和发展的重要方式。"涵化"（Acculturation），又称为"文化适应"、"文化植入"，这一词语最早是于 1880 年鲍威尔（John Wesley Powell）在《印第安语言研究导论》中提出的："百万文明人压倒之势的情况下，涵化力量造成土著人的巨大变化"（转引自曾小华，2004：95）。到了 20 世纪 30 年代，罗伯特·雷德菲尔德（Robert Redfield）等人明确了涵化概念："当不同文化的个人或群体间进行直接的接触，继而引起一方或双方原有的文化模式发生变化的现象叫作涵化。"（149）赫斯科维茨在《涵化——文化接触的研究》（*Acculturation：the Study of Cultural Contact.* 1938）中是这样界定的："由个别分子所组成而具有不同文化的群体，发生持续的文化接触，导致一方或双方原有的文化模式的变化的现象。"（转引自黄淑娉、龚佩华，2007：21）也就是说，涵化是两个民族接触所引起的一方或双方文化模式的共同变化和原有文化的变迁。何明、袁娥认为涵化是指人类个体和群体在面对特定自然环境或人文环境带来的压力时，为了谋取自身的生存和发展而在心理和行为方面做出的自觉或不自觉的调整和改变，这种调整的目的是以求适应（2009：17）。常永才对涵化的解释更具有跨文化意义：

涵化是不同成员间的互动，……具有和谐的文化场境和良好的指导，涵化反而可能有助于个体习得跨文化素养和分享多样性文化资源，从而更充分地实现其潜力的机遇。（2009：31—38）

涵化作为一种策略与翻译结缘始于 20 世纪 90 年代，由巴斯奈特在《把新闻带回家：涵化策略与异化策略》（*Bringing the News Back Home：Strategies of Acculturation and Foreignisation，Language & Intercul-*

tural Communication，2005）一文中提出，涵化是新闻翻译合法的策略，而异化策略只与文学翻译相关（120—130），其原理在于淡化原文与译文之间的差异，把外来的文化的特点转化成本土文化，以利于读者的理解和接受。虽然巴斯内特对涵化适应的文体提出的限定需要进一步探讨，但使涵化作为一种策略与翻译产生了关联。这一概念与韦努蒂的归化（domestication），霍尔姆斯（James Holmes）的自然化（naturalization）在很大程度上相似，不同的是，归化是一种解决语言中所承载的文化差异而采取的翻译方法，需要译者向译本的目的语读者靠近，采用目的语读者所习惯的表达方式来表现原文的内容的一种翻译策略，是一种单向的靠拢，而涵化是源语文化与目的语文化寻求适应对方的途径，并努力形成文化的传播与扩展、传承与创新的过程，是"一个连续的、动态的学习过程"。（Marin，235）

典籍翻译是文化的共享和传承，是一种"双向交融的综摄"（马广海，403），是一种"文化涵化"活动。这种双向的涵化主要表现在两方面：一方面，源语文化自觉、主动地接近目的语的语言规范，与目的语产生关联和互补。这种源语涵化过程和程度受到译本，即译者的思维和表达方式的影响，源语与目的语越接近，源语的语言和文化就越容易被目的语所接受，反之就会受到目的语的排拒。另一方面，目的语借用源语的概念和表达方式，导致翻译文本出现新的质。随着翻译文本的异质融入，目的语文化的过程深入和扩展，这些新的异质必然会融入目的语，使目的语在一定程度上逐渐无意识地朝着源语方向逐渐发生运动变化。

文化涵化对于源文化和目的语文化来说，不是全盘吸收或排斥，而是自觉地整合和创新的过程。由于文化方面的异质性和源语文化的输出目的，翻译通常要在形式和内容上都有些变异，当译本融合了源语文化和目的语文化之后，势必与源语文化有所偏离，产生变异，这种翻译的变异"主要是指翻译过程中能对目的语文化性质产生影响并使之发生变化的特性"，"是原文本经过翻译过程之后所发生的质的迁移"（李玉良 370—371）。变异所表现的最显著的结果是产生新的质，这种新的质也是文化创新。当然，"变异"虽然带有创新的性质，但是也要掌握一定的度，不能触及根本，否则涵化就会走向文化创新的反面。

涵化翻译强调的是一致性、和谐性。我国典籍文学中的文化符号和信息，带有悠远独特的本土原生态特征，要融入英语世界，就需要适应这个世界的发展，在一定程度上要作一些适当的调整。如从语言、诗学、文化、文本等层面做一些微性的调适，使源语和目的语的文化内容相互吸收、融化和调和。如《楚辞》中的"兮"，作为一种文化符号，只能为成长于《楚辞》所诞生的文化氛围中的读者所感知，对于异域文化的读者来说是近乎不可理解的，因此，几乎大部分译本也因此弱化或抛弃了这一文化特质。许渊冲坚持采取对等的原则，用感叹词"oh"来保留了其中的感叹和语气间的停顿。但是，"oh"在英语世界主要表示惊讶、恐惧等意思，也不能完全对等"兮"字在楚辞中深邃的文化内涵；杨成虎认为"兮"应该对应"he"，因为"he"与"兮"在音系上同类，而且"he"与"兮"的今译"a"有历史音系关系，此外，"he"在英文中是个叹词（58）。事实上，不管是"oh"，"he"，还是"a"，都不能完全传达出"兮"这一承载深厚的文化内涵，但是为了译文的适应性，几乎所有的译者都排拒了"兮"（xi）这一本色的词语。孙大雨采用音步的变换，通过诗歌在格律上的活跃来表现和弥补"兮"所包含的情感内涵，有点像古希腊诗人品达的诗体，这种创造性的文化调和不失为一种较佳的文化涵化方法。

具体来说，现有的《楚辞》翻译文化整合主要表现在以下几个方面：第一，是对本土文化传播有利的改写。如歌赋体表达形式的创新，表现手法的转换，诗行的增减，部分文化词语意象的变异等。比如，霍克斯采用一种语言节奏自然和顺畅的自由体来改变《楚辞》中难以让西方明白的辞赋曲调。霍译《天问》就是用散文体而非诗歌的形式表达，使得读者容易获取富有特色的中国远古文明之源。第二，是对目的语文化丰富和发展有利的创造。对于西方译者来说，对

《楚辞》翻译就是在文化上的"中为洋用"，是对文化的整合过程。如韦利翻译《九歌》意在吸收其中的中国古代宗教祭祀文化和"巫"文化，使西方人了解中华民族祖先的生活方式、情感方式、伦理道德等，霍克斯亦是以本文化的价值观来评判和处理翻译对象，看重《楚辞》的文学价值和历史文化价值，有用的就予以保留，融于自己的文化之中，使西方读者知之、乐之并自愿借之。

二 翻译中的涵化策略

约翰·贝理（John. W. Berry）提出，涵化作为一种保持传统文化和身份，又与其他文化群体交流和相互渗透的策略，关注文化维持情况（Culture maintenance）和文化接触与参与（contact and participation）情况。贝理根据这两个维度提出文化涵化四种策略：一是整合策略（Integration），即个体在维持母体文化的同时，又寻求同主流文化的互动；二是同化策略（Assimilation），即寻求同主流文化的互动而不重视原有文化；三是分离策略（Separation），强调本原文化而不重视主流群体文化；四是边缘策略（Marginalization），既不重视本原文化，也对主流文化不感兴趣（345—383）。这些方法对典籍翻译的策略选择具有一定的帮助，需要根据翻译目的、读者接受能力、意识形态、源语文化和目的语文化的地位、译者对源语文化和目的语文化的认知等主、客观因素的不同来决定。

（一）整合策略

当今世界东西文化交流追求双向的互动，翻译活动也是如此，既要凸显源语文化的特色，也要融入目的语文化之中，那么两种文化势必会发生相互间的碰撞，并产生适度的整合。整合策略是涵化的典型表现，以一种互渗、共生、和谐、平等的东西方文化关系进行协商活动，而"整合的对象是译者在源文本和目的语文本中所寻求到的众多的朝向点，这些朝向点在众多翻译过程因素的综合作用下融化，并有机结合，然后生成另一具有独立生命的有机体"（李玉良 371）。整合策略也是文化涵化中最有效、最具生命力的手段。

　　整合是一种诠释方式的整体观照，是多方面、多层次的整合过程。从宏观上看，翻译整合其实不是一种文本独立的操作过程，而是多种文本互文的行为和过程。就《楚辞》文本翻译来说，由于源文本的历史文化悠久，前人的研究文献繁多，译者需要对相关历史语境下的内容和观点在现代新的时代语境下进行综合性的理解，比如，《楚辞》的翻译与《史记》《国语》《汉书》等史料有千丝万缕的联系，译者把自己同前文本的理解所得的价值掺和在一起，创造出新的文本。另外，翻译也表现为对前人译本的继承和创造。比如霍克斯在《楚辞》英译中与韦利一脉相承，明显带有韦利英译的影子。翻译的文本生成过程在一定程度上是文本互文的过程。

　　就微观方面来说，由于文化差异的存在，翻译在必要的时候需要进行源语层面与目的语的语言和文化的整合。在这一过程中，原文通常会丧失一些民族特质或者是增添一些新的成分，来接近两种语言文化的最佳关联之处，例如，"有情人终成眷属"。虽然这一句直译成"Lovers will be married"很容易理解，但这一翻译很难使人意识到它在源语中是脍炙人口的文化习语，如果进行整合翻译，译成"Lovers shall be married, Jack shall have Jill"，这一译文虽增添目的语文化习语的内涵，但浑融了中西文化对这一习语的理解，更有利于文化接受。这种译文在原文中增加新的成分的例子在《楚辞》英译中比比皆是，例如：

　　　　宓妃：Fwu-fei, a sybarite
　　　　咸巫：The sibyl Yen
　　　　九疑：spirits of Nine Doubts
　　　　咸池：Yen-tez, the Sun bath

　　以上这些汉文化词语的翻译都采取了综摄的方式进行了整合的策略，不但没有损伤源语的信息，而且引入了新的内涵，既利于读者的理解，也丰富了双边文化。

（二）分离策略

在全球文化平等相处和展现多样性的时代背景下，本土文化以开放的心态展示自己的文化魅力成了一种文化自觉性的行为，而目的语读者群体为了满足自身对文化的需要而对异文化好奇和欣赏亦成了一种文化接受的自觉性。在这种文化传播和接受自觉性前提下的翻译活动，采用分离策略是文化传播最常见的方法之一。

一般来说，分离策略表现为源语向目的语的移植，是一种典型的异化翻译。在目的语中引入原文的文化意象，对源语的意义和结构改变最小，保留源语的"原汁原味"，也为译入语增添新的元素。分离策略一般有音译、直译等方法。例如，对作品中的人名、地名以及一些文化色彩非常浓厚的概念，基本上采用音译法介绍到译文语言中去，如："Tang of shang"（商汤）"Fwu-shih"（伏羲）"Tseng-noon"（神农）"She Ti"（摄提）等。《楚辞》的文化特色突出，中西方的译者基本上是采用音译这一分离策略，尤其是林文庆对文化专有名词都采用现代汉语拼音形式的分离策略，以达到忠实传递文化之目的，属于一种文化维持的翻译行为。

人类语言和文化在很多方面存在共性，或语言内容相同，或结构相似。对于具有相同或相似文化内涵意义的语言，完全能做到以相同的词义来表达。如《卜居》中的两句的英译：

尺有所短，寸有所长。

蝉翼为重，千钧为轻。

A foot is sometimes inadequate in length;

An inch mayeth happen to be a little too long.

Thirty thousand catties are regarded light,

A wing of the cicada is deemed weighty.

这几句译文基本上保留了汉语文化的思维方式，还原中国的重量单位"钧"和动物文化意象"蝉"的意象。对于这类形、意、喻义符合目的语语言规范的翻译，分离策略可以说是不二的选择。

分离策略为读者提供了解异域文化的机会，最大限度地维持原作文化特征及心理。但是，文化特质并不是十分容易被借取的，采用这一策略时要有选择性，在翻译中不可信手拈来，因为有时候分离策略在典籍作品的翻译中往往造成理解的障碍，如果没有解释性的铺垫，目的语读者会感到有一定的消化困难。如：

一阴兮一阳。(《大司命》，L15)

韦利和霍克斯对此句翻译都采用分离策略，分别直译为"One Yin for every Yang""A yin and a yang, a yin and a yang"，这种直译很难让人了解到阴阳所反映的中国古代道家的对立统一、和而不同、互通互变的深刻哲学含义，需要信息的进一步补偿。

分离策略最适合的是源语文化的读者，这就造成了很多典籍译作的读者还是具有一定本土文化基础的个人或群体，译本最后往往变成了"出口转内销"，所以，采用分离策略需要更多思量，大多需要借助于文内增译或文外注解来进行诠释和协调，使译文既能充分传达源语文化意象，又符合目的语读者的接受能力。

（三）同化策略

同化策略可行性的主要理据是文化适应性和审美有效性，在翻译中基本上相当于归化，用目的语或者是接近目的语的规范进行翻译，这样就容易掩盖差异，让译文符合目的语的主流价值观而为目的语读者所接受。

同化策略主要采用借用或取代法来进行传译。试看以下几个文化词语，为了使读者了解其真正的意义，就需要找"替身"，采用同化策略。

① 莫逆之交 David and Jonathan
② 自始至终 from the egg to apple

③不入虎穴，焉得虎子 He who would search for pearls must dive blow.

可见，为了消除读者费解或误解，最好的办法就是在译语中寻找源语中的本意的替身（doubles）。例①就是出自《圣经·撒母耳记下》（Ⅱ Samuel）中的一个典故，叙述扫罗王的儿子约拿单（Jonathan）爱大卫（David）如同爱自己的性命，经常保护他，当大卫听到他的死讯后，为约拿单作哀歌之事。例②来自罗马的典故。因为罗马人的正餐开头吃蛋，最后吃水果，所以用"from the egg to apple"。例③源于曾荣获桂冠诗人称号的英国诗人兼剧作家约翰·德莱顿的剧作 All for Love："Error, like straws, upon the surface flow, he who would search for pearls must dive blow"，意思是谁要寻找珍珠就必须深入水下，敢于进入别人不敢进入的领域，符合汉语中的"不入虎穴，焉得虎子"这一意义。

实际上，很多专有名词和典故一样，为了使读者了解真正的含义，译者需要采用同化来寻找替代的词语。例如，《楚辞》中的一些中国古代乐器如"参差"、"笙"、"竽瑟"等，韦利、许渊冲等译者都把"瑟"译为"zither"（齐特琴），这是一种翻译的同化。"齐特琴"是中世纪欧洲的一种弦乐器，由四根或五根旋律弦和三十七根左右伴奏弦构成，虽然它与中国的"瑟"不尽相同，在音乐表现上也有相异之处，但在功能和文化意象上有相通之处。但是，作为一种文化传递和输出的方式，同化策略虽然容易被异域读者理解，但是源语文化带给读者的陌生化感觉会消失，源语主流价值观亦会被淡化，把"瑟"译为"zither"，就有不利于读者认识东方乐器的弊端，在一定程度上不能满足读者猎奇猎新的需要，也不利于那些富有东方文化特质的概念在西方的培植。

除边缘策略外（与翻译的交集较少，在此不述），涵化的各种策略都不同程度地起到沟通原文与译文之间意义的作用。对《楚辞》这类博奥深远的文化作品翻译，译者必须相应地针对原文进行权衡，选择既能充分传达源语文化意象，又符合译语表达习惯以及读者的审美接受心理的翻译策略。尤其是对于那些与译入语有交集而不容易被借取的文化特质，采用整合策略达到了语言意象的互证互释，这种适当的调整和微性的改变在一定程度上来说是一种变异和创新，不过此种变异或创新要求符合"适度"的原则，才能有效地促进跨文化的传播，达到文化涵化的目的。

三　涵化与归化、异化的关系思考

翻译作为交流的媒介拥有漫长的发展过程，也就出现了诸如"文与质""宁信不顺"和"宁顺不信""神似""化境""信达雅""直译""意译"等各种翻译方法和衡量标准。随着 20 世纪翻译的文化转向，韦努蒂提出归化和异化的策略，认为归化翻译是"遵守译入语的文化主流价值，有意对原文采取保守的同化手段，使其符合本土标准，出版潮流和政治需求"，异化翻译为"偏离本土主流价值观，保留原文的语言和文化差异"（"Strategies of Translation" 240）。以奈达为代表的归化派认为自然对等是理想的翻译策略，而韦努蒂把归化看作是文化上的殖民主义，应该有意识地以"异化"进行对抗来打破这一失衡的状态，自此，翻译界围绕归化和异化这两大类策略展开交锋、讨论、研究和翻译实践活动。从 19 世纪 70 年代到 20 世纪 70 年代，我国的文学翻译基本上是以归化译法为主调，朱生豪、林纾、杨必、张谷如等进行的归化翻译吸引了一代代读者，而异化翻译代表人物鲁迅提出了"宁信而不顺"的主张，在移植外国语言文化方面起了很大作用。从 20 世纪 80 年代开始，世界的相互交流、取长补短的趋势加强，海纳百川、求同存异的观念也逐渐成为各国人民的共识。孙致礼从国际形势的发展趋势出发，根据我国的国策以及经典翻译的基本使命，提出了"异化为主，归化为副"的主张（2003：48），自此，异化在文学翻译中逐渐占了主导地位。

异化和归化之争是一种认识和方法上的狭义对立，站在人类语言和文化的整体高度去进行跨文化翻译，运用辩证统一的方法来进行思考异化和归化这两种似乎相反的概念，这一矛盾体都包含在涵化这一文化人类学重要概念之中。

首先，涵化包含了异化和归化两种文化翻译模式，而且，对二者形成了补充和拓展。涵化的先导是文化传播，是文化要素自觉的，或者是在外部压力之下的文化借取。如：第二次世界大战后的英美国家占据了全球性优势，为了迎合接受者的口味，翻译总是依照英美殖民主义文化特定的政治、文化、意识形态的规范对文本进行归化调整，更多是在意识形态上符合英美价值标准的译本，可以说是一种单向的移植。文化的传播和输出是本土文化和目的语文化之间的碰撞、交流、对话、融合和改造的文化反应，实质上是一种双向的涵化。在这一过程中，原文和译文都在自觉地寻求适合对方的途径，译者需要秉承兼容并蓄的态度来协调两种语言和文化，选择合适的涵化策略，通过互渗、汇通促进源语文化的温故纳新，促进目的语文化的丰富和拓展。

整体而言，作为涵化的两种表现形式，异化和归化没有绝对的分界线，也不存在对立和取舍的关系，甚至二者在一定程度上是具有重叠成分的。比如，译者在采用异化手段来表现原文时，使用的语言表达材料和形式依然取自译入语文化，所得的新的产物就是原文和译入语文化的调和物，语言、形式或文化的差异仍然存在。而归化翻译的基本准绳是要求注意源语文化的准确性和自然对等的问题。事实上，韦努蒂提出的归化翻译同时重视流畅性，当中又包含了对翻译的准确性的追求。对准确性的追求就涉及源文的真实性的反映，也就不能忽略异化的作用。当然，为了保存原文的文化，译者一味机械地以"异国情调"入文是行不通的。比如，在翻译中把"摩顶放踵"这样一种表达深层思想意识的文化词语翻译成"to rub whole body from head to heel"，这样僵硬难懂的异化非但不能传递原文"不辞劳苦，舍己为人"的意义特征，还给读者造成理解上的困惑。那么，在翻译时采取补偿、省略、起源或综摄等涵化手段进行处理，还需要做的是充分认识到文化的兼容性，把着眼点放在接通汉英文化隐喻的相关联的内涵之处。比如此句译成"to sacrifice completely from head to heel"，这样通过文化的互渗、汇通来播化国学，促进国学推陈出新，温故纳新，能使之在世界文化之林获得一个更深、更广、更新的发展空间和更顺利的理解。

其次，文化创新是适度的，涵化的翻译也是有限的。虽然涵化能够引起文化取代、综摄、增添、文化萎缩、起源或排拒等情况，但是，文学作品的翻译实质上是一种围绕源语的信息进行整合的过程。当原文的特质或特质综合体由另一特质取代并行使功能，结构或许产生了改变，译文也增添了新的特质，或者原文中旧的特质也变得淡化，但是，改头换面后的新质与原文并不是风马牛不相及，而是从表到里都与原文有本质的关联，原文的中心地位也是不可也不能被打破和消解的。

虽然归化策略创造出通顺的译文来消除源语文化中的异质因子，具有满足目的语读者需求或者彰显目的语文化的优势，但归化派还是主张翻译过程中，译者需要在保持原作基本精神实质的基础上对原作进行操纵和改写，是保留源语文化而衍生的翻译态度。奈达是归化派的代表，他的核心理论"功能对等"就认为"翻译作品应是动态对等的"（24），意指在目的语中找到与源语功能相等的替代语，使目的语译本通顺、自然、贴切。不管是形式对等还是动态对等，其中心含义就是双方需要在形式、语言、内容或文化的某种或多种层面上对等的双方之间直接或间接存在本质的内在联系。

总之，归化和异化可通过关联成分双向转换，达到彼此的相通相融，即一种涵化的过程和行为，也可以相互独立，相辅相成，使源语和目的语之间用最恰当、自然对等的语言从语义到文体再现源语的信息，围绕这一本质关联的整合、变异，纵使万变亦不离其宗。

第四节　兼容与创新："互喻型"译者文化

译者在调查研究、阅读理解和翻译过程中所拥有的身份、价值观、态度、风格、意识和翻译准则等构成了译者的主体文化，决定了译者翻译的文化取向，成为翻译的一个重要因素，制约和影响着翻译运作的过程、原作的文化传承，以及译本的社会影响等各方面。

在文化整体观视角下，典籍英译不是机械的语符转换，译者文化也必然不是单一模式，而是一个翻译主体间的混合体，需要有民族志学者一样的复合文化视角，才能作出合理的翻译创造。美国文化人类学家玛格丽特·米德（Margaret Mead）于 1970 年提出划分整个人类数千年的文化变迁的"三喻文化"，对典籍翻译中译者主体性研究和译者的文化身份研究带来新的启示。

一 "互喻型"译者文化取向

译者文化的取向通常有三种模式：源语文化取向、目的语文化取向和折中模式。（魏瑾：127）结构主义者认为译者如同一台操纵一种语言转换成另一种语言的机器，是"舌人""仆人""奴隶"，其任务就是"忠实"于原文，是一种源语文化取向。与之相对，解构学派充分肯定译者的能动性，为目的语文化取向。译者以改写者、叛逆者、吞噬者的姿态出现，源语文化不断地被"改写"和"操纵"。随着译界对译者主体性的探讨，对于译者的文化取向和文化身份有了新的认识。弗米尔认为译者应该是"双文化的"，霍恩比（Snell Hornby）将译者称为"跨文化专家"，马丁（James Martin）则将译者称为"文化操作者"。这一折中的文化取向模式与文化人类学的民族志学者的工作有一定的共性。

在典籍翻译过程中，译者的身份跟民族志学者相似，都担当文化使者的角色，像"蜜蜂"一样穿行于两种不同文化之中，肩负的是"协商人"的使命。米德用于文化人类学研究的"三喻文化"，以沟通和协调"长辈"和"晚辈"之间双边对话为主调的文化理念，对典籍译者文化的要求具有参考价值：

后喻文化（Post-figurative culture）是指晚辈向长辈学习，互喻文化（Co-figurative culture），是指晚辈和长辈之间的学习都发生在同辈人之间；前喻文化（Pre-figurative culture），是指长辈主要向晚辈学习。①

米德认为，"前喻文化"是数千年前，或是野蛮时代人类社会的基本特质。"在那一时期里，年长者无法孕育变革，他们能够留传给后嗣的只是天地不变的观念。"（3）在"后喻文化"中，"长辈"学富五车，为"晚辈"确立了大量宝贵经验和文化规范。后喻文化以重复为主要特征，主要是译者对源语文化的独白，缺乏变动和创造性的文化类型。我国典籍文化特色鲜明，内容繁邃，译者如果通过重复原作获得忠实，却容易忽略历史与现代、东方与西方的文化互动，在一定程度上造成现代异域读者的接受困难。而在以开拓为使命的"前喻文化"类型中，单纯的"知识复制"已经很难在多元文化中找到生存的土壤，读者及其文化成了翻译的主宰因素，尤其是翻译研究的文化转向以后，翻译研究的中心由源语文化转向异语文化，由原文读者转向译文读者。由此可见，"前喻型"译者或"后喻型"译者的单边视角难以满足典籍文化传承和发展的需要。相比之下，"互喻型"译者文化具有兼容和创新作用，既要兼容源语文化和译入语文化的精神气质，又具有创新和发展源语文化的意识，同时，还要保持译者判断和翻译的标准和规范。"互喻型"的译者以原作为本体，以开放、创新、面向读者为特征的文化类型是典籍文本获得进一步发展，延续后续生命的内在要求之一。

把我国典籍作品纳入世界文化的辽阔视野，推动文化间的相互交汇、吸取、融合，保证跨文化交际的顺畅开展，也是文化发展和创新

---

① "In Post-figurative culture, children primarily learn from their forebears, in co-figurative culture, both children and adults learn from their peers, in pre-figurative culture, adults learn from their children because of accelerated social changes which have taken place simultaneously within the lifetime of one generation." Margaret Mead, *Culture and Commitments*: *A Study of the Generation Gap*, The Bodley Head Ltd., 1970: 3.

的必由之路，因此，译者的"互喻型"文化是中西文化交际顺畅开展的重要条件之一。

二 "互喻型"译者文化的特征

"互喻型"译者文化是典籍文本翻译整体观的内在要求。米德认为："在许多社会中，年轻人的行为改变最终并不取决于自己的同辈，而是取决于年长者的同意，晚辈具有未来重复过去的'后象征'的需求。"（32）在一切互喻文化中，长辈在某些方面仍然占据着统治地位，他们为晚辈的行为确立了应有的方式，界定了种种限制，年轻人相互间的学习难以逾越这些行为的樊篱。那么，在翻译中，翻译的主体必须遵守原文一定的准则和规范，现代读者期待和需求的主要是异域的文化特色，这一根本的目的要求译者首先要在翻译过程中遵循"忠实"的原则，尊重原文内容和作者的思想意图，与作者和原文进行深入的对话，摸清源文化的意义，其实这也是文化人类学家在民族志书写中的基本工作特点。

源语的文化规范和译语的文化规范都集中在译者那里，译者作为"同辈人"，就必须秉持互喻型的主体文化姿态，站在"长辈"和"晚辈"双文化之间来平衡二者的要求和期待，并表现出自己的能力和解释力，因此，"互喻型"译者具有鲜明的译者文化特征。首先，在互喻文化中，译者在"长辈"与"晚辈"之间沟通协调，代表作者去和读者交流互动，这一文化身份要求译者具有与源语文化成员和原作者在世界观、价值观、生活习惯、思维模式等方面相似的经验，对作品所属时代的社会、历史、文化、风俗习惯以及所包含的作者的生活观念、思想内容、艺术观点和语言风格等需要进行探索和挖掘，成为真正的学富五车的长者，才能把握源语文化精神，忠于原文的思想。比如，《楚辞》涉及的背景十分广阔，在介绍给西方读者时，译者既要考虑辞赋体的独特文学审美内容、创作结构，也要展示远古人类科学、宗教、民俗、经济、政治、思想方面的全景文化内容，同时还要弘扬屈原"可与日月争光"的高洁品质和爱国情操，因此，要求译者能理解、把握和演绎出其"长辈"原作者的神和韵，领会源文化内在的价值，具有楚辞学家的专业知识。

　　把中国的优秀文化介绍给世界是译者义不容辞的责任，但是，目前我国典籍作品英译仍存在一些明显的问题，如：重要文化信息在翻译成目的语后被弱化或隐没；对文化因素诠释或偏重于归化，或偏重于异化，方法单一；对原文生成背景和作者的表现意图缺乏整体深层的开采等，造成典籍作品在西方的接受度非常有限。译者需要借助于恰当的表达方式，挖掘和展示源语文化的异域特色和民族智慧、精神，这种文化传播目的下的翻译要求译者不但要有深厚的国学古典文史、科技哲学等百科知识，还必须是真正意义上的文化人，做到文化信息传递的准确性、知识性的可靠性，在传递中尽可能地采用异化策略表现地道的、原汁原味的文化特色，特别对是文化深层意义的彰显，才能使读者最大限度地获取异文化知识，达到文化传播的目的，试想，如果译者未能领会作者表达的信息，未能深度理解原文、传达原文真实信息，这样的传播又有什么意义呢？

　　其次，译者的文化身份是动态的，"互喻型"译者需要具备良好的文化调适和整合能力。传播是文化发展的主要因素，也是弘扬民族文化和促进世界文化多元化的重要途径，文化传播的信息源的发掘深度和幅度，信息接受者能否准确领会原文信息和作者意图，是对译者文化的基本要求。当源语文化迁移到另一文化时，目的语读者的接受理解很大程度依赖于译者所提供的文化诠释。所以，译者要以文化有效传播为目的，以使译文充分满足异域读者的期待视野和对异文化的文化适应性为主旨，在呈现给读者异质性的文化特质的时候，积极采用开放性、前瞻性的姿态来协调作者和读者的关系。

　　一个社会的文化传统与其他群体的文化有互动关系，由此而产生的文化变迁或变异，是必然的社会现象。随着当前中外文化交流日趋频繁，世界文化日益相容与和谐，文化排斥也日益缓和，源语文化向目的语文化积极渗透，互为补充，那么，在翻译中保留个性，寻求共性应成为译者考虑的策略之一。对具有明显差异的文化因素既要保留强烈的源语文化特点，又要思考译文在目标语文化中的适应性，对于在二者中存在冲突的文化进行适当规避，或采取一种比较中性的中间方策略，在"互文化性"的场域进行两种文化的有机整合。比如，《楚辞》中处处闪烁着中国古代宗教巫术文化之光。由于信仰取向和意识形态的差异，在一定时期，西方基督教徒虔诚信仰的是至高无上的上帝，西方读者与主流文化为一神论，对异域中的宗教文化持批判态度。受到这种因素制约，韦利、霍克斯在《云中君》《大司命》等翻译中倾向于选择规避民族情绪，没有使用"God""Goddess"等对应这些神灵，如：韦利分别译为"the Lord Amid the Cloud""The Big Lord of Lives"；霍克斯分别译为"Yun Chuang Chun（The Lord Within the Clouds）""Ta Si Ming（The Greater Master of Fate）"。相反，中国宗教为多神论，所以，国内译者都倾向于采用比较归化的方式来表达这些意义，以其读者能够获得文化调适。如：许渊冲分别译《河伯》《云中君》《东君》《山鬼》为"The God of the River""To the God of Cloud""The God of Sun""The Goddess of the mountain"；孙大雨分别译《大司命》《小司命》为"Hymn on the Major God of Life-ruling""Hymn on the Minor God of Life-ruling"等，这种目的语取向的翻译是否有利于文化传播？能否被目的语读者接受？是否需要进行一种协调来获取平衡？这些问题值得研究和商榷。

随着中国经济实力、综合国力和国际影响力的增强，汉语学习热潮正在全球兴起，读者对于异质文化的认知、过滤、调适和接受能力增强，典籍文本的翻译和新时代条件下的西传必然要注入时代精神和读者意识，译者要有强烈的文化传播意识，通过寻求最佳的翻译方式对《楚辞》文化进行整体面貌的诠释和重塑来扩展交流空间，使读者从译者辛勤的传递中顺利地、乐意地获得异文化的知识和体验。那么，"互喻型"的译者介入空间更加广泛，而异化翻译由于能够充分展示源语文化的魅力和特色，应成为译者翻译的首要策略。但是，文化输出战略下典籍翻译的读者群应定位于异域具有不同文化背景的受众，过度的异化，往往会造成对"过去"知识机械地重复而难以获得异域读者的青睐，译者即使回到原文社会历史时期，变身为原作者，也未必能完全得到读者的接受和欣赏。因此，从文化传播角度和功能上来说，"互喻型"译者就是使"前辈"的思想和文化在互喻文化期间得以延续和发展，使"后辈"能够从父辈那里学习以往的经验，从同辈那里学习到新的经验，从而促使典籍文本通过翻译获得后续生命。译者一方面要完全熟悉原文作者的思想和风格，真实还原原文，把握源语文化意义和译入语的文化含义，充分挖掘出源语文化的异域特色，保证传播信息的新颖性，以吸引目的语读者的兴趣。另一方面，译者还要积极采用开放性、前瞻性的姿态协同调适翻译主体间的关系。

除此之外，译者还必须具有鲜明的个人能力、气质和才智。译者的个人表达方式、翻译态度、审美意识、知识储备和价值取向等因素对翻译质量影响很大。在翻译中，译者往往注入了自身对作品艺术和思想的总体理解和个人表达风格，这也是吸引读者兴趣的因素之一，而"互喻型"译者更应该具备这种才能和气质，才能创造出优秀的译作。

第五节　小结

以上关于在文化人类学整体论视角下对中国典籍翻译理论建设的几点启迪的探讨，只是对基本理念的简单阐发，远非全面的论证。根据上述，在以下三方面可以获得更多的重视和关注：

其一，典籍翻译首先要关注人的因素。人是文化的创作者、传播者，同时也是文化的接受者，文化传播目的是满足人的需要、塑造人的行为。作者的思想意图、译者的立场态度、读者的检验和评判都是翻译中人的整体因素不可忽略的部分。其次，原文所反映的文化的主体也是人，《楚辞》不仅仅是以屈原为主的诗人的智慧结晶，作品所反映的社会意识也是中国远古人类群体的思想，比如他们的政治、道德、哲学等社会意识，以及对自然的理解等，因此，在翻译研究中要对人的因素给予科学理性的分析，这是典籍翻译实现人类文化共享和传承的基本要求。

其二，重视典籍翻译的跨文化传承功能。文化的传承一般是指文化内部的继承性阐释，文化人类学认为"跨文化的阐释是一种文化的传承和变迁，是把新的因素赋予到原有的旧意义上，或是新的价值改变了旧的形式的文化意义的发生过程"（Herskovits 191），典籍文化翻译中，我们把新旧两方换成译出语和译入语两方，也就是说，翻译是一种赋予本土文化以新的资源价值的文化再阐释，在此基础上，涵化策略以其巨大的兼容、整合和创新功能，是文化阐释传承的重要手段之一。

具体来讲，翻译的跨文化的传承表现在两方面：一是译文对原文的传承，通过翻译使原文得以焕发生机和活力。二是读者对作者和译者表现意图的传承。一部译本的成功不但取决于是否真实有效地复现了原作，而且更取决于主体文化对它的借鉴和吸收，这种跨文化传承同时也促进对传统文化价值的重估和再认识，赋予传统文化以新的价值及功能。

其三，重视文化翻译的整体意识。在典籍文化翻译这一活动中，文化的阐释要以疏解、化解源语的文化信息为手段，以完整表达意义为基本要求。"互喻型"译者的文化取向能够发挥更大的译者主体性，帮助作者和读者实现传承和共享文化的期待，除此之外，"向后站"的三维阐释视角，能够发挥更大的译者主体性，映照文内，观照文外，引导读者远观作品产生的背景大舞台，后观作品蕴含的多层意义，内视作者深藏语符中的深厚情感，是一种文化本体翻译的整体视角，对典籍文化翻译具有一定的指导作用。

由此可以认识到，在整个翻译流程中都需要树立文化翻译的整体观，从文化主体人的文化结构构建到文化本体结构的完整重构，是典籍文化翻译不能忽略的重要部分。

结　　语

苏轼诗云："不识庐山真面目，只缘身在此山中"，迈进《楚辞》英译这一深山古林之中，除了惊诧于《楚辞》文化的纷繁多姿，更感受到《楚辞》翻译的复杂和艰难。本书借助文化人类学整体论进行《楚辞》英译研究，也是基于这一必要性，希望能通过文化人类学整体论这一宽广的视角，来发现和阐释《楚辞》中复杂的翻译现象并对《楚辞》翻译实践层面进行初步的论证，同时思考典籍翻译的普遍性问题。

文化人类学整体论的理论内核及其衍生的关联理论在三个主要维度上和翻译研究具有相互阐发性：一是在了解与研究文化现象时，要把这个民族文化的各方面包括物质的、精神的、制度的文化联系起来，将它置入所在的文化背景中深入认识，了解其在整体文化中的意义并分析与其他文化现象之间的关系，这就要求在翻译中观察翻译内容的整体性和诠释视野的整体性，避免对翻译的各部分要素产生片面或局限性的认识。二是强调具有主体性的人以及人的主体性，在翻译研究中包括作者、译者、读者之间的互动关系及其能动性和创造性，同时也包含了对原文中作者个体的人及作品所反映的特定背景下的群体的社会意识。三是文化整体观和翻译都具有文化整合和传承的功能，整合是为了更好地传承，传承需要整合。通过从以上三个维度所进行的《楚辞》英译的宏观和微观研究，本书就其中反映典籍翻译理论和方法的若干问题得出以下一些观点：

（一）重视《楚辞》文化整体语境，揭示源语文本的整体思想是

《楚辞》英译的本位观照。① 综观亚瑟·韦利、戴维·霍克斯、林文庆和孙大雨四位译家的译本整体面貌特征和翻译质量，虽然各译本各有特色，但是在表现原作的整体语境和源语文本的思想整体性这一共性空间方面有深有浅，有全有偏，相比之下，现代本土译者孙大雨基于一种"向后站"的三维整体阐释视角对原作的背景进行通观，内视到作者深层的思想情感，后视到表象后的深层意义，使作品内涵得到更加深刻、全面的诠释，对拓展作品英译空间，准确可靠地反映原作思想和内容具有更多的参考价值。

（二）《楚辞》翻译绝不是符号的简单转换，符号表象之后的多层意义反映了文化意义结构的复杂性，有待于获得整体诠释。楚辞文化的多层性、多科性、多价性隐藏在华丽的文学语言外衣之中，相互联系，错综复杂，在翻译中容易被埋没而失去获得认知的机会。在对《楚辞》的表层、中层和深层三个系统的文化价值在翻译中的表现进行探析时，发现部分译本对源语文化的多层意义的揭示非常有限，作品中的文化信息在翻译中丢失严重，作品一些多科性价值也被淡化或隐没，所以，利用文化人类学的整体论视角，透视源语文化的多层组织结构之间的联系，进行文化意义的多层阐释对《楚辞》英译来说是很有必要的。

（三）《楚辞》等典籍翻译要观照其跨文化传承的功能。传承意味着发展和创新，也就意味着在尊重原文的基础上进行跨文化整合。一般论者多着眼于文学翻译的忠实性研究，对翻译的整合与变异研究较少，实际上，从文化整体观来看，变异是翻译的本质属性，不同体系的文化因素和文化内容相互整合，会产生新的质。通过翻译完全复原原文是不可能的，即使是《楚辞》的汉语今译尚且还有诸多问题没有彻底解决，使它的英译产生绝对忠实的译文更是遥不可及。译文

---

① 按照刘宓庆的"本位观照"观，"本位观就是站在本体的基本立足点上观察事物"，指人作为主体对客体的全局性审视和剖析。参见刘宓庆《翻译与语言哲学》，中国对外翻译出版公司 2004 年版，第 19 页。

本身就是原文的变体，作为整合过程的翻译，其结果就是使得译文产生变异。文化整体观下的翻译的整合和变异是不同文化系统的各要素之间迎合共性，突出个性的过程和结果，这种变化即使形散而神不散。

（四）鉴于文化整体观强调人类和文化的关系，翻译研究的主体的人的意识是不可忽略的重要部分。那么，作者的思想意图是否得到体现，译者的主体文化身份对翻译的影响，读者的检验和接受都是翻译研究必须关心的问题。尤其是作者的思想意图，不但代表了个人的意识，而且反映作品产生的特定时期的群体意识，是翻译的本源，是译者和读者进行翻译和阅读的首要目标，需要获得充分的理解和呈现。

（五）对典籍翻译方法论的思考。对于文化整体论视角下的典籍翻译采用何种策略和方式来传承经典，使之融于西方文化的问题，促使我们对异化、归化及其之间的关系进行再思考，对文化人类学的涵化策略在翻译中的作用和方式进行了认识，认为涵化机制追求一种双向交融的"综摄"，补充和完善了异化和归化策略。

本书较为全面地收集了目前大部分中西译者的英译本及相关研究资料，对《楚辞》英译的宏观和微观层面做了分析和思考，探讨了翻译的理论和方法问题，提出了"向后站"三维阐释视野、涵化翻译策略、互喻型的译者文化、民族志主位和客位双视角、翻译的整合和变异等文化整体翻译观，为翻译的理论研究提供了值得探索的资源和学术参考。但是，以上研究还只是基础的阐发，尚待进一步深入探索。

然而，回顾《楚辞》英译研究历程，深感其中遗憾甚多。楚辞文化浩瀚如林，深邃似海，文化蕴含量之丰富远非个人绵薄之力所能穷尽，本书就楚辞体的创作者暨《楚辞》的主要作者屈原的诗作英译进行研究，涉及的作品和作者覆盖面具有一定的局限性。《楚辞》的翻译史虽然只有130余年，就翻译的语境来说，部分诗篇被选译或节译成俄罗斯语、法语、德语、匈牙利语、意大利语、日语和世界语等多种语言，并在这些语境获得一定程度的的探讨。由于诸多原因，本书亦未能将观察的视野扩大到这些不同语境，以至于研究对象缺乏应有的普遍性，期待今后有能人志士能够涉猎其中，取得完善的研究成果。

目前的《楚辞》英译大都为节译或选译，尚没有产生一部真正完整意义上包含《楚辞》诗歌总集全部诗篇的译本，更没有一部完整的关于《楚辞》英译研究的学术性专著问世，本研究也只是浅尝辄止，不能全面、深入地获得完整的研究资源。本书仅仅根据译者的文化身份对几个《楚辞》经典译本进行整体面貌的解读，无论在译本和译者的覆盖率，还是对二者的研究的点、面等方面的整体性研究都很有限。

对译本和译者的研究尚且如此，受种种条件所限，对读者和译入语等因素的研究亦是浮光掠影，浅尝辄止。虽然本研究关注了读者作为人的因素是文化翻译中的重要影响因素，但是未能在这方面进行专门的探索，有待于细致深入地实地调查研究，促进产生对《楚辞》文化输出有非常积极意义的研究成果。

《楚辞》的英译不是简单的语言形式等纯文学艺术的对等转换，其英译研究也不应仅仅是关于文学或文化翻译等具体问题的探讨。从《楚辞》英译综述来看，英语国家除了少数译者关注的是《楚辞》文学艺术和作为诗人的屈原风格和情感，其主要目的还是以他者的眼光来探索中国远古的文化和思想，说明通过《楚辞》英译对英语世界产生文化的影响是非常有研究价值的。比如，韦利的《九歌》英译对西方宗教文化产生的影响如何？霍克斯的英译《楚辞》又是如何传承并拓展韦利的英译《九歌》的文化研究？在英语世界具有怎样的文化史意义？在译文的文化传播方面又需要怎样促进？这些问题都是值得深入研究的。

一部优秀的经典译本既关怀其中的社会、政治、经济、宗教、伦理、风俗等文化价值的发掘和诠释，也不失其中的文学艺术特色，而其翻译研究更需要在整体的高度用复合的视角观察翻译的文化研究、文学研究和翻译研究之间的结合情况。比如，霍克斯重视骚体的格律和音乐艺术效果，他明确指出："汉语的声调在翻译中不能传达，韵律则是理论上可译的"（转引自朱徽 184），但是，他采用自由体译诗，其至在翻译《天问》时用的是散文体，不惜牺牲韵律来求得意义的准确传达，而孙大雨以音组理论来追求诗歌翻译的形式美，以对作品整体背景的通观以及丰厚的注解来为文化的翻译增厚增值，正是这种文化和文学的复合视角，才使得译本呈现多重研究价值，但是，从文本接受度来说，霍克斯英译《楚辞》在西方的影响力更大，那么，怎样才能合理可行地将翻译的文化和文学价值表现出来，这也是本研究尚未能拓展的领域。

　　路漫漫其修远兮，吾将上下而求索。回首数载的研究历程，发现自己还仅仅处在研究的起点。《楚辞》传承了 2000 多年，尚在不断地发展，新的研究成果仍然层出不穷，随着"东学西渐"的加强，《楚辞》的翻译及翻译研究也必将更加广泛、深入地开展起来，《楚辞》这一神秘博奥的东方文化也一定会在西方世界大放异彩。

附录

《楚辞》作品英译及篇目纵览

编言

1. 因资料限制，本目录或有疏漏。收录篇目为笔者所能查证到的《楚辞》英译本、选译或节译文。

2. 本目录包括对《楚辞》的评论类和学术研究类作品的选译或节译。

3. 本目录按照译作出版时间编次。

4. 每一条目按照译者、译作、译文出处，出版社、出版时间、译文出处页码、具体英译作品篇名的顺序排列（条目不清楚处标明"不详"）。

5. 本目录除笔者的考证外，参考了王洪、田军、马奕等主编的《古诗百科大辞典》的附录"国外中国古诗翻译研究论著选目"（光明日报出版社 1991 年版），何文静《"楚辞"在欧美世界的译介与传播》，埃尔兰根-纽伦堡大学的楚辞图书目录①。

1. E. H. Parker. *The Sadness of Separation*, China Review（Vii），1879：309-314.

2. Herbert. A. Giles. *Gems of Chinese Literature*, Shanghai，Kelly and Walsh，1884（1st），1922（2nd）：32-34.（*Cousulting the Oracle*, *The Fisherman's Reply*, *The Genius of the Mountain*）.

---

① 参见 http://www.schimmelpfennig-research.eu/ccbib/。

3. Joseph Edkins.*On the Poets of China During the Period of the Contending States and of the Han Dynasty*, Journal of Peking Oriental Society Ⅱ, 4, 1889: 204-207, 208-211 (《离骚》《天问》共 2 首)。

4.James Legge. The Li Sao Poem and Its Author, *Journal of the Royal Asiatic Society*, 1895 (NS 27): 77-92, 571-599, 839-864 (*Li Sao, Lihun, Kuo Shang*)。

5. L. A. Cranmer-Byng. *A Lute of Jade, Being Selections from the Classical Poets of China*, New York: 1909: 20 (*The land of exile*).

6. Herbert. A. Giles. *Confucianism and Its Rivals*, 1915: 110 - 115 (*God Questions, Divination*).

7.Arthur Waley. *A Hundred and Seventy Chinese Poems*, New York: Alfred.A.Knopf MCMXIX, 1919: 39-40 (*Battle*).

8.Arthur Waley.*More Translation from the Chinese*, Allen and Unwin, 1919: 13-19, 35-42 (*Battle, Great Summons*).

9.Eduard Erkes.*Asia Major*, 1924 (i): 119-124 (*Ta Chao, Chao Yin Shih*).

10.F.X.Biallas.K'ü Yüan, His Life and poems, *Journal of the Morth China Branch of the royal Asiatic Society*, 1928 (NS59): 231-253 (《东皇太一》《山鬼》《惜诵》《卜居》《渔夫》和《天问》)。

11.Lim Boon Keng.*The Li Sao, An Elergy on Encountering Sorrows*, Shanghai: The Commercial Press, Limited, 1929.

12.Eduard Erkes.*God of Death in Ancient China*, T'oung Pao, 1939 (xxxv): 185-210 (*Ta Ssu Ming, Shao Ssu Ming*).

13.F.S.Drake.Sculptured Stones of the Han Dynasty, Monumenta Serica, *Journal of Oriental Studies of the Catholic University of Peking*, 1843 (8). Peking: 1943: 280-318 (《天问》)。

14. Lie-sheng Yang, The Game Liu Po, *Harvard Journal of Asiatic Studies*, 1945 (47): 203-204.

15. Robert Payne, Yu Mi-Chuan. *The White Pony, Anthology of*

Chinese Poetry from the Earliest Times to the Present Day, New York: Allen and Unwin, 1947: 93 – 95, 81 – 95, 96 – 109 (*Chiu Ko*, *She Chiang*, *Li Sao*).

16. James R. Hightower. *Topics in Chinese Literature: Outlines and Bibliographies*, Harvard University Press, 1953: 2 – 26 （不详）。

17. Yang Hsien-yi and Gladys Yang. *LI SAO—AND OTHER POEMS OF CHU YUAN*, Foreign Languages Press, Peking, 1953.

18. Arthur Waley. *Nine Songs*, *A Study of Shamanism in Ancient China*. London: George Allen and Unwin Ltd., 1955.

19. Jerah Johnson. *Li Sao: A Poem on Relieving Sorrows*; *A Prose Translation with an Introduction and Notes*, Olivant Press, 1959.

20. David, Hawks. *Ch'u Tz'u: the Songs of the South*, *an Ancient Chinese Anthology*. *Oxford*: Clarendon Press, 1959.

21. Cyril Birch. *Anthology of Chinese Literature: From Early Times to the Fourteenth Century*. Grove Press. Inc. 1965: 49 – 80 (*Encountering Sorrow*, *The Princess of the Hsiang*, *The Lady of the Hsiang*, *The Lord of East*, *The Spirits of the Fallen*, *The Ritual Cycle*. *From "the Nine Declarations"*, *A Lament for Ying*, *In Praise of the Orange Tree*, *and The Nine Arguments* 〈*Part*〉, *The Summons of the Soul*, *Summons for a Gentleman Who Became a Recluse*).

22. Shih-hsiang Chen. The Genesis of Poetic Time: The Greatness of Ch'ü Yüan, Studied with a New Critical Approach, *Tsing Hua Journal of Chinese Studies*, 1973 (10) (Nine Songs).

23. Wu-chi Liu and Irving Yucheng Lo. *Sunflower Splendor: Three Thousand Years of Chinese Poetry*, Indiana University Press. 1975: 15 – 24 (Hymn to the Orange, Lord of the River Hsang, The Great Arbiter of Fate, Li Sao: Selections, A Lament for Ying).

24. John Turner. *A Golden Treasury of Chinese Poetry*: Hong Kong: The Chinese University Press 1976: 121 (Sangui).

25.Burton Watson. *The Columbia Book of Chinese Poetry-From Early Times to the Thirteenth Century*. Columbia University Press，1984：49－66（The Lord Among the Clouds，Lord of the River，*The Moutain Spirit*，*Those Who Died for Their Country*，*Encountering Sorrow*）.

26.Stephen Field. *Tian Wen*：*A Chinese Book of Origins*，New York：New Directions，1986（Tian Wen）.

27.许渊冲：《楚辞》，湖南出版社1994年版［《离骚》、《九歌》（11首）、《天问》、《九章》（9首）、《远游》、《卜居》、《渔夫》、《招魂》、《大招》、《九辩》，共28首］。

28.王知还：《古今爱国抒情诗选》，中国对外翻译出版公司1995年版（《离骚》）。

29. 孙大雨：《英译屈原诗选》，上海外语教育出版社1996年版［《离骚》、《九歌》（11首）、《九章》（6首）、《远游》、《卜居》、《渔夫》，共21首］。

30. Yang Hsien-yi and Gladys Yang. *Selected Elegies of the State of Chu*. Beijing：Foreign Languages Press.2004（24）. ［《离骚》、《九歌》（11首）、《九章》（9首）、《卜居》、《渔夫》、《招魂》，共24首］。

31.卓振英：《楚辞》，湖南人民出版社2006年版［《离骚》、《天问》、《九歌》（11首）、《九章》（9首）、《远游》、《卜居》、《渔夫》、《招魂》、《大招》、《九辩》，共28首］。

32.杨成虎、周洁：《楚辞传播学与英语语境问题研究》，线装书局2008年版［《离骚》、《九歌》（11首）、《天问》、《九章》（9首）、《大招》，共23首］。

参考文献

Arthur, Waley.*The Nine Songs: A Study of Shamanism in Ancient China.*London: George Allen and Unwin Ltd., 1955.

Alfred, Louis Kroeber. *Anthropology.* New York: Harcourt and Brace Company, 1923.

Bassnett, Susan and Lefevere, Andre.*Translation, History & Culture.* London: Pinter Publisher, 1990.

——, *Constructing Cultures: Essays on Literary Translation.*Shanghai: Shanghai Foreign Language Education Press, 2001.

Bassnett, Susan.*Translation Studies.* London: Routledge, 1980.

——, *Translating Literature, Intricate Pathways: Observations on Translation and Literature.*Cambridge: D.S.Brewer, 1997.

——, *Bringing the News Back Home: Strategies of Acculturation and Foreignazation Language & Intercultural Communication.Language and Intercultural Communication*, 2005.

Bahaha, Homi.*The Location of Culture.*London and New York: Routledge, 1994.

David, Hawkes.*Ch'u Tz'u: the Songs of the South, an Ancient Chinese Anthology.*Boston: Beacon Press, 1962.

Gentzler, Edwin.*Foreword in Susan Bassnett & Andre Levfere eds. Constructing Cultures: Essays On Literary Translation.* Clevedon: Multilingual matters, 1998.

——, *Contemporary Translation Theories*, 2nd. Shanghai: Shanghai

Foreign Language Education Press, 2004.

——, *An International and Interdisciplinary View*: *Translation Studies in China*. 外国语, 2005 (4): 44-51.

Geoffrey, R. Waters. *Three Elegies of Chu*: *An Introduction to the Traditional Interpretation of the Chu Tzu* . Madison: University of Wisconsin Press, 1985.

Geertz, Clifford. *The Interpretation of Cultures*. New York: Basic Books, 1973.

Geisinger K.F. (Ed.). *Psychological Testing of Hispanics*. Washington, D.C.: American Psychological Association, 1992.

Herskovits, M.J. *Acculturation*: *the Study of Cultural Contact* . Cloucester, 1938.

——, *Cultural Anthropology*. New York: Alfted. A. Knopt, 1964.

James, S. Holmes. *Translated*! *Papers on Literary Translation and Translation Studies*. Amsterdam: Atlanta, G.A. Rodopi B.V., 1994.

James, Clifford. *Travel and Translation in the Late Twentieth Century*. Harvard University Press, 1997.

Jean, Piaget. *Structurallism*. New York: Harper & Row, 1970.

John, W. Berry, et al. *Cross-Cultural Psychology*: *Research and Applications* (2*nd*). Cambridge: Cambridge University Press, 2002.

João, Ferreira Duarte, Alexandra, Assis Rosa and Teresa Seruya. *Translation Studies at the Interface of Disciplines*. Amsterdam: John Benjimins, 2006.

Juan Eduardo Cirlot. *Dictionary of Symbols*. New York: Philosophical Library, 1971.

Katan David. *Translatiing Cultures—An Introduction for Translators*, *Interpreters and Madiators*. Shanghai: Shanghai Foreign Language Education Press, 2004.

Kristeva, Julia. *Semiotics*: *A Critical Science or a Critique of Science.*

Trans. Sean Hand. Ed. Toril Moi. The Kristeva Reader. New York： Columbia University Press，1969.

Kwame，Anthony Appiah. *"Thick Translation" in The Translation studies Reader*. Awrence Vewnuti，ed. Routledge，2000.

Lawrence，Venuti. *The Translator's Invisibility： A History of Translation*. London and New York： Routledge，1985.

——，*Translation as Cultural Politics： Regimes of Domestication in English*. Textual Practice，1993.

——，*Strategies of Translation*. Mona Baker （ed）. *Routledge Encyclopedia of Translation Studies*. Shanghai： Shanghai Foreign Language Education Press，2004.

Lefevere，Andre. *Translation，Rewriting and the Manipulation of Literary Fame*. London： Routledge，1992.

——，*Mother Courage's Cucumbers： Text，System and Refraction in a Theory of Literature. In the Translation Studies Reade*r. Lawrence Venuti，London and New York： Routledge，2000.

Lim Boon Keng. *The Li Sao，An Elergy on Encountering Sorrows*. Tapei： Cheng Wen Publishing Company，1974.

Lodge，David and Nigel，Wood. *Modern Criticism and Theory*. A Reader （2nd Edition），Essex，Pearson Education Limited，2000.

Margaret，Mead. *Culture and Commitmen： A Study of the Generation Gap*. The Bodley Head Ltd.，1970.

MARIN，G. *Issues in the Measurement of Acculturation among Hispanics*. Kurt F. Geisinger Psychological testing，Hispanics. Washington，D.C.： American Psychological Association，1992.

Mervyn S. Jackson. *The Role of Qualitative Methodolodgy in Cross-cultural Mervyn*. Qulitative Research Journal，2003，3 （1）： 18-27.

Northrop，Frye. *Anatomy of Criticism： Four Essays*，Princeton： Princeton University，1957.

Nida, Eugene A. and Taber, R. Charles. *The Theory and Practice of Translation.* Leiden: E.J.Brill, 1969.

Nord, Christina, *Translating as a Purposeful Activity: Functional Approaches Explained.* Shanghai: Shanghai Foreign Language Education Press, 2001.

Pym, Anthody. *Method in Translation History.* St.Jerome Publishing, 1998.

Redfield, R., Linton R., Herskovits M.J.. *Memorandum on the Study of Acculturation.* American Anthropologist, 1938.

Robert, B.Taylor. *Cultural Ways.* Allyn and Bacon Inc., 1998.

Saussure, Ferdinand de. *Course in General Linguistics.* London: Peter Owen Limited, 1959.

Snell-Hornby, Mary. *Translation Studies: An Integrated Approach.* Shanghai: Shanghai Foreign Language Education Press, 2004.

Stuart, Hall. *Cultural Identity and Diaspora.* London: Lawence & Wishart, 1999.

Stephen, Greenblatt, *Towards a Poetics of Culture. The New Historicism.* Ed.H.Aram, Veeser.London: Routledge, 1989.

Vermeer, H. J. *Skops and Commission in Translational Action.* In Larence Venuti (ed.). *The Translation Studies Reader.* London and New York: Routledge, 2000.

Walter, Benjiamin. *The Task of the Translator.* Lawrence Venuti, *Translation Studies, Reader.* London and New York: Routledge, Press, 1969.

White, Leslie A. *Energy and the Evolution of Culture. The Science of Culture,* New York: Grove Press, 1949.

Watson, Burton. *The Columbia Book of Chinese Poetry: from the Early times to the 13th Century.* New York: The Columbia University Press, 1984.

Yang Hsien-Yi and Gladys Yang. *Li Sao*, *and Other Poems of Chu Yuan*, Peking: Foreign Languages Press, 1955.

［爱尔兰］安东尼·泰特罗：《本文人类学》，王宇根译，北京大学出版社 1996 年版。

［英］爱德华·泰勒：《原始文化》，连树声译，上海文艺出版社 1992 年版。

［德］歌德：《歌德谈话录》，爱克曼编，朱光潜译，人民文学出版社 1978 年版。

（汉）班固：《汉书·地理志》，商务印书馆 1996 年版。

常永长：《人类学经典涵化概念的局限及其心理学视角的超越》，《世界民族》2009 年第 5 期。

陈植锷：《诗歌意象论》，中国社会科学出版社 1990 年版。

褚斌杰编：《屈原研究》，湖北教育出版社 2001 年版。

查明建、伍雨：《论译者主体性——从译者文化地位的边缘化谈起》，《中国翻译》2003 年第 1 期。

段峰：《文化视野下文学翻译主体性研究》，四川大学出版社 2008 年版。

段峰：《论翻译的文化诗学研究》，《西南师范大学学报》2006 年第 5 期。

冯友兰：《中国哲学史新编（2）》，人民出版社 1984 年版。

冯骕：《绎史》，齐鲁书社 2001 年版。

（唐）房玄龄：《晋书·隐逸传》，台湾商务印书馆 1986 年版。

费乐仁、岳峰：《翻译研究目标、学科方法与诠释取向——与费乐仁教授谈翻译的跨学科研究》，《中国翻译》2010 年第 2 期。

［美］弗朗兹·博厄斯：《人类学与现代生活》，刘莎等译，华夏出版社 1999 年版。

［美］格林布拉特：《通往一种文化诗学》，盛宁译，载张京媛主编《新历史主义与文学批评》，北京大学出版社 1993 年版。

龚光明：《翻译思维学》，上海社会科学院出版社 2004 年版。

过常宝：《楚辞与原始宗教》，东方出版社 1997 年版。

郭晖：《典籍英译的风格再现——小议〈楚辞〉两种英译》，《中国诗歌研究动态》2004 年第一辑。

［德］M. 海德格尔：《诗·语言·思》，彭富春译，戴晖校，文化艺术出版社 1991 年版。

黄淑娉、龚佩华：《文化人类学理论方法研究》，广东高等教育出版社 2004 年版。

黄振定：《翻译学：艺术与科学论的统一》，上海外语教育出版社 2008 年版。

［英］霍克斯：《神女之探寻》，程章灿译，载莫砺锋编《神女之探寻——英美学者论中国古典之诗歌》，上海古籍出版社 1994 年版。

洪永宏：《厦门大学校史·第一卷（1921—1949）》，厦门大学出版社 1990 年版。

洪涛：《楚辞英译的问题——以〈山鬼〉篇为论析中心》，《中国楚辞学》（第三辑），《2002 年楚辞学国际学术研讨会论文专辑》，2002 年。

洪涛：《英国汉学家与〈楚辞·九歌〉的歧解和流传》，《漳州师范学院学报》2008 年第 1 期。

［美］哈维兰：《文化人类学》，瞿铁鹏、张钰译，上海社会科学院出版社 2006 年版。

何明、袁娥：《佤族流动人口的文化适应研究——以云南省西盟县大马散村为例》，《西南民族大学学报》（人文社科版）2009 年第 12 期。

何文静：《"楚辞"在欧美世界的译介与传播》，《三峡论坛》2010 年第 5 期。

何宁：《淮南子集释》，中华书局 1998 年版。

［美］简·汤普金斯编：《读者反应批评》，刘峰等译，文化艺术出版社 1989 年版。

蒋坚松：《古籍翻译中表达的若干问题》，《外语与外语教学》

2002 年第 2 期。

蒋洪新：《英诗新方向——庞德、艾略特诗学理论与文化批评研究》，湖南教育出版社 2004 年版。

蒋洪新：《大江东去与湘水余波——湖湘文化与西方文化比较断想》，岳麓书社 2006 年版。

蒋林、余叶盛：《浅析阿瑟·韦利〈九歌〉译本的三种译法》，《中国翻译》2011 年第 1 期。

季羡林：《中印文化关系史论文集》，生活·读书·新知三联书店 1982 年版。

姜亮夫：《说屈赋中之巫》，《楚辞学论文集》，上海古籍出版社 1984 年版。

[美] 克利福德·格尔茨：《文化的解释》，韩莉译，译林出版社 1999 年版。

[美] 克利福德·格尔茨：《地方性知识——阐释人类学论文集》，王海龙、张家瑄译，中央编译出版社 1999 年版。

[英] 拉德克利夫·布朗：《社会人类学方法》，夏建中译，华夏出版社 2002 年版。

[美] L.A.怀特：《文化的科学——人类与文明的研究》，沈原等译，山东人民出版社 1988 年版。

李贻荫：《霍克斯英译楚辞浅析》，《中国翻译》1992 年第 5 期。

梁启超：《饮冰室文集·要籍解题及其读法》，岳麓书社 2010 年版。

梁启超、王国维：《楚辞二十讲》，华夏出版社 2009 年版。

梁工主编：《圣经与文学》，时代文艺出版社 2006 年版。

廖七一：《跨学科综合·文化回归·多元互补——当代西方翻译理论走向试评》，《外国语》1998 年第 5 期。

吕叔湘：《中诗英译比录》，中华书局 2002 年版。

（北魏）郦道元著，史念林等注：《水经注》上，华夏出版社 2006 年版。

刘宓庆：《文化翻译论纲》，湖北教育出版社2005年版。

刘宓庆著，王建国编：《刘宓庆翻译散论》，中国对外翻译出版公司2006年版。

罗康隆：《文化人类学论纲》，云南大学出版社2005年版。

李玉良：《〈诗经〉英译研究》，齐鲁书社2007年版。

李金坤、李莹：《楚辞自然生态意识审美》，中华辞赋网，http：//www.tc168.net/168285/index.asp？xAction＝xReadNews&NewsID＝13873，2009年11月27日。

鲁迅：《鲁迅文集》第九卷，人民文学出版社2005年版。

［美］路易斯·亨利·摩尔根：《古代社会》，杨东莼等译，商务印书馆1992年版。

连士升：《连士升文集：闲人杂记》，星州世界书局有限公司1963年版。

［法］列维·斯特劳斯：《野性的思维》，李幼蒸译，商务印书馆1987年版。

林富士：《汉代的巫者》，稻乡出版社1988年版。

马广海：《文化人类学》，山东大学出版社2003年版。

马茂元、尹锡康、周发祥：《楚辞研究集成：楚辞资料海外编》，湖北人民出版社1986年版。

［加］诺斯洛普·弗莱：《伟大的代码——圣经与文学》，郝振益等译，北京大学出版社1998年版。

彭兆荣：《文学与仪式：文学人类学的一个文化视野》，北京大学出版社2004年版。

蒲度戎、耿秀萍：《作者之死 其死也难——兼谈文学翻译中作者的地位》，《时代文学》2008年第8期。

祁华：《〈楚辞〉英译比较研究——以许渊冲译本和伯顿·沃森译本为案例》，硕士学位论文，合肥工业大学，2011年。

钱锺书：《林纾的翻译》，《七缀集》，上海古籍出版社1996年版。

（西汉）司马迁：《史记》，中华书局 1959 年版。

孙大雨：《英译屈原诗选》，上海外语教育出版社 2007 年版。

孙致礼：《再谈文学翻译的策略问题》，《中国翻译》2003 年第 1 期。

孙致礼：《译者的职责》，《中国翻译》2007 年第 4 期。

申雨平：《西方翻译理论精选》，外语教学与研究出版社 2002 年版。

汤炳正：《屈赋新探》，齐鲁书社 1984 年版。

童庆炳、马新国：《文化诗学刍议》，《北京师范大学学报》2001 年第 3 期。

童庆炳：《植根于现实土壤的文化诗学》，《文学评论》2001 年第 6 期。

童庆炳：《文化诗学——文学理论的新格局》，《东方丛刊》2006 年第 1 期。

田兆元：《文化人类学教程》，华东师范大学出版社 2008 年版。

[美] 托马斯·哈定、大卫·卡普兰：《文化与进化》，郭建军译，浙江人民出版社 1987 年版。

王宏印：《诗品注译与司空图诗学研究》，北京图书馆出版社 2002 年版。

王宁：《翻译研究的文化转向》，清华大学出版社 2009 年版。

（汉）王逸注，（宋）洪兴祖补注：《楚辞章句补注》，吉林人民出版社 2005 年版。

王锡荣：《离骚的浪漫手法与古代巫术》，载胡晓明选编《楚辞二十讲》，华夏出版社 2009 年版。

魏瑾：《文化介入与翻译的文本行为研究》，上海交通大学出版社 2009 年版。

魏家海：《文学变译的间性协作》，《理论月刊》2007 年第 2 期。

魏家海：《伯顿·沃森英译〈楚辞〉的描写研究》，《北京航空航天大学学报》2010 年第 1 期。

魏小萍：《主体性涵义辨析》，《哲学研究》1998 年第 2 期。

吴仁杰：《离骚草木疏》，中华书局 1987 年版。

汪榕培、王宏：《中国典籍英译》，上海外语教育出版社 2009 年版。

汪榕培、李秀英：《典籍英译研究（第二辑）》，大连理工大学出版社 2006 年版。

许渊冲：《楚辞》，中国对外翻译出版公司 2009 年版。

许钧：《翻译论》，湖北教育出版社 2003 年版。

萧兵：《楚辞的文化破译》，湖北人民出版社 1997 年版。

谢天振：《当代外国翻译理论》，南开大学出版社 2008 年版。

［英］西奥·赫曼斯：《翻译的再现》，载谢天振主编《翻译理论建构与文化透视》，上海外语教育出版社 2000 年版。

游国恩：《离骚纂义》，中华书局 1980 年版。

杨成虎、周洁：《楚辞传播学与英语语境问题研究》，线装书局 2008 年版。

杨武能：《翻译接受与再创造的循环——文学翻译断想之一》，载许俊《翻译思考录》，湖北教育出版社 1998 年版。

杨义：《杨义文存（第七卷）：楚辞诗学》，人民出版社 1998 年版。

叶舒宪：《神话—原型批评》，陕西师范大学出版社 1987 年版。

叶舒宪：《文学人类学探索》，广西师范大学出版社 1998 年版。

叶舒宪：《文学与人类学——知识全球化时代的文学研究》，社会科学文献出版社 2003 年版。

严春宝：《一生真伪有谁知——大学校长林文庆》，福建教育出版社 2010 年版。

严晓江：《许渊〈冲楚〉辞英译的"三美论"》，《南通大学学报》（社会科学版）2012 年第 2 期。

余英时：《士与中国文化》，上海人民出版社 2006 年版。

袁珂：《山海经校译》，上海古籍出版社 1985 年版。

袁锦翔：《中国翻译辞典·韦利》，湖北教育出版社 1997 年版。

曾小华：《文化、制度、与社会变革》，中国经济出版社 2004 年版。

卓振英：《大中华文库·楚辞》，湖南人民出版社 2006 年版。

卓振英：《典籍英译的决策与审度——以〈楚辞〉为例》，中国英汉语比较研究会第八次全国学术研讨会论文摘要，2008 年。

朱熹：《楚辞集注》，上海古籍出版社 1979 年版。

朱健平：《翻译——跨文化解释》，湖南人民出版社 2007 年版。

朱徽：《中国诗歌在英语世界——英美译家汉诗翻译研究》，上海外语教育出版社 2009 年版。

朱立元：《接受美学》，上海人民出版社 1989 年版。

朱安博：《文本的历史性和历史的文本性——莎学研究的新历史主义视角》，《四川外语学院学报》2008 年第 5 期。

张旭：《视界的融合：朱湘译诗新探》，清华大学出版社 2008 年版。

张若兰、刘筱华、秦舒：《〈楚辞·少司命〉英译比较研究》，《云梦学刊》2008 年第 6 期。

张敏慧：《韦利及其楚辞研究》，硕士学位论文，台湾云林科技大学，2007 年。

（春秋）左丘明：《国语·楚语》，上海古籍出版社 1988 年版。

周秉高：《楚辞原物》，内蒙古大学出版社 2009 年版。

后 记

光阴荏苒，几度寒暑春秋转瞬即逝，几年来伏案耕耘终于成稿，值此付梓之际，愿借得大江千斛水，研为翰墨颂恩情。

在本书撰写过程中，湖南师范大学的蒋洪新教授、蒋坚松教授、黄振定教授、白解红教授、肖明翰教授、郑燕虹教授为本书提供了许多非常宝贵的建设性意见。桃李不言，下自成蹊，诸位老师国际化的高远视野，深厚的学术造诣，严谨的治学风格，身正学高的师者风范令我受惠良多，亦成为我今后工作和学术道路上学习和效仿的楷模。在此，特别对我的导师蒋洪新教授致以最深挚的感谢！回顾本书的形成过程，从选题到立题，从搜集资料、研究撰写到修改成稿，无不凝聚着老师的心血，闪烁着老师的智慧。没有老师的鼓励和教导，以本人之驽钝资质，形成如此之长文乃遥不可及。虽然本书离恩师的要求还有差距，有负老师期望，而感恩之情，永志难忘。

特别感谢我的领导兼良师刘正光教授、朱健平教授。在过往岁月里，他们在工作和学术上给予我无限的帮助与支持、理解与宽容，为我提供了令人深感幸运和幸福的工作环境，特别是朱健平教授，多次对本书进行悉心修改，并提供诸多宝贵指导和建议，在此致以最诚挚的谢意！

本书撰写期间，还得到许多前辈学者的热情指导和鼓励。衷心感谢熊沐清教授为我的博士学位论文提出许多非常中肯的意见。此外，此博士论文的写作得到牛津大学中国研究所的 Barend J. ter Haar 教授、浙江师范大学的卓振英教授、苏州大学汪榕培教授的指点和鼓励，或多次电传相关研究资料，或不时当面或网络上给予指点和启迪，哲言

·247·

睿语，言犹在耳，大师助学风范，难能可贵，在此表示衷心的感谢！

一路走来，感谢诸多的朋友、同学相伴相助，使得这些年的学习生活充实、快乐而难忘。深深感谢远在美国、日本和英国的朋友黄新凡、熊兆忠、岳曼曼等在异国他乡为我辛苦奔波、搜集和购买研究的资料，使我的写作得以顺利进行。

最后，非常感谢我的家人一直以来对我的理解、支持和关怀。父母无私的奉献是我求学路上的精神支柱，先生和儿子全心全意的支持是我整个学程乃至人生道路上的力量之源。征程万里，仅启跬步，学途漫漫，仍需师长与亲友们引导扶助，感恩之心，伴随终生。

《楚辞》的英译研究关乎我国文化对外传播的问题，值得广大学者、楚辞学专家、翻译家为之不懈付出。限于本人的才力和学识，书中观点难以尽善，疏漏谬误难免，敬请诸位同行专家学者的批评指正。

张　娴

2018 年 1 月于长沙